KUWEI
酷威文化
图书 影视

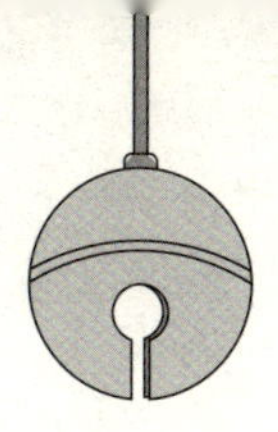

机械猫金克斯

[英] 艾米·麦克洛克 著
李冰奇 译

JinxeD

四川文艺出版社

图书在版编目（CIP）数据

机械猫金克斯 /（英）艾米·麦克洛克著；李冰奇译. -- 成都：四川文艺出版社，2020.10
ISBN 978-7-5411-5769-1

Ⅰ. ①机… Ⅱ. ①艾… ②李… Ⅲ. ①幻想小说—英国—现代 Ⅳ. ① I561.45

中国版本图书馆 CIP 数据核字 (2020) 第 137350 号

著作权合同登记号 图进字：21-2020-135

JIXIEMAO JINKESI

机械猫金克斯

[英]艾米·麦克洛克 著

李冰奇 译

出 品 人　张庆宁
出版统筹　刘运东
特约监制　刘思懿
责任编辑　李淡宁　刘芳念
特约策划　刘思懿
特约编辑　赵璧君　申惠妍
责任校对　汪　平
封面设计　苏　涛

出版发行　四川文艺出版社（成都市槐树街2号）
网　　址　www.scwys.com
电　　话　028-86259287（发行部）　028-86259303（编辑部）
传　　真　028-86259306

邮购地址　成都市槐树街2号四川文艺出版社邮购部　610031
印　　刷　三河市海新印务有限公司
成品尺寸　145mm × 210mm　　开　本　32开
印　　张　7.5　　字　数　200千字
版　　次　2020年10月第一版　　印　次　2020年10月第一次印刷
书　　号　ISBN 978-7-5411-5769-1
定　　价　39.80元

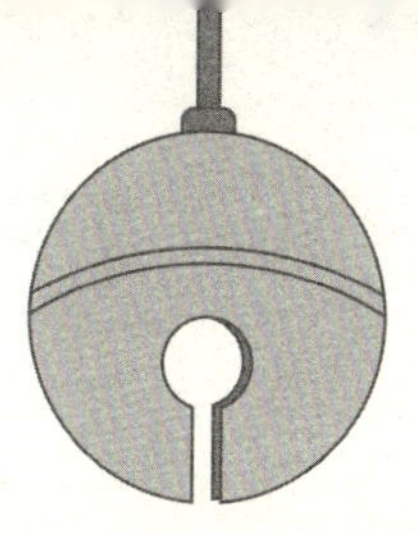

目录

Contents

序幕
Prelude

她抱着那只机械兽冲进了树林。

脉冲枪的尖啸声在树林里回荡。她伏低身子，一道冲击波从头顶飞过，打在了她面前的山毛榉树干上。看到树干瞬间灰飞烟灭，她心里猛地一沉：看来他们不仅仅是要销毁这只机械兽。

他们要连她一起干掉。

她继续奔跑，逃出实验室时没来得及摘掉的蓝色塑料鞋套使得双脚不住地打滑。她早知道会有这么一天的——毕竟她已经严重越界，再也瞒不下去了。然而，事到临头，她依然感到手足无措。

如果毕生致力研究的东西即将化为虚无，试问谁又能保持从容不迫呢？

那个小家伙在她的胸前轻轻震动着，发烫的金属皮肤下有一点红光仿佛心跳般忽隐忽现。它仿佛知道危险即将来临，在她怀中扭动着想要逃脱。但她紧了紧环绕着它的手臂，安慰自己：只要到达河谷对面，进入那里的急救车，就能前往安全区了……

第二道冲击波击中了她的肩膀，她和机械兽同时发出凄厉的尖叫，说不清谁叫得更响。她一脚踏进厚重落叶下的岩缝中，重重地绊倒在地上。当她瞥向机械兽时，心跳都漏了半拍：机械兽的金属躯干上冒着烟，电子器件烧糊的刺鼻气味充斥着她的鼻腔——脉冲枪的威力名副其实，正在由内而外地摧毁着它。

她拔出卡住的脚，继续奔跑。大桥离她如此之近，她甚至能听到桥下驶过的火车发出的轰隆声。然而，身后沉重的靴子落地时发出的声响也越来越近了。

“加把劲儿，加把劲儿啊！”她的耳中传来断断续续的声音。

看来她一定是回到了同伴通信器的信号接收范围内。强忍着血肉模糊的肩膀上传来的剧痛，她更加努力地奔跑起来。

她的脚刚刚踏上大桥，警报就开始响起。隐藏在桥边树丛中的防护传感器爆发出尖厉的哀号，陷阱瞬间弹出网罩缠住她的双腿，并将她绊倒在地。“我被放倒了！”她冲耳麦大喊道，“救我！”

“正在切断通信，连接销毁中。”仿佛马后炮一般，她补充道，“对不起。”然后，信号就断了。又一道脉冲重重地击在她背上，她猛地扑向前方，怀中的机械兽也飞了出去。她别无选择，只能眼睁睁地看着那冒烟的金属块消失在桥的边缘。攻击她的人从她身边跑过，扑向栏杆并探出身子，瞧了瞧金属机械兽撞在铁轨上迸射出的火花。

它死了。她毕生的心血，毁了。

那些人转过身来面对着她，用枪管瞄准她的头。她闭上了眼睛，接受了这不可避免的事实。

桥下的铁轨上，随着生命的最后一丝“心跳”，机械兽颤抖了一下。当一列火车轰隆隆地沿着轨道朝它驶来时，它残存的能量只能发出最微弱的声响。

它“咕噜”了一声。

CHAPTER 1 第一章

金克斯

第一节

烟雾从烙铁的尖端升起，我透过显微镜凝视着主板，眼睛都酸得流泪了。我需要把银钎料的尖端熔得极细，用以焊接松动的零件，所以完成这些步骤前，我不敢眨眼。

在焊料凝固的过程中，我在心里数着秒：一，二……

这只蝴蝶举起精致的机械翅膀，由金银丝制成的不等边三角形翅膀在其运行系统检查时一张一合。"嗡嗡、咔嗒"——这样一个小小的振动表示"正常"。

"太棒了！"我跳起来，随着脑海中胜利的音乐不时地扭着屁股，手舞足蹈。

妈妈从厨房里冲了进来："你成功了？"

"你为什么不自己检查一下呢？"

她点点头说："到我这儿来，花瓣。"虽然接收命令用了一秒钟，但是蝴蝶最终还是拍打着翅膀，飞起来并落在了她的手上。

妈妈神采奕奕地看着花瓣在她的手掌上投射出一条条短信和电子邮件："我觉得它正常工作了！"

我咧嘴一笑道："好的，只剩最后一件事了。"我从妈妈手里接过花瓣，轻轻地把它放回我的显微镜下并坐回椅子上。我的作品可谓完美无缺，几乎看不出修理痕迹。带它去蒙查兽医诊所需要等待几个小时（而且要花很多钱），但我只用了不到一个小时就把它修好了。

心满意足的我"啪"的给暴露在外的电路盖上盖子："给。完好如初。"

"谢谢你，宝贝儿！"妈妈搂着我，在我的额头上亲了好几下。

我假装窘迫地哼哼着，但我的脸却因她的热情表扬而热了起来。

其实，这也没什么大不了的，因为我给花瓣做过很多次修理。蝴蝶型巴库是在妈妈这个年龄段中最畅销的产品，而且普通昆虫类的型号是市场上复杂度最低的巴库。它们具有最基本的功能，如短信、通话、浏览器及 GPS 等。蝴蝶型号格外受欢迎，因为它的翅膀可以自定义。但另一方面，翅膀部分很脆弱，即使是最小的障碍物也很容易使其断裂，从而损坏内部电路。花瓣就是一个典型的例子——妈妈解开围巾时碰到了它，结果它的投影仪就出故障了。

“不用客气，只要下次记得一进屋就放它出来。”

“我都不知道没有你我该怎么办，莱西。你的修理技术比所有兽医都好。”

妈妈笑着，花瓣飞回去落在她的肩膀上，她的手仍然停留在我背上：“你今天就会知道了，是不是？”

我顿时一阵局促，我以为她忘了。令我惊讶的是，这一小时里我竟然没想起这件事。对我来说，修理东西就是有这样的作用。我的注意力会集中在特定问题上——这次是一根松动的电线和一个有毛病的印制电路板——以至于世界的其他部分都离我远去了，即使现在我随时都有可能收到十五年来我生命中最大的新闻。

“是的。”我的嘴巴开始发干，我试图向妈妈回以微笑，但这只是徒劳。我感到了妈妈的犹豫，她的手指在不停地上下敲击我的脊椎。于是，我从椅子上站了起来，指着那堆银线和机械说，“最好把这些东西收起来。”

妈妈最后在我的头顶上吻了一下：“不管发生什么，你仍然是这个家里最棒的巴库工程师。”她朝水池走去，花瓣振翅接上了她耳后的链子——那是花瓣充电的地方。妈妈随着无形的音乐不时上下摆动脑袋，我猜花瓣已经开始播放她最喜欢的播客了。

我用海绵擦拭了烙铁的末端，然后把它收了起来，并且“啪”的一声关上了盒子。有些人生日时会要自行车、礼品卡或书作为礼物，而我要了一副烙铁。我调查了小镇郊区的一家商店，那里出售翻新的电子工具，我随手将它添加到了花瓣的 GPS 数据库中。于是，在我十四岁生日那天，妈妈带我去了那家商店。

我曾在哪里读到过，莫妮卡·陈十几岁的时候就有一副烙铁。莫妮卡是巴库的发明者，并用自己的名字成立了蒙查公司。如今，蒙查公司已是北美最大的科技公司。如果十几岁的她能拥有一副烙铁，那十几岁的我怎么就不行呢？

我最好的朋友佐拉曾对我说："这并不会让你看起来特别，只会让你看起来很奇怪。"

她说的没错。

我把工具箱和显微镜带回了我的房间。妈妈讨厌我在公寓里焊接东西——金属的味道似乎可以渗进所有东西里，从沙发上的靠枕到电饭锅里的米饭，无一幸免——但当她自己的巴库需要修理时，她就会破例。

但要我说，她破例破得也太频繁了。一级昆虫类巴库是出了名的有点儿……爱出故障。如果让我选择，我很清楚我会要什么样的巴库。我会毫不犹豫地从原始型号中选择一只三级西班牙猎犬，它有着可爱的耷拉着的耳朵和一条可以当作自拍杆的尾巴。我一闭上眼睛，就能想象出我和巴库一起待在房间里的样子：我教它玩游戏，它帮我做作业，晚上我还会抱着它睡觉。但我的理智提醒自己：只有进入普罗菲特斯，你才能得到一只西班牙猎犬型巴库。

我梦想中的学校——普罗菲特斯科技学院——是由莫妮卡独立创办的，并且是由蒙查公司全资持有和经营的机构。入学的最低要求是配有三级巴库，但是普罗菲特斯会给负担不起的新生提供补助金。我需要这笔补助金，否则，我唯一买得起的只有可怜的一级巴库。尽管一周前，我就已经可以合法拥有第一只巴库（因为我已于今夏初中毕业了），但我迟迟没有去蒙查商店。在得知我的录取情况之前，我不想过去。

我深呼吸了一下。

为了能进普罗菲特斯，能做的我都做了。我有着近乎完美的成绩，并且完成了所有的课外课程。我参加了科学竞赛和早鸟乐队，还自告奋勇报名参加了一个环保慈善活动以充实我的简历。

佐拉曾经告诉我，我就像锁住了某个地方的锁，再没人像我一样为了这个地方这么拼命了。要是真像上个锁这么简单就好了。我又不是埃里克·史密斯的儿子卡特·史密斯。埃里克·史密斯是莫妮卡的生意伙伴，也是蒙查公司的联合创始人。卡特在圣艾格尼丝和我同级。然而，尽管我所有课程都比他优秀，还在两个科学竞赛中胜过了他，但我知道他不费吹灰之力就能进入普罗菲特斯。

而我爸爸……

我转了转手指上的戒指，这是他唯一留给我的东西。

……只是一个累赘。我不让自己再去想这件事。再说，妈妈和我欠蒙查很多很多。爸爸失踪后，蒙查给了我们容身之所，给了妈妈一份工作，并且在妈妈工作时为我提供儿童托管服务。没有蒙查，我也不会遇见佐拉。

无论如何，我都想为蒙查工作——如果有必要的话，我甚至可以和实用型圣甲虫巴库一起为蒙查清扫地板。但如果放任我幻想，我知道我余生想做什么。我不想为蒙查工作，我想成为莫妮卡·陈——一名巴库工程师或者一名巴库研究员。

我想设计新的动物型号，为现有的动物型号进行创新并增加更为惊人的功能。每一天都将是一个挑战。

但要做到这些，第一步就是进入普罗菲特斯。尽管从理论上来讲，蒙查公司可以从任何地方聘用巴库工程师，但在过去的十年（自普罗菲特斯成立以来）中，每一位巴库工程师都是该学院的毕业生。

“你很快就会知道录取结果的。”我提醒自己。我把所有的东西都轻轻地放在桌子上，但也许我应该检查一下……

我跳到床上，轻敲手机屏幕将它唤醒。那里面没有来自普罗菲特斯的电子邮件，但有两条我错过的来自佐拉的闪信。闪信中是她用手指写的字迹潦草的“拜拜！！！！”——伴随着一段像回旋镖一样往复播放的、她从多伦多岛渡口平台甩出手机的视频。

我滑动屏幕去查看下一条闪信，是她的手机掉入湖面时溅起水花的定格画面，标题是“谋杀手机”。

我扑哧一笑，然后向后瘫倒在枕头上。“谋杀手机”是最近刮起的一股狂潮——肆意破坏（毫无必要，但通常滑稽且富有创意）政府分配给你的、已经用旧的智能手机，并且用新获得的巴库拍摄下来并分享到网上。这股狂潮曾一度失控——一个闪客在加拿大国家电视塔上实施了“谋杀手机”，从塔边缘的通道将手机丢了下去，差点儿真的制造一场“手机谋杀案”。

尽管如此，这段视频还是获得了超过一千万的点击量，没准儿他还觉得这是一场胜利呢。因为他是一名即将进入普罗菲特斯的学生，所以警方仅仅给了他一个警告就把他从拘留处释放了。

我花了几秒钟，拍下了自己在脸颊上画下一滴假泪珠的视频，选择了“小狗耳朵”滤镜，并输入“安息吧，佐拉的手机”作为标题，然后发送给了佐拉。我需要这么做来分散注意力。

如果佐拉毁了她的手机，那意味着她一定已经选好了巴库。我给她的下一条信息是一个巨大的问号。好吧，是十五个。

“我选择了……睡鼠！”佐拉的下一张自拍来了。她抱着我所见过的最可爱的巴库——那是一团柔软的哑光灰金属毛球，有着尖尖的鼻子和超大的眼睛。它在她的脸颊旁蜷成一团，长长的尾巴伸出来拍照。佐拉深棕色的皮肤在湖面反射的阳光下闪着金色的光，她看起来很高兴，我也忍不住跟着她笑了起来。睡鼠是一种二级巴库，比我能买得起的高级，但还不足以进入普罗菲特斯——虽然进入普罗菲特斯从来都不是佐拉的目标，她将继续在圣艾格尼丝读高中，毕业后申请编程实习。

“它的名字是莱纳斯，我已经知道我们会成为一辈子的好朋友了。嗯……不是比你我更好的朋友，但你一旦有了自己的巴库就会明白我的意思了。一有消息就告诉我！！！”她在下一条信息中写道。

“当然。”我马上回复道。我盯着她和莱纳斯在一起的照片看了一会儿，觉得喉咙有些发紧。

然后，它就来了——电子邮件的提示音。

我只能看到标题行的一小部分，它不会泄露任何信息。

莱西·朱：普罗菲特斯申请状态

我的心在胸膛里怦怦直跳。在我突然变得湿黏的手掌里，这个薄薄的长方形设备给人的感觉太老土了，但……就到这儿了，这是我最后一次用它了——在我选择一级或三级巴库之前。

我轻轻一点，就打开了电子邮件应用程序，那里用粗体显示着我一直等待着的消息。

我点了“打开”。

亲爱的莱西，我们很遗憾地通知你……

手机从我手里飞了出去，仿佛它被加热到了一千度。它从我床架的一角弹到地板上，然后屏幕就那样碎成不计其数的细小碎片。

就像我的梦想一样。

第二节

“不好意思，我们的螳螂售罄了。”兽医低头盯着他的拉布拉多巴库提供的信息，甚至没抬眼看我。拉布拉多巴库是蒙查商店雇员（和大部分服务行业的专业人员）的标配，因为它们总是非常热心，并且顺滑的黑色数码皮毛使得它们背上显示的信息非常便于阅读。

看到这一幕，我心生嫉妒，然后又因为嫉妒蒙查商店的员工而感到一阵尴尬。他们自称“兽医”是因为他们自认为这很风趣，好像他们真有医学学位似的。但实际上，巴库身后的天才是巴库工程师，而不是这些不懂装懂的家伙们。他们穿着白色实验服，带着没有度数的塑料眼镜，连他们的巴库为什么会嘀嗒作响都不清楚。

但现实是：这个兽医还是会拥有比我更好的巴库。

“这是浪费时间。”我对佐拉说着，转身就要离开，但她抓住我的胳膊把我拽了回来，让我盯着耀眼的白色柜台上的屏幕。

“我可不要再排一次队了。”她发出嘘声，然后向兽医露出最甜美的微笑。柜台上，蒙查口号中的一条——蒙查：我们总有你要的巴库——正闪耀着生命的光芒……

嗯……这儿可没有我专属的巴库，但这显然不是重点。

“所以……螳螂和蜻蜓没货。那你们有哪些货？”佐拉问道。莱纳斯从她的衣领下探出头来，对着我抽动鼻子。我也冲它皱了一下鼻子并吐了吐舌头，吓得莱纳斯躲回了佐拉的衣领下。佐拉回头朝我使了个眼色，我翻了翻白眼，但还是再次看向了兽医。

“昆虫部有蝴蝶和圣甲虫，”他一边说，一边在屏幕上调出供我选择的选项，“如果你想要升级到二级——小型哺乳动物，那选择范围就会大得多……”

我苦笑了一下。没有补助金，我的积蓄只能买得起一级昆虫。“我改天再选吧。”我咬着牙蹦出几个字，对任何一个选项都提不起兴趣。

“不行，你把手机摔坏了，记得吗？你现在就需要买点什么。”佐拉再次抓住我的胳膊，不让我动。

我叹了口气。我知道她是对的，但我的心仍然拒绝接受现实。我摩挲了一下耳后安装了接入口的痛处。我现在是有社会义务的人了，我必须做出选择。过几年，等我存了更多的钱，总是可以升级的……

兽医的目光越过我的肩膀，盯着我身后蛇形蜿蜒至门外的队伍。我深吸一口气，强迫自己集中注意力。“好吧，我要一只圣甲虫。”我指着柜台屏幕上的一只圣甲虫说。它的甲壳是青紫色的，像水面浮油一样色彩斑斓，它挺漂亮的。众所周知，圣甲虫经常出现飞行问题（和翅膀折叠的方式有关），但我不想要和妈妈同款的巴库，那太可悲了。

“马上来。我和罗洛这就去给你拿一只。”他打了个响指，他的拉布拉多巴库顺从地跟着他去了储藏室。

兽医和他的巴库一走，我就转过身去背靠着柜台，双手交叉抱在胸前：“唉，糟透了。”

佐拉轻推我的肩膀：“我能拥抱你一下吗？”

她知道我通常不怎么多愁善感，但我还是点点头——此刻的每个拥抱都很贵重。普罗菲特斯的拒绝带来的刺痛是最原始的伤痛，是一处不愿愈合的伤口，这伤痛不停地在我脑海中盘旋。

我的考试有没及格的吗？

哪门没及格？

如果我学习更努力些……

或许是今年的竞争太激烈了……

尽管我很想假装这是一个错误，或者忘记曾经收到的那封普罗菲特斯的邮件。可是，佐拉是对的——没有网，我差点儿连一个早晨都没撑过去（有戒网这回事儿吗？因为查不了闪信使我浑身发抖，大汗淋漓）；况且我也不能带着一部坏掉的手机去上学。

我需要一只巴库。这并不是为了社会地位，而是因为在圣艾格尼丝（我的初中，现在我被迫留在那里，因为我去不了普罗菲特斯了），一旦我们进入高中部，所有的教科书都存储在被巴库加密的软件中，家庭作业也会直接发送到巴库上。巴库是生活在蒙查镇的必需品。这里并非真的叫“蒙查镇”，但从实质上来说，就是这么回事儿。蒙查为我们提供住房、医疗和教育，这里已然发展成多伦多市内的一个迷你城市。莫妮卡在“开发区”第一次分享了一个共享工作空间，继而逐渐扩张并占据几乎整个城市的东半部分。而入住蒙查镇的其中一项要求就是你要有自己的巴库，这点已经不是什么大事了——这个国家几乎每个人都有一台。

我的手肘碰到了柜台面板，另一条标语出现了：升级你的生活——所有新一代巴库都已搭载蒙查最新云软件。这一次，莫妮卡的照片出现了，她标志性的不对称刘海被剪成了钻石状，几乎像是一个反向的皇冠。妈妈说我曾想把头发剪成同样的发型……这就是为什么我小学二年级有半个学期都是精灵短发。

看到莫妮卡的脸，我微笑起来。巴库背后的故事在我们的文化历史中根深蒂固，而莫妮卡·陈就是故事的主角。好莱坞甚至还制作了一部关于她的经历的迷你剧，名为《人们最好的朋友》。每当我情绪低落或缺乏灵感的时候，就会看这部剧，我都不敢想我已经看过多少遍了。

剧情是这样的：

莫妮卡从小就离不开她的智能手机，以至于她的身心健康都受到了危害。在医生强制规定的“手机休息时间”里，在多伦多的大街上散步时，她看着在高地公园里遛狗的人们，突然意识到自己一直以来都缺少一个伙伴。如果她的智能手机会一直在她身边，为什么不让它看起来可爱些并且可以与人互动呢？为什么不把手机变成既让她喜爱又能使她感到安慰，但同时保持实用功能的东西？比如说，帮助她记录自己的生活和行程，与朋友和家人保持联系，访问她的社交媒体和互联网以及其他所需的一切……

因为她的父母没有带车库的房子，所以她只能在公寓的储物室里工作（我敢打赌她妈妈也受不了电焊的味道）。他们全家挤在一套两居室的公寓里，就像我们家一样。她设计了一只拥有智能手机所有功能的机械宠物，并为它取名“巴库”。这个名字来源于她从中国籍祖母那里听说的一个故事，意思是某种生物是由创造其他动物时没用上的部分拼凑成的。她的第一款手机被亲切地称为“一”，是用她的掌机屏幕、旧智能手机的主板和她从旧玩具、电子设备中东拼西凑来的金属部件制成的。她在公寓楼里挨家挨户地敲门，请邻居们把所有准备扔给废品厂的旧科技部件让给她。

她把自己的设计展示给一个关于投资者的电视真人秀的评审团，他们投资了她的项目，并且把她和她的巴库打造成了风靡一时的红人。不久之后，蒙查就在多伦多高新区的一个小型联合办公空间里运营起来——旁边是众包出租车服务和最新的健康监测软件办公区。蒙查在多伦多北部开设了第一家工厂并持续不断地扩张，它接管了许多建筑并像培养皿里的霉菌一样不断扩增，因为巴库已经开始成为遍布世界的必需设备。莫妮卡买下了她以前居住的公寓大楼，以便为她的员工们提供住所。为了让员工们的孩子就近入学，她开办了学校，还收购了当地的一家医院为员工和家属提供医疗服务……很快，蒙查镇就诞生了。

“砰……”

一声巨响打断了我的回想，佐拉倒吸了一口气，我也在查看的瞬间惊掉了下巴。在我们楼下的两层的柜台上有一只令人惊叹的高等级巴库——一只鹰——它的翅膀伸展得如此之广，以至于撞翻了一个展示定制蝴蝶翅膀的展柜。巴库工程师在外观展示方面的技术水平是我所见过的最高超的，这些羽毛是由诸多独立的镀金钢丝组成的，使它看起来质感厚实且闪闪发光。它仰头（动作如此逼真）发出一声尖啸，几乎穿透了我的耳膜。它很宏伟，真是太壮观了！它就算不是五级，也至少有四级。

谁买得起这样的东西？

我得到了答案。老鹰收起了翅膀，一个穿着普罗菲特斯运动衫的家伙睁大眼睛盯着他的新巴库。

“莱西？”佐拉在我耳边低语，“我觉得你在流口水哦。”

“什么？”我低下头擦擦嘴，确定她不是在开玩笑，“那只巴库太棒了。”

“那不是唯一令人惊叹的。讨厌，他好帅。”佐拉一边低声说，一边对着那家伙挑了挑眉，惹得我扑哧一笑。

她没说错。我壮着胆子又看了一眼，那个家伙比我们年长，个子高——至少有一米八。他的额头高而光洁，有着一头精心修剪过、刚开始露出些许微卷的黑头发。他咧着嘴露出大大的笑容，牙齿在深色皮肤的映衬下亮白闪光。

如果那只美丽的鸟是我命定的巴库，我也会笑成那样。

“托比亚斯，我的朋友！”我身后传来一声喊叫。另一个家伙从我身边冲了过去，并且狠狠地撞了我一下。他也穿着普罗菲特斯的运动衫，但这件运动衫非常新，背后的价签都戳出来了。我被撞到佐拉身上，然后我们俩一起撞到了柜台上。

“小心点！”我厉声说，“你知道，凡事有底线的。”

他没有回头，但他的巴库回头了——一只丑陋的猪，一边“哼哧哼哧”地在我们脚边抽鼻子，一边刨地。它有两根巨大的獠牙，还威胁地晃着脑袋——看来不是普通的猪，而是野猪。我向后一跳，不由自主地尖叫了一声。

“管管它，卡特。”佐拉说，她情绪恢复得比我快。我飞快地转头，差点儿扭着脖子。卡特？我也不知道自己有什么好惊讶的。

虽然我几乎门门功课比他优秀，气得他跳脚，但他被普罗菲特斯录取已经是板上钉钉的事实了。

他信步走来，得意地冲我笑着。

“这不是佐拉和莱西吗？”

当他说出我的名字时，我很尴尬。我真心希望我今天是坐地铁去了某个遥远的蒙查商店，这样我就不会遇到我认识的人，尤其是这个人。

“很羡慕我的新巴库吧？昨晚我一拿到普罗菲特斯的录取通知书，就立马搞了个升级包。”

“你是说，你爸爸给你买了个升级包吧。”佐拉厉声说。这就是为什么我对那个野猪巴库如此惊讶的原因，我确定我最后一次在学校看到他的时候，他拥有的是一只拉布拉多巴库。

卡特只是耸了耸肩：“来，见见亨特。它是四级的，你看得出来吧？”

我不由自主地苦笑了一下，我相信他不费吹灰之力就能得到四级巴库。我很好奇，他知道如何正确地操作它吗？这个巴库很有可能是他爸爸让蒙查的某个巴库工程师专门为他定制的。一想到这里，我的身体便因嫉妒而疼痛。

“你在挑选你的巴库，是吧？”他把胳膊肘撑在柜台上，头歪向一边，“想选什么？”

“哦，呃……”我试着计算了一下我跑到门口所需的时间。不管有没有网络，任何事情都比我将要面对的羞辱要好。如果我不……

“这是你的甲虫，小姐。”

兽医出现的时机真是差到极点了。

他把小盒子放在柜台上，甲虫巴库被困在一个白色的塑料模具里——通过盒子前端的透明开口可以看得很清楚，卡特的眼睛都要瞪出来了。我不知道等他回过神来，会因为困惑还是高兴而爆笑，也可能两者皆有。然后，他开始大笑，不停地大笑。我的脸因为尴尬而发烫。

我转身离开卡特，然后我发现商店里的每个人都在看着我，包括那个叫托比亚斯——带着老鹰巴库的帅哥。

“你没有被录取，是吧？哦，莱西——这么多年的书呆子生活，全都白费了！”卡特说着，笑得更厉害了。

“我们走，佐拉。”我嘟囔着，从柜台上一把抓过甲虫。这次，佐拉没有试图阻止我。

“喂，你不想让我教你怎么和它连接吗？”兽医在我们后面叫着。

但是，佐拉和我已经走出了门外。

第三节

“他就是个浑蛋。忘了他吧。”佐拉一追上我就说。她抱住我的胳膊，强迫我恢复正常的步速，但我不想慢下来。商场里目所能及的所有地方，都能看到人们带着他们的高级巴库——机械狗和机械猫要么小跑着跟在他们的脚边，要么连接着待在他们的肩膀上——这不断让我想起我无法拥有的东西。我径直走向出口，渴望得到阳光和新鲜空气。

我还在发抖，卡特的笑声像音乐一样如影随形，挥之不去。我感到屈辱的同时也很气愤，因为我着了他的道儿。我的新甲壳虫仍然被困在我手里的盒子里，但我不敢去看它。“我们去别的地方吧。”一出旋转门来到外面，我就对佐拉说，“哪儿都好……只要逃离这里。”

“我知道个好地方。我来导航。”她张开手掌，睡鼠从她的胳膊溜下来，并且在她的手指上投射出导航。

我把甲虫塞进我的背包，一直把它推到最底下。佐拉看了我一眼，但没说什么。我移开视线，开始盯着我的背包拉链。佐拉辫子底部的珠子发出轻微的叮当声——我知道她在冲着我摇头。

等我再站起来的时候，她已经不再摇头了。这就是我最喜欢佐拉的地方，她是我认识的最不情绪化的人——这是使她成为一个杰出程序员的原因之一。她看到的一切，仿佛都只是算法，包括我们的情绪。我们三年级第一次见面时，我因为测验得了 B 而在电梯里哭泣，她对我说，这只是身体对压力刺激的内置反应。我对着她眨了眨眼睛，简直不敢相信我居然发现了一个和我一样八岁就这么书呆子的孩子。那时，她刚刚和父母还有三个难伺候的姐妹搬进我住的公寓楼。我一直是班里那个不合群的孩子——对每件事（尤其是我的成绩）都有点儿太过较真儿，总是渴望学习更多的工程学知识并看到我的名字出现在荣誉榜顶端。佐拉是我认识的第一个和我一样对某件事充满热情的人。一开始，她只是很高兴能逃离她家的纷纷扰扰，但我们很快就成了最好的朋友。

她知道什么时候该推我一把，什么时候该让我一个人静一静。我们就像一幅特殊拼图中的两片，紧紧联系在一起，从来没有人像她那样了解我。她推，我拉；她编程，我建模。如果没有她的代码，我的创作将了无生气；如果没有我的建模，她的代码只能是无形的。

因为我们住在同一栋楼里，所以她总是来我住的地方玩，让我不会在妈妈上班的时候感到太孤单，甚至在我在地下室修修补补的时候陪着我妈妈。她更像是一个姐妹而不是朋友——她称我是她自己选择的姐妹，而不是与生俱来的姐妹——我真不知道没有她我该怎么办。

蒙查镇没有明确的边界，没有巨大的门或城墙，但是当我们离开蒙查镇时，会有一种非常明显的感觉，道路的一边和另一边在气场方面有微妙的不同。我认为这是因为蒙查镇由蒙查公司经营，所以城镇所在地区的一切都非常干净。他们从市政府手中接管了十个矩形街区（还在扩张）的所有维护工作，以换取规划许可的优先权及凌驾于某些法律细则之上的权力。我曾在一份普通的城市报中看到一篇文章，说蒙查公司周围的人行道和通路都嵌入了反商标侵权的警报，如果有人试图偷东西就会触发警报。文章还说，保安鸟巴库会飞过每一寸土地，像闭路电视监控系统一样无孔不入。我不知道这些谣言是不是真的——我从来没有看到过任何反常的鸟类，也没有听到过警报。但是，蒙查的警卫（保安团队）一直都在保护着蒙查镇的街道安全。

这些关于保安鸟巴库和警报的描述与我所读到的关于莫妮卡·陈的一切都背道而驰——她似乎对版权侵犯方面并不偏执。我们在学校经常被告知实验和玩耍对我们的重要性——它们就是技术实现飞跃的方式。而且，世界上还没有任何一家公司能够复制出合格的巴库。

德国曾出现过一个灾难性的巴库版本，所有的动物都是基于神话中的生物（这部分很酷）而设计的，但是它们出现了非常严重的故障——抽搐、干扰短信，并把所有的网站都转到了非法的暗网，其中一只甚至攻击了它的主人，他们不得不在一周内停止生产。针对这件事，也曾传出谣言说很可能是蒙查公司的王牌编程员攻击了德国的主机，但是病毒代码并不能解释这些机械发生的奇怪的抽搐现象。

在蒙查公司制作的巴库面世的十年中，没出现过任何重大的故障。神经连接技术对人体的伤害不过是穿耳洞的程度（尽管法律仍然要求人们等到初中最后一年才能植入神经连接）。最棒的地方是，即使是比较旧的巴库也可以升级纳入各种新技术，并终身享有蒙查的保修权。巴库丰富多彩且在世界各地的传播如此迅速，没有任何竞争的必要。如果你想在一家尖端科技公司工作，那么只有一个选择——蒙查。

对我来说，自始至终都只有一个坚定不移的选择。只不过那希望的火花现在伴随着一股极度的失望，我不知道这种失望感是否会消失，我的余生是否都会在遗憾中度过。

当莱纳斯指示我们左转时，我意识到了佐拉要带我去哪里——顿河河谷小径。我高兴地笑了。

顿河河谷像一条贯穿市中心的绿色河流，是繁忙都市中的一处宁静绿洲，它是我在这个城市中最喜欢的地方之一。当你俯视它时，你可以假装自己在一片茫茫原野之中。我依稀记得我曾骑在爸爸的肩膀上，他带着我走在小径中，然后——

我立即咒骂了自己的大脑并清除了一切和爸爸有关的事，我不需要想起他，尤其是今天。今天已经填满了失望。

“没事吧？”佐拉问道，莱纳斯以奇妙的同步性歪了歪头。它成为佐拉的巴库才一天，但它已经开始融合她的习惯，就像她耳垂上的一串耳环一样，开始成为她的一部分。

“你指什么？”

她歪过头，低头盯着我的手：“你在擦你的戒指。”

我的脸颊开始发热，迅速分开双手。但她是对的，每当我触碰爸爸的旧工程师戒指（他唯一留给我的东西），就说明有不寻常的事情发生了。

这种铁戒指是加拿大工程学方面的一种传统。据说，它是用一座倒塌的桥上的铁锻造而成的，提醒着工程师们与生俱来的巨大责任——要时刻牢记他们工作的安全性。它应该被戴在左手小指上，但是我的手比爸爸的小太多了，所以我戴在了大拇指上。再说，我还不是工程师。

“也许你永远不会成为一个工程师了，至少不会成为蒙查公司的工程师。”我脑海中一个细小的声音如是说。我用力驱散了这个想法。

“哦，我很好，”我说，“这地方棒极了，我喜欢这里。”我张开双臂，在树冠下转起圈来，希望能转移她的注意力。

我成功了。她闭上眼睛，深吸了一口气：“这儿的确很不错。从这儿过桥就能去市中心，而且这是条近路，如果我们去的话，可以买点奶茶。”

公园中央有一座横跨火车轨道的吊桥。“好主意。”我说，低头看着她脸上和手臂上斑驳的树影。她的皮肤在阳光的照射下闪闪发亮。我感到一阵悲伤——今年夏天，她就要去上高级编程课了。这对她来说是一个很棒的机会——自从佐拉在BASE中编写了她的第一句“你好世界”后，她就一直想成为一名程序员——在明年正式申请计算机技术学位之前，这门课程将帮助她获得竞争优势。

“你们什么时候开课？”我问。佐拉过段时间就会离开了，我们会整整两个月没法见面。我想知道在她离开之前，我还能和她相处多少天。

“嗯？”她睁开深褐色的眼睛，把目光转向我，“哦……六月底。你会想我吗？”

“你在开玩笑吧？”我停了下来，“没有你，我的夏天该怎么办啊？”

她戳了戳我的肋骨：“也许你会玩得很开心，那时可是夏天。你辛苦了整整一年，可以休息一下，放松放松。”

“是……”只不过你可以做你一生都想做的事情。这话挂在我的舌尖上，但我没让它从边缘滑落。

低沉的笑声从背后传来，伴随着只有聊天者才懂的笑话和蹩脚的双关语。佐拉回头看了看。“哦，不。”她说，肩膀绷得紧紧的。

“怎么了？”我也转过身去，立刻就看到了她紧张的原因：机械野猪抽动着鼻子从我们后面跟了上来。巴库一定为他们的主人导航了同一条进市中心的捷径。

“哦，看，这不是甲虫大脑和她的啮齿朋友吗？”卡特说，他的声音里带着沾沾自喜。他身边有几个我不认识的人，都带着三级巴库并穿着普罗菲特斯衬衫。托比亚斯也在。不过，至少他还算是比较正派，对他朋友明目张胆的奚落感到羞愧，两眼盯着树林并拒绝跟我眼神相撞，就好像我看他了似的。我把视线转向他美丽的老鹰巴库，嫉妒得胃都缩起来了。

“别理卡特。”佐拉扬起下巴，低声说。莱纳斯在她夹克兜帽里颤抖，我们放慢脚步，希望他们能超过我们。

“现在，说正经的。”卡特边说边走到我们前面，并且举起手来强迫我们停下，我不情愿地看向他。“你明年不能上普罗菲特斯让我觉得有点儿失望。到目前为止，你是我们班最接近我的对手。我想，这下我将要看到真正聪明的孩子是什么样子了。我猜，你是不是考试挂了？”

佐拉在我旁边气得都奓毛了，五英尺高的结实身躯上寸寸寒毛直竖。她用期待的眼神望着我，深褐色的眼睛里流露出的神情仿佛在冲我尖叫：“他不能这样说！你不能就这样算了！”

但我这靠不住的脑子想不出任何机智或有创意的回应。相反，我只是词不达意地嘟囔了几句，垂下眼帘加速继续往前走。我羞愧得脸上发烫，真希望我现在能有我最喜欢的网剧里的青少年一半聪明。

佐拉并没有马上跟上我，我悄声祈祷了一句，希望她就这么算了。几秒钟后，她急匆匆地追上了我。“他还不如没有那只巴库的时候讨人喜欢。”佐拉在我耳边生气地低声说道。然后——就好像这话被听到了一样——我们身后的野猪“哼哧”了一声并打起了响鼻。

“他可能很快就会将巴库再次升级。”我不由自主地回头瞥了一眼。佐拉说的没错，卡特有了这只野猪就像变了个人。他站在那儿，看起来更高了，更落落大方了，头顶的金发也不那么扁塌油腻地贴着头皮了。普罗菲特斯式大改造，可不是说着玩的。

“别走啊，伙计们，”他在我们身后喊道，“这可能是我最后一次见到你们了。很快，我们就不是一个圈子里的人了。”他边说边不停地抛着一个球。我认出这是一种巴库训练工具，可以让主人和他们的巴库玩“捡球”，就像和真正的宠物玩一样。“除非我需要有人来打扫我的房子。甲虫不就是干这个的吗？做动物世界的下等粗重活儿？”

“那你成什么了？像你之前的巴库一样可以被随意丢弃的垃圾吗？”我还没来得及遏止，这些话就脱口而出了。我可能是讨厌我的小甲虫，但这并不意味着我会允许卡特诋毁它。

卡特紧紧攥住巴库球，一抹红晕像愤怒的潮水一般在他苍白的皮肤上蔓延，从他的衣领处上升到他的脸颊。我不想看到他更进一步的反应（虽然这实在解气），我很清楚，我刚刚可能捅了一只愤怒的熊或野猪。我拽着佐拉向前走去。

“我要让你知道猪是非常聪明且足智多谋的动物！”卡特那刺耳的声音一路跟随着我们，“回来！难道你们不想看看四级巴库能做什么吗？”

我们没理他，半跑半走，直到我们淡出他的视线，也听不到他的声音，才放松下来。

以前，我别提多想看看四级巴库工作的样子了，特别是野猪这种复杂的模型，但现在我只想离开。我痛恨卡特现在给我带来的渺小感。在我被普罗菲特斯拒绝后不到二十四小时的时间内，我就已经从梦想的天堂跌进了地狱。

我们身后的树枝和树叶噼啪作响，伴随着一声不祥的咆哮。

野猪跟上来了。我抓住佐拉的手——野猪巴库可能看起来吓人，但它不能伤害我们或莱纳斯。如果我们能过桥进城，就能彻底甩掉他们。我们开始奔跑。

刚开始，佐拉和我一起向前冲着，但随后她的手掌从我的手中滑落。我们身后传来愤怒的喊叫声，然后是老鹰刺耳的尖叫声。我停下来转过身——桥已经过了一半。

托比亚斯的鹰翱翔在佐拉的头顶上，它飞得那么低，翅膀都擦到佐拉的发际线了。它用爪子在空中夺走了什么，那东西太小了，以至于我看不清楚。佐拉吓得尖叫起来，但她跑得太快了，结果被人字拖绊了一跤，失去了控制，重重地摔在金属桥面上。有什么东西从她的衣领里漏了出来，然后弹了几下，最终越过桥边落入了河谷。

出于本能，我抓过我能找到的离我最近的东西扔向老鹰——一颗松果，好让它远离佐拉。我投得出乎意料地准，松果打在老鹰金色的翅膀上发出叮当的响声，使它失去了平衡。

然后，我听到佐拉恐慌的尖叫："莱纳斯！"

哦，不。我的心猛地沉了下去，迅速跑到佐拉身边，然后将身体探出了桥栏杆。卡特、托比亚斯和他的其他朋友从我们身边跑过，消失在桥另一边的森林里。一群懦夫！

但佐拉崭新的巴库已完全不见了踪影。

第四节

“不！”佐拉哭喊着，她颤抖着，双手抓着衣领和耳朵周围的连接线，仿佛在祈祷莱纳斯就蜷缩在某个角落，“莱纳斯？莱纳斯，你在吗？”

但如果它在那里，它会回答的。然而，取而代之的是鸦雀无声的死寂。

她抓住我的手，站了起来：“莱西，我不能失去它！我才刚得到它。我所有的积蓄……”

“我知道。”我深吸了一口气。我清楚地知道佐拉为了她的巴库在多么努力地工作攒钱，我不会让她的努力因为卡特和他的朋友而付之东流的。我低头望着谷底和铁轨，然后又看了看我们的脚——我穿着结实的靴子，而佐拉穿着人字拖。我知道我该怎么做。我转向佐拉，把手机塞进她的手里。即使屏幕坏了，它也还能工作。“打给蒙查守卫，告诉他们发生了什么事。”

她泪眼汪汪地盯着手机，额头因犹豫而起了皱纹。

这手机在她手里简直过时得可笑，但她抽了抽鼻子并紧紧握住手机：“好的。”

“很好。”我说。然后，我把袖子拉了下来，这样它们就能盖住我的胳膊。接着，我紧了紧背包上的抽绳。

“等等，你要去哪儿？”她问。

我爬上金属栏杆：“我去找莱纳斯。”不等她回答，我就跨过栏杆跳到另一边长满杂草的斜坡上。佐拉犹豫了一下——我知道她想跟着我——但她在心里盘算过，她穿的鞋没办法爬下河谷。“我不会有事的。”我告诉她。过了一秒钟，她就妥协了。

“谢谢你！”她在我身后喊道。

我开始了我的徒步旅行，一边推开灌木丛，一边尽量不去想潜伏在长草里的虫子和飞蛾。我听到佐拉开始与蒙查守卫交谈：“喂？是的，我要上报一起巴库丢失……”

随着我渐渐深入河谷，岩壁开始变得越来越陡。在我专注于脚下情况的同时，佐拉的声音也渐渐消失。愚蠢的理性想法充斥着我的大脑，例如：我怎么才能从这里回去？我为什么要把手机留下？我再次甩开这些想法。当我回头看向那座桥，试图确定自己是否正沿着莱纳斯最有可能的下落弧线行进时，我已几乎辨别不出桥的金属栏杆在哪儿了。从这里看，我就像在森林里一样，能看到的只有树冠、灌木和蓝天。这儿本来是多么宁静祥和啊。

然后，一列火车从下面的铁轨上疾驰而过，铁道与车轮之间摩擦的尖啸声和列车带起的强风逼得我几乎跪了下来。这使我更加急迫地想要寻找莱纳斯——我只希望这只巴库没有被扔到轨道上。如果是那样的话，它会被压碎成睡鼠碎片，再也无法修复。

令我惊讶的是，佐拉和莱纳斯的感情建立得如此之快。莫妮卡·陈说，这是她从未料到的巴库的神奇“副作用”之一。当然，她明白伴侣性是机器人吸引力的一部分，但是这个最开始作为帮助她克服智能手机成瘾的工具，一进入大众市场，销量就出现了爆炸式增长。人们真的开始“爱上了”他们的巴库。莫妮卡非常希望每台机器一经造出就能经久耐用，所以所有的更新都兼容旧型号。她自己就仍然用着她的第一代模型——一只名叫“一”的线条优美的猫。蒙查以此为标语进行机器营销：“一只巴库用一生，所以圣诞节买一个吧。”

我的祖母曾告诉我，人们过去是如何沉迷于手机的：亲人和朋友坐在餐桌前等待用餐时，彼此并不交谈，只管滑动自己手机的小屏幕。而且这些手机每天都要充电，让你离不开墙壁。有时，如果你使用频繁，它们甚至会在中午就电力耗尽，然后你就会因用不了手机而束手无策，直到你找到一个插座。多伦多曾通过了一项法规，规定在公共场所不能使用插座——因为人们会在某处坐几个小时，直到他们的手机再次充满电。这项法规在当时几乎引起了众怒。

这就是蒙查突破性进展的第二部分。莫妮卡总是把这一发现归功于她的商业伙伴埃里克·史密斯，但我肯定她对此的贡献比他大。尽管如此，我们还是这样说：他们一起发明了一种方法，可以将人类运动的自然动能转化为巴库的电池电量，再加上太阳能储备，只要它们在主人身上连接一段时间，就能一直保持满电状态。刚开始要适应这个概念有些奇怪，但安装连接口的过程并不比穿耳洞伤害更大——一枪搞定。早上的时候，我其实就应该插入连接线——我还没有和甲虫建立连接。但一旦我建立了连接……也许我也会和它建立深厚的感情。

甲虫是最棒的巴库。它们几乎不耗费任何能量，甚至不需要每天晚上都插入连接线。它们几乎是坚不可摧的，还可以进行高度定制化。甲虫是完美的伴侣。

是啊，每个买不起其他巴库的人都这么说。

我想到了巴库工程师新月路——我们原本是要搬到那条路上去的，如果我爸爸没有……失踪的话。如果我能进入普罗菲特斯，我就能保证和妈妈过上好日子：一栋大房子，一份值得一辈子效力的工作，终身的福利……但是，一旦我从圣艾格尼丝毕业，我就得离开蒙查镇，或者在蒙查找一份适合甲虫巴库拥有者的工作。

现在，火车离我更近了，它们产生的风力几乎要把我掀起来。这些最近刚升级、来自日本的超高速列车，使得人们从郊区通勤更加容易。

讽刺的是，多伦多城市扩张和人口爆炸的问题被很多不同的人同时解决了，以至于火车基本从来没有满员过。比如，蒙查就在城市规划中发挥了重要作用。由于他们为员工提供住宿补贴，大多数人选择住在城中城的蒙查镇，使得通勤几乎不复存在——你可以一辈子都不出蒙查镇。其他公司也开始效仿这一模式，尤其是一些较小的创业公司开始合并成庞大的单一体系，试图与蒙查、谷歌和苹果竞争。不过，没有一个比得上蒙查。

我抓住一根树枝稳住自己因泥泞的地面而打滑的脚步。按照莱纳斯的下落弧线来看，它应该就落在附近，可是谁知道它落地之后又沿着山体滚了多远呢。佐拉刚刚得到它，还没来得及给它安装巴库信标——要是我的话，一旦连接了我的甲虫，第一件要做的事就是这个。

我得给它想个名字，除了“甲虫汁”和“爬爬”，什么都好，人们真是太缺乏想象力了。我可能会叫它“一点点”，因为和其他的巴库相比，它只有那么一丁点儿大。我竖起耳朵，因为我听到了一种不像正常报警信号那么强烈的“哔哔”声，有可能是莱纳斯跌落时损坏了报警系统——巴库拥有为远离主人或受到损坏等情况而内置的遇险警示信号。

“莱纳斯？”我喊道。巴库会回应它们的名字，这是它们的编程设置。

有时候，如果不是主人的声音，触发效果就会不太理想。但那“哔哔”声就像打了类固醇的吱吱玩具一样加速起来。我敢肯定是它。我穿过茂密的植被，试图找到声音的源头。

然后，我看到了它，它是那么小，正好被卡在一片大叶子和茎的连接处。我把树叶往下压了压，将这只小老鼠捧到手心里。它的状态看起来不算太糟，只是尾巴有点儿弯了，我得拍些照片测试一下相机是否还能用，不过我有信心能修好它。

“好了，好了，莱纳斯。”我说。尽管安慰一个机器人有点儿荒谬，但它似乎很受用地抽了抽鼻子，然后所有的电力生命就都随着它喘出的最后一口气消散在了眼中。我需要给它连接充电才能对它进行进一步评估。现在，我该想办法离开这里了。

我把莱纳斯放进夹克口袋，开始寻找一条上山的路。

身体重心的移动使我一直靠着的树枝应声而断，我还没来得及抓住任何东西就摔了出去，肩膀撞到地上，接着我滑入了河谷更深处。

我双脚胡乱蹬着，试图阻止自己跌向谷底的铁轨和高速列车。跌落的过程中，我试图抓住经过的每一根树枝和每一棵植物。我的手掌像被刀割一样，但我顾不上这些，直到我滑过一小块混凝土墙，落在下面的石头地面上。有什么东西从我身边一头栽了下去。

我等了一会儿——在因为疼痛而等待的时间里，我的呼吸越来越急促，越来越沉重。但我不能等太久，因为我听到了火车驶来的尖啸声，而且我的脚离铁轨太近了。我忍痛收回双腿，双手抱着膝盖，背靠着墙。火车飞驰而过，我闭上了眼睛。

呼啸的风和飞过的石屑打在脸上的疼痛感漫长得似乎永远都不会消失，但最终它们还是过去了。我深深地吸了一大口气，我没有受伤——至少没缺胳膊少腿——但是明天早上我会疼得要命。

第五节

我的手“啪”的一声扣在口袋上。我几乎不想往里看，但我还是看了，然后，我松了一口气——莱纳斯并没有因为我的跌倒坏得更厉害。它已经挺过了一次严重的坠落，我想再来一次也不会让它伤得更重。

当看到牛仔裤和夹克上有一抹红色时，我的心跳加速了。血从我的手掌流出，我的手掌在我往下滑落时伤到了，伤口清晰可辨，像嘴巴一样裂开着——我看一眼就觉得胃里翻江倒海。我从背包里扯出一件旧运动 T 恤，狼狈地裹在手上止血。我得回家了，立刻马上。

巴库掉在铁轨附近也有好处：我知道铁轨附近通常有供铁路工人进出河谷的阶梯。我可以沿着这些阶梯回到主干道上去。

当我把背包甩过肩膀时，我听到了一声电子设备的“哔哔”声。我下意识地想起了莱纳斯，但不可能是它——它已经没电了。

然后，我看到了它——我脚下的一堆扭曲的黑色金属。这就是刚才从我旁边掉下去的东西，它的一面沾着鲜红色的血迹。这时，我这才意识到：那是我的血，我的手一定就是被这东西划伤的。

“破废铁！”我一边说，一边用靴子踢了一下它。它似乎发出了轻微的呻吟声，这一定是我想象出来的。它在水泥地上翻了个个儿，露出一个大洞，洞的边缘是死气沉沉的焦炭状。看来，它之前经历了一场磨难。

有什么东西在我的视线中一闪而过，我屈膝凑上前去查看。然后，我飞快地眨起眼，简直不敢相信自己看到了什么。那是一个蒙查商标——至少，我认为是——它有点儿扭曲变形，而且还有一半被那类似焦痕的东西遮住了。但蒙查制造的金属价值不菲——尤其是在对巴库进行未经授权的维修而需要时。

铁轨又开始嗡嗡作响了，我不能再继续思考了。我捧起这个金属装置，装进我的包里并推到底部，把它和刚买的新甲虫巴库一起压在我臭臭的健身服下面。有些零件可以卖掉，有些也许还能再抢救一下。

然后，我没再浪费时间，沿着阶梯爬出了河谷。

山顶被一道大门挡住了，但我没费多大力气就爬了过去，并且为终于走出树林而松了口气。没有手机，也没有激活的巴库，我觉得自己与世隔绝了，并且仿佛少了条胳膊似的，以致颇费了些功夫才找到方向。我来到了一条安静的住宅区道路上，周围都是高耸的公寓楼，但这些标志对我来说毫无意义，因为通常没有 GPS 我是不出门的。

以前的人们怎么生活啊？路边是需要零钱才能打电话的电话亭，没有自动导航的纸质地图……

手掌被划破的地方还在抽痛。我忍住这疼痛，原地转了一圈。对我来说，辨别方向应该不会太难。多伦多的城建是棋盘式的。我不在蒙查镇，那么这意味着河谷在我东边。如果我背离它——向西走——就会找到一条主干道，然后再从那里找到一个地铁站。

我调整了一下背包上的抽绳，朝我希望是西边的方向走去。

“喂，你！”一个粗哑的声音从我身后传来。

我的心猛地一沉，原地转过身去。三个男人从我刚才爬出河谷的阶梯那边跑过来，步调惊人地一致。三只看起来很恶毒的豹型巴库跟在他们脚边，体态优美又矫捷。它们完全没有被刻意做得形似真正的动物——它们由线条流畅的金属板构成，有着裸露的活塞和电线、闪烁的黄眼睛和锋利的爪子。那几个男人戴着全罩式面罩，穿着黑色制服，但我没看到他们身上有明显的蒙查标志或者多伦多警察肩章。其中一个人把面罩拉低了一些，露出了浓密的黑色眉毛和一双深褐色的眼睛。

“别动，蒙查守卫。”他在我眼前飞快地晃了一下他的徽章，我根本没看清楚。不过那上面的标志看起来确实有一点点像蒙查的标志，所以我待在原地没动，反正我的脚本来就跟灌了铅似的定在了地上。我还从来没有被警察或蒙查守卫找上门儿过呢。

男人上下扫视着我现在的样子。我想象不出他会怎么想——包裹我手掌的T恤沾满了血，我的头发上沾满了树屑和泥土，我的牛仔裤也破破烂烂的，并且不是什么艺术家风格，而是“我刚才摔进了河谷，然后又擅闯了铁轨”的风格。

“我们需要查看你的巴库。”

“对不起。”我开始结巴，“我并不是有意闯入的。我最好的朋友的巴库掉进了河谷，我去找它了……”我含糊不清地说。

“请出示你的巴库。”

“我……我还没有巴——”

“系统显示有已激活巴库。”男人打断我的话，豹型巴库向前了一步。

然后我记起来了，莱纳斯。我赶紧从口袋里把它抓了出来。“这就是我身上带着的巴库！它属于我的朋友，佐拉·拉耶尼。”

黑豹向前探出身子，嗅了嗅莱纳斯。它的背上出现了一连串的信息，深褐色眼睛的男人俯身读了起来。

“佐拉·拉耶尼的财产。四十五分钟前上报丢失。你叫什么名字？”

“莱西。莱西·朱。”

“你在被批准（持有巴库）的名单上。”他往后退了一步，盯着我，“你在下面的时候看见别人了吗？或者看到其他巴库了吗？”

我摇摇头，双腿发抖：“不……什么都没看见！我找到莱纳斯就直接出来了。”

那只黑豹围着我转了一圈，我的心怦怦跳了好几下，那男人才挥手准许我离开：“你可以走了。”

“谢谢你，先生。”我点了点头，然后转身离开，并且希望自己的姿势正常。他们似乎根本不在乎我摔进了河谷这件事。

我刚走了不到十步，就听到身后一声咆哮。

“等等，雷克斯 19 号发现背包里还有一只巴库。”那个没完全戴上面具的男人大步冲上来抓住了我的背包，强迫我停下来。我还没来得及反抗，他就把包从我肩上扯了下来。他打开拉链，我那个还未拆封的甲虫巴库掉在了地上。

我口干舌燥。我忘了甲虫的事了，虽然我不觉得自己犯了什么罪，但我的心仍因恐惧而狂跳着。这些警卫看起来异常严肃，我不想让他们觉得我是故意欺骗了他们。“不好意思——我忘了，因为我还没有机会注册这只甲虫，我今天早上才刚得到它……”

“她说的是真的，琼斯。”另一个守卫说，我的肩膀因松了一口气而耷拉下来，“云端存储的蒙查商店的收据确实登记在莱西・朱名下。我们走，老板又给了我们一条线索。”

他咕哝了一声，把破损的背包扔到我脚边，我忙跪下来把甲虫巴库收回背包里。这些人以相同的步调向相反的方向出发了。

我摸了摸被泪水浸湿的脸，看来今天不会更糟了。

第六节

“莱西，你怎么这么晚才回来！我担心死了……”妈妈从屋里出来，看到了我衣衫褴褛的样子，到了嘴边的话又咽了回去，“你怎么了？”

我把背包“砰”的一声扔在了地板上，没有回答，只是叹了一口气。

“让我看看你的手。”妈妈把我领进厨房，按着我的肩膀让我坐了下来。这是妈妈真实的样子——她既耐心又坚强，而且似乎对所有不为人知的医学知识都熟稔于胸。我依稀记得她曾说起她上过医学院，但在爸爸失踪后，她就开始在一家提供巴库客户服务的蒙查子公司工作。这不是她梦寐以求的工作，却让她得以养活我们两个。

进入普罗菲特斯本来是我帮她减轻负担的机会，或许还能让她重新发现自己的热情所在，但现在都没戏了。被普罗菲特斯拒绝的心痛程度，不亚于妈妈从我的伤口上解开临时 T 恤绷带时的刺痛。

她看到伤口后“嘶”了一声，然后咂起舌。

“别动。”她说着，离开了厨房。

“呀！”当妈妈回来用消毒剂给我清洗伤口时，我大叫了起来。

她把我的手掌翻来翻去。“会好起来的。”她叹着气说，“再深一点儿，你可能就需要缝针了。那样的话，你整个夏天都别想做你那些复杂的焊机工作了。你当时到底怎么想的啊？”她身体前倾，把我的头发从脸上拨开，在我的头上搜寻其他的擦伤或割伤，“还有其他地方受伤了吗？”

“没有，我挺好的。”我向后一靠，把她推开，受伤处一阵疼痛。

她双臂在胸前交叉:“嗯，那就好。这意味着你可以开始向我解释这伤是怎么来的了。”

我表情一僵:“佐拉和我遇到了卡特。”

“莱西！”妈妈语调尖厉。虽然她对我和卡特之间的竞争略知一二，但她更担心我有没有惹毛蒙查公司二号人物的儿子。

“干吗？他和他的朋友都是混蛋。佐拉被他们的巴库吓了一跳，不小心把莱纳斯掉进了河谷。所以，我去找它了。”

“哦，亲爱的。”妈妈不赞同的神情中带着赞赏，“莱纳斯没事吧？”

我把它从口袋里掏出来给她看。“它受了点伤，我要去楼下给它检查一下，但它应该会没事的。只是，我真的很生那些家伙的气，而且卡特进了普罗菲特斯，而我没进。天理何在啊？我的成绩永远都胜他一筹……”

妈妈的嘴抿成了一条细线，所有残留的赞赏都消失了。现在，她满脸都是不赞成。我敢肯定，她眉间的V形皱纹完全是由我对普罗菲特斯的痴迷引起的。她明白我的动机是好的，但我想，这种痴迷让她想起了我爸爸……爸爸的结局可不好。我只知道，在我五岁左右的时候，他得了某种神经失常症，离开了妈妈和我，从此杳无音讯。我并不清楚具体情况，因为我从未被告知过故事的全貌，但我知道我（对普罗菲特斯）强烈的冲劲儿触动了妈妈（的不安）。

“圣艾格尼丝不是世界末日，佐拉会陪着你，你依然可以成为一名工程师。”

“只是不是蒙查工程师。”我喃喃自语道。

她的表情柔和了一些，伸出手理了理我的头发:“对，不是蒙查工程师。如果到时我们不得不搬走，搬就是了。有时候，你必须改变你的梦想，莱西。有时候，无论你多么努力尝试，事情就是无法如你所愿。”

我想反驳，但我也知道那没什么意义:“我去洗个澡，然后就回我的洞穴，好吗？”

“好的，亲爱的。但是，带一盘吃的去，你今天受了惊吓，需要补充大量能量。”

“但我不去圣艾格尼丝，不去。”我嘟囔了一句，冲进浴室，这样妈妈就不会唠叨我了。

淋浴的水压冲去了我头发和皮肤上的污垢和树叶，但也让我觉得浑身发疼。

选择权已经从我手中被夺走这件事也让我觉得更加难受，我叹了口气。我不得不把在圣艾格尼丝学院接受教育作为我的新梦想。如果我做不了蒙查的巴库工程师，那么我将做个……

我的脑子连个像样儿点的选择都想不出来。

我提醒自己，至少我还能和佐拉在一起。我这么想着，脚边的淋浴水也终于变得清澈了。

洗完澡，我套上了一件旧的格子衬衫和一条山寨的露露柠檬瑜伽裤，把我的黑发挽成一个髻，好让它自然晾干。我没有手机可以给佐拉发短信，所以就用古老的笔记本电脑给她发了一封老式电子邮件，告诉她我找到了莱纳斯，等我修好它之后，明天就带去她家。

她几乎是立刻回了我一大串“赞美上帝”的表情。每次我们互发邮件的时候，她都怀旧心爆棚，然后就会用表情把整个屏幕填满。

我走进厨房，拿起一罐速食拉面，用微波炉加热后倒进保温壶里，然后一边抓过我的背包，一边冲着妈妈大喊再见。当我关上门走向电梯时，电视里大声放着她最喜欢的节目的主题曲。我按了去地下室的按钮。

是时候开始工作了。

电梯门在地下停车场里打开，但我不是来取车的。大楼里的每个公寓都有自己的矩形小储物室。

大多数人都在这里存放自行车、帐篷或滑雪器材，但我说服了妈妈让我把储物室改造成自己的工作室。刚开始的时候，待在里面就像待在笼子里，但我在铁丝网上挂了很多东西，创造出了一个舒适的私人空间。我在这里几乎没见过任何人，只有我和那些别人不要的杂物。

这正是我喜欢的——我的洞穴。

比尔·盖茨、比尔·休利特和史蒂夫·乔布斯或许有父母的车库，但我和莫妮卡·陈有自己的公寓储物室。

“当你有发明创造的动力时，你可以找到一个地方去实现它。”

为了增加安全性，我在正常的挂锁上加装了一个指纹扫描器。有时，它会出现故障，使我不得不强行进入，但这次我一按手指，它就很容易地打开了。

金窝银窝，不如自己的狗窝。

这个地方就像小美人鱼的洞穴，里面摆满了电子设备和工具，包括我在楼上修理花瓣时用到的珍贵的烙铁。我的抽屉里塞满了银线、各种尺寸的螺丝和印刷电路板。这些印刷电路板有些是从坏掉的设备中偷偷取来的，有些是从庭院旧货市场淘来的（我们仍然这样称呼它们，尽管现在已经没人有院子了——人们基本都把不想要的废品刊登在公寓楼的广告板上以求售卖）。我有大张大张的金属薄片以供修理时使用，有一卷卷不同的导线以供我的 3D 打印机使用，有一个古老的电视机可以在我工作的时候放我喜欢的韩剧，还有一些电脑显示器供佐拉查看代码，以及一个装满了旧手册和捡来的大学教科书的书架。

在远处的角落里有一张折叠床。妈妈不喜欢我在下面睡觉，但有时我工作到眼皮都要掉下来了，我根本没办法醒着走到电梯那儿去。只要我第二天早上听话地认错，就能逃脱妈妈的唠叨。

床上方是佐拉硬让我挂起来的俗气的愿望板。这原本是学校的一项作业，但我们做了个升级版。学校的任务是创作一幅描绘我们未来具体目标的拼贴画板。我们把学校的作业做得非常普通又无聊，但是我们为自己做了更加详细的特别版本。

在我的画板中，有香港、东京和首尔的照片，我计划毕业后去这些地方进行梦想之旅。我早就已经研究好了火车路线及住宿等所有事宜。

有一张西班牙猎犬型巴库的照片——西班牙猎犬型巴库是我梦寐以求的伙伴；有普罗菲特斯学院的照片：学生们穿过那巨大的两层

楼高的大门，进入那神圣的门厅的照片，以及学生们毕业后成为蒙查新员工的照片；有蒙查研究创新实验室的照片，我一直梦想着能在那里以巴库工程师的身份工作；还有一张莫妮卡·陈的照片，她站在新一代巴库面前，双臂交叉，看起来很有权威，标志性的刘海儿是点睛之笔。

我跪在吱吱作响的折叠床上，把所有的照片都摘了下来——包括旅行的那些。就靠甲虫巴库持有者的这点工资，我一辈子也去不了这些地方。我快速眨眼以防眼泪掉下来，不愿看软木板上留下的图钉洞。

我深吸了一口气，让自己振作起来，把取下来的剪报丢进垃圾桶，然后坐到了桌前，玻璃桌面上满是划痕。我把莱纳斯放在我的工作台上，在最近的屏幕上调出睡鼠巴库的典型电路图。你可以在蒙查云盘上找到任何东西，但大多数人不会胡乱摆弄他们的巴库。因为巴库一旦接受了未经授权的修理，兽医便不会再为其提供服务。然而，佐拉信任我。

这项工作把我的注意力从普罗菲特斯上移开了。我花了整整一个小时，才借助加热过的钳子和烙铁把莱纳斯的尾巴弄直，它看起来几乎和新的一样好。在它充电之前，我无法检查它的行动性或相机，所以我用花瓣的旧数据线为它接通了电源。这样的充电速度远不如把它连接到主人身上快，但至少能充上。

我揉了揉眼睛，这疯狂的一天终于给我带来了疲惫感。我不敢相信我这一天是从蒙查商店开始的，在身上开通巴库连接口并拿到我的甲虫巴库，这些感觉就像是上辈子的事。

我想我应该跟我的圣甲虫建立连接了，然后再给它起个名字，这样它就可以开始学习我的行为，并且从蒙查云盘下载我的资料。

林戈？太老气了。

赫比？太古怪了。

杜恩？太呆板了。

我在拖延时间，我知道。我提起背包，因为太重而“哼”了一声。当它被放在桌上发出响亮的“砰”声时，我想起了带回家的那块扭曲的金属。那就是背包为什么这么重的原因。

把没开封的甲虫扔到架子上，我带着前所未有的兴奋感撕开了已经残破不堪的背包。跟甲虫建立连接和起名字的事就再等等吧。

我把那团皱巴巴的金属倒了出来，把沾在表面的灰尘和树屑弄掉。虽然它的外形没什么特别的，但我的直觉很不错：这上面真的有很有价值的东西。那块没有被我的血和某种灼烧焦痕所覆盖的金属，黑得像缟玛瑙，我几乎能在这种深沉而浓郁的黑色中看到自己的倒影。我盯着它，没有碰它，试图找出从哪里开始入手。

这个洞像一张嘴一样咧开。我想不出是什么造成了这样的“伤口”——肯定不是火车碾压，也不会是高空坠落。

最后，我意识到：这金属是自己沿着洞口卷缩了进去。我需要将它完全拆开才能知道里面是否还有可以抢救的部分。然而不幸的是，会被烧焦就意味着这黑色金属本身相当没用，最后也就是个被丢进垃圾桶的命。

废铁。我浪费了那么多的时间和精力就带了一块废铁回家。

没必要小心翼翼地对待它了，我拿起那块金属，试图把它掰开。一开始，它纹丝不动，我正想去工具箱里拿把锤子时，它终于被掰开了。

我倒吸了一口冷气。

在烧焦的洞口里面，藏着一张脸。

第七节

毫无疑问，这绝对是一张脸。它的眼睛是睁开的，一只眼睑凹陷着，鼻子被压扁并歪向了一边，但它三角形的小耳朵几乎完好无损。

正是这双耳朵吸引了我。其余的部分可能并没给我留下什么深刻印象，但这双耳朵是完美的。它们的设计水准是我从未见过的：细小的导线纺成仿真毛皮，柔软但结实，而且很可能像真正的猫一样，是至关重要的感应接收器。

这就是这块金属的真面目——一只猫型巴库。

而且，照这材料的质量来看，是非常昂贵的猫型巴库。

我用指尖拂过这对耳朵，有点儿期待它们会因此而抽动一下，但它们毫无生气。

现在，我知道这是一只猫型巴库了，这皱巴巴的一堆更说得通了。我的血在尾巴上——当我在河谷里时，就是这尾巴划破了我的手掌。那个烧焦的大洞在右侧，那里是胸腔的位置；同时，那里也储存着大量的关键技术。

对真实的动物来说，大部分的“思考技术”集中在头部更说得通，但巴库的运作方式却并非如此——巴库的主板在躯干里，而不是大脑里。这太遗憾了，因为这可能意味着这个可怜的东西无法被修复了。

我睁大了眼睛，手指抚摸着这只猫损坏的身体，温柔得就像在诊断一只真正的动物。展现在我面前的技术是如此令人难以置信，我将它放在手中翻来翻去，几乎停不下来，而且每次都能发现一些新惊喜。覆盖在它身上的导线非常细，有真皮毛般的光滑质感。我试图沿着它的身体来研究这些导线的连接走向，我能看出它们每一根都负责收集不同类型的数据，可能是天气状况，或者是太阳能，又或者是测量来自其主人的信息——静息心率或核心体温。很多巴库都有这样的能力，但我从未见过它们被如此优雅的躯壳所包裹。

我咽了咽口水，把手从它身上移开并放在玻璃桌面上。一定有人很想念这只巴库。我不禁好奇它是怎么落到铁轨附近的……还有，它的侧面怎么会有这么大一个洞。

我咬住下唇。我真的应该把它还到蒙查商店，看看他们是否可以进行什么测试来确定失主是谁。我可以明早去。

或者，一个更顽皮的声音在我脑海里说："你可以等着，看有没有人来找它。"如果巴库的外壳里还有能够正常工作的信标，那么就会有人来认领它。

如果没有……那谁又会知道呢？它现在几乎就算是我的了，就像我捡到的其他所有科技品一样。

我的内疚感暂时被搁置在一边，我需要工作。

接下来的几个小时里，我把这只巴库清理干净——用钢丝球擦去烧焦的痕迹，扫去"皮毛"上导线周围积聚的灰尘和污垢。我时不时地发出惊叹，因为我不断地在这台机器上发现外壳制作上的微小而迷人的细节，比如光洁度无可挑剔的电阻丝，我知道这些是无法通过机器完成的。对，这是某个人手工做的，精雕细琢——以雕塑家级别的技巧焊接并操控金属及电子元件。我觉得自己就像一个学徒，正在研究大师失传已久的作品。

"里面有什么好东西吗，孩子？"

听到那低沉的男声，我几乎要从椅子上跳起来，但立刻松懈下来。那是保罗，他长着一副吓人的样子：稀稀拉拉的灰胡子，红彤彤的脸上常常油渍斑斑，一双炯炯有神的蓝眼睛在我所见过的最浓密的眉毛下闪闪发光。但他没有恶意，他是我的地下室工匠同伴，一个业余 DIY 爱好者及穴居者。他总是到处闲逛，修理别人扔掉的东西——那些他们不需要的旧科技。他的电话收藏系列是我见过最棒的，他甚至有一台旧传真机——绝对够古老。

当然，我们第一次见面的时候，他可真要把我吓死了。他将他胖乎乎、脏兮兮、因为干粗活而布满老茧的手指从我洞穴上的铁丝网孔洞里戳进来，然后摇了一下。

他说他这么做是为了引起我的注意，因为叫我的名字似乎没什么用——当我工作的时候，我就像入定了一样，几乎不可能被拉回现实。只要戴上我的护目镜和耳机，世界上其余的一切就都消失了。这种像激光一样集中于一点的高度专注，本应该能够让我进入普罗菲特斯的。唉，算了。

保罗和我是工程学上的伙伴。尽管如此，当他往里看时，我还是转过身去挡住了他的视线，不让他看到那只损坏的猫型巴库。其实我对他的一些……不那么合法、所谓“DIY 制品”也是睁一只眼闭一只眼。我曾在他的储物室里看到了一些明显并不属于他的东西，所以我敢肯定他也不会出卖我的。但我的身体很紧张，不由自主地要保护我的发现。

我想保护它。

“哦，就是我在街上捡的一点儿破烂，你懂的。”

“当然。”他的狐猴巴库爬上铁丝网，向里面张望。乔治是一只非常先进的巴库——至少四级，配保罗这样的人实在显得有些绰绰有余。保罗只有一条胳膊，但他不肯告诉我出事故之前他在蒙查做什么工作，我猜乔治是他残疾之后得到的升级版巴库。他常开玩笑说：“这就是我为什么需要一只能抓东西的巴库！”

“我这就准备回去睡觉了。你需要什么吗？”我们经常提醒对方做一些正常的事情，如吃饭喝水。这是匠人之间的默契。

我指了指保温瓶，然后还拿起筷子往嘴里塞了点黏糊糊的冷面条。“都挺好。”我说着，嘴里因为含着拉面而含糊不清。

他笑着说：“嗯，那好吧。别熬太晚。”

“晚安。”

“晚安。”

乔治发出一连串的“哔哔”声。

“等等，你今天拿到你的巴库了？”他用老派的发音方式称其为“巴克优”[1]，而不是更现代化的“巴库”。

我的心跳漏了一拍，我不记得跟他提过什么巴库的事啊。也许乔治刚才看到了桌子上的猫，并将图像展示给了保罗……然后，我想起来了，那只甲虫。“啊，对，我明天再给你看吧，因为我还没激活呢。”

保罗皱眉：“但是，乔治说里面有一只已激活的巴库。”

我顿了一下：“哦！那一定是莱纳斯，那是佐拉的新巴库。我刚把它修好，正在给它充电呢。”

“嗯……我一直以为你这种性格肯定会立马激活你的巴库。激活完毕，取了名字，就会把它拆开分析。然后，等你去了那所学校，你肯定会在所有人面前展示它。”

“我……”我根本没有勇气告诉他我没有被普罗菲特斯录取，我觉得，我在一天里让太多人失望了。“明天就给你看。”我重复一遍。

他停顿了一下，从浓密的眉毛下审视着我。不过，让我如释重负的是，他点了点头就走开了，乔治跳上了他的肩头。

“晚安，小工匠！”他边走边喊。

当他的脚步声完全消失，我才重新在桌前俯下身来。我又对着那只损坏了的巴库工作了几个小时，在不借助电子工具的情况下，尽可能地把这只生物身体上能清理的都清理掉。现在，我可以做一个适当的损害评估了。

评估中一个关键的发现是：数据线连接是完整的，兴奋使我指尖发麻。如果可以，如果这只巴库能够顺利充上电，那么尽管它的肚子上有个大洞，我也有可能可以使它活过来。我屏住呼吸，拿起连接线，把它连接到电源上。

我等待着任何可能的生命迹象——亮一下，动一下或者发出一点

---

① 英语原文中，“巴克优”的英语为“back-you”。现代化的“巴库”的英语为“back-oo”。读者意会既可。

儿“嗡嗡”声。然而，什么都没有。沮丧之余，我拉开离我最近的抽屉，翻出万用表。我把探针连接到这只巴库的各个部分，但是哪怕巴库连接了电源，我却依然没看到任何反应迹象。我失望地耷拉着肩膀，真是太可惜了，这么美丽的一个东西却再也排不上任何用场了。我从电源上拔下连接线，叹了口气。

然后，我想到了一个主意，这个主意比较大胆。它当然不会有反应了，巴库本来的设计就不适合用电源充电，它们的设计理念是陪伴人类工作。我的耳朵上就挂着一条崭新的连接线，整装待发，也许……

我拿起猫型巴库连接线的一端，和我的连接线接到一起。

当它同步时，我的鼻子一痒，打了个喷嚏。

几乎在同一时间，这只巴库的胡须剧烈地颤动起来，这是潜在的电力生命的首要迹象。

“神了！”我说着，大笑起来。我觉得这些工作都快把我搞疯了。

整整几分钟，都没有其他的事情发生，我怀疑刚才那胡须颤动是不是我自己想象出来的。我戳它，捅它，盯着它看，希望它再动一下。然而，什么都没发生。

最后，我觉得我的眼睛都快要从脑袋上掉下来了。我瘫倒在书桌上，当天发生的事情像沙袋一样冲击着我：给我重击——入学申请被拒；把我击飞——被迫买了甲虫；痛扁了我——被卡特羞辱；最后的致命一击——被那些可怕的蒙查守卫拦住。然后，当我已经倒地，还遭受了最后一记飞踢——看到托比亚斯正在运行的老鹰巴库，然后意识到我永远不会拥有那么酷的巴库。

他们会进入普罗菲特斯，而我不能。

他们将过上我梦寐以求的生活。

我知道我不得不放手。但是现在，我满脑子只有一个念头，它主宰着我全身每一个地方。

这不公平。

我甚至没来得及到折叠床上去就睡着了。

第八节

一阵轻微的“哔哔”声把我吵醒了，我用了好几秒才反应过来自己在哪儿，而且我落枕的脖子也不允许我马上移动。我伸手在桌上摸索我的手机，想要确认时间，但它不在那儿。

我眨了几下眼睛，身体终于清醒过来了。哪儿来的手机，我根本没有手机，因为我把手机屏幕摔碎了。我也没有能替换的手机，因为我所有的积蓄都用来给自己买巴库了。但是，我还没激活它，所以它也不可能像闹钟一样哔哔作响。

“哔哔”声越来越响，在地下室里回荡。当金属的巨响随着“哔哔”声一起传来时，我认出了它：是垃圾车来了。也就是说，我在储物室里睡了一整晚。

完蛋了，妈妈会不高兴的。我迅速收拾好我的东西，断开和那只损坏了的巴库的连接，把它塞进了一个盒子里并扔到了桌子下面。莱纳斯已经充满了电，我迅速用它拍了一张自拍，证明它的相机和屏显功能都正常。完美！它的时钟显示现在是早上七点三十七分。该死！

我拿起我的脏餐具（我可不想让我的储物室招虫子，尤其是我还老在里面睡觉），锁上储物室，用堪比杂技演员的技巧平衡住怀抱里的一堆东西，然后奔向电梯。

当我上楼到达我家时，我的心在打鼓：“妈妈，对不起，我忘记时间了。”

但当我走进厨房，看到的却不是妈妈，而是佐拉，她坐在厨房的一张凳子上。“哦，嗨！我正要下去找你呢。”她正在“吧唧吧唧”地吃一碗麦片，“莱纳斯怎么样了？”

“它很好！我想它已经恢复正常了。”

“耶！”她尖叫起来。我刚把莱纳斯放在料理台上，它就一路小跑奔向了佐拉。佐拉摊开手掌，莱纳斯跳了上去，一边冲上她的胳膊并连接到她耳朵的连接线上，一边发出愉快的吱吱声。“我也想你！”佐拉说。

我咬住下唇，看到佐拉这么……不稳重又情绪化，我感到很奇怪。尽管她和莱纳斯只相处了几天，可他们之间却建立了如此之深的联系。我一直知道人们会对他们的巴库产生依恋，但我没想到会如此迅速。而我还没把我的巴库拆封呢，我感到了一丝内疚。

“哦，给你，你的手机。”佐拉说。

“谢谢！”我说。当我的手机回到我手里的一瞬间，我立刻放松下来，我之前没有意识到我的肩膀有多紧张。对一部手机有这种本能反应真是怪傻的，但事实就是如此。或许对于巴库来说，也差不多是同一种情形。

“你甲虫的序列号是多少？我要把它存在我的常用联系人里。”佐拉说。

“哦，我还没激活它呢。”说着，我的手指飞快地滑动破碎的手机屏幕，查看不同平台上的社交媒体更新。

“你还没激活你的巴库？莱——西——”我知道妈妈这种语气意味着什么。有时，她表现得好像我是一个降落在她客厅里的外星生物，而不是她的亲生骨肉。她就是不明白那只甲虫巴库对我来说意味着什么——失败。

我继续滑动屏幕。

我的呼吸停滞了。

有一封来自教育委员会的邮件，它的标题和几天前的一样。

莱西·朱：普罗菲特斯申请状态。

他们的系统可能出了故障，给我发了两封拒绝邮件。真是棒极了。

好像我想要似的。

就算看到未读提示会让我犯强迫症，我也没打开那封电子邮件，而是继续滑动查看我关注的人的闪信。我在圣艾格尼丝的几乎所有同学都及时地在新学年到来之前得到了他们的新巴库，有些人只拿到了无聊的一级昆虫巴库，但他们看起来也很兴奋。突然间，我手中的手机显得如此格格不入。我抬头看着佐拉，她正在抚摸着莱纳斯的鼻子，而莱纳斯则在她的手掌上不断显示着各种推送。另一边，妈妈正在花瓣的逐步讲解下制作一道新菜。我意识到我是多么地愚蠢，我的手机不过是一坨金属、碎玻璃和塑料。

我需要一只巴库。

“我把甲虫落在楼下了。”我说，“我最好去把它拿上来。”

“好吧，但你得马上回来，能保证吗？你已经在那里花了太多时间了，你需要更多的阳光。”妈妈说。

“我保证。”我回答。

“我跟你一起去，”佐拉说着，把最后一勺麦片塞进嘴里，“如果你能让我借用一下你的新巴库，我可以帮你升级一些应用程序，就当是你救了莱纳斯的谢礼。”

我对她报以感激的微笑。我想把昨晚发生的事告诉她——好让她知道蒙查守卫的事。她逻辑清晰的头脑总是能告诉我什么事应该谨慎对待，而什么事不需要太过杞人忧天。

然后是那只神秘的猫型巴库……但我还不确定我是否已经准备好了要告诉佐拉这个发现。

我们走向电梯的途中，我向她讲述了我在河谷里的冒险经历。

她下巴都要惊掉了。“我听说他们加强了蒙查镇的安全措施，但没想到这么严重。我还是不敢相信你居然找到它了！这种情况发生的概率可是非常低的。”佐拉说，“等会儿我操作你的甲虫时，会给它安装一些自制的应用程序——我有几个自己编程的程序……你肯定会喜欢的，我保证。你决定好起什么名字了吗？”

我摇摇头：“还没有，但是……”我的手机在我手中嗡嗡作响，于是我低头看了一眼破碎的屏幕。

给莱西·朱的信息——来自教育委员会

我翻了个白眼。

“怎么了？”佐拉问。

我把屏幕转过去给她看。她“啧”了一声：“他们想做什么？”

“看了就知道了。”

我的手指移到电子邮件应用图标上。佐拉伸出手，紧紧地搂着我的肩膀。

莱西·朱：普罗菲特斯申请状态

亲爱的莱西：

我们很乐意为你提供一个普罗菲特斯新学年的名额。我们已在我们的系统上为你注册了一只三级巴库。

祝贺你，我们期待着在九月份与你相见。

格兰特博士

普罗菲特斯学院校长

“什么？”当我看完邮件后，尖叫了起来。

我关闭了那封邮件，然后往回滑动想要找到之前的那封拒绝信，但它不见了，完全被删除了，而且也不在我的垃圾桶里，就好像我从来没有收到过它。我再次打开那封新的邮件盯着看，好奇这些字母是否会在我眼前重新排列，但它们没有。我被录取了，千真万确。

“怎么了？发生什么了？”佐拉问。

我张了张嘴，却什么也没说出来。佐拉从我手里夺过手机。

“真神了，”她一边读着这封邮件，一边用手捂住了嘴，“但我以为——”

“两天前——”

我们异口同声地说道。

拒绝信从开始就是个错误。我简直不敢相信。

一时间，我找不到任何语言来描述我的感受。然后……

“我被录取了，我被录取了。”泪水在我眼中闪烁。

她走上前来，给了我一个拥抱。

但紧接着，她的逻辑思维重新主导了一切，她后退了一步，抓住了我的肩膀。“等等，你不是还没有激活你的巴库吗？那他们怎么说你注册了一只三级巴库？”

我心中一沉。她和我一样清楚，我买的是一级甲虫巴库，离三级还远着呢。而且，她说的没错，我根本还没激活它呢。佐拉盯着我的手机皱起了鼻子，好像在努力托起她眼镜的重量。她和我一样意识到了这封邮件才是个错误，一个恶作剧。这正是卡特可能会做的事情——可能是为了报复昨天的事。

然后，她睁大了眼睛：“哦，我的天啊——他们可能知道你需要经济帮助，所以要给你寄一只三级巴库！幸好你没激活那只甲虫！”

这次，她放心地拥抱了我。

我回抱了她，但我的胃因困惑而翻江倒海。我知道普罗菲特斯不会这样做，他们绝不会随便送一个巴库过来，他们会给我拨款，让我自己去买。

“看，有一个附件。”她说。我还没来得及阻止她，她就把它打开了。

申请人姓名：莱西·简·朱

申请人编号：651

巴库：三级猫型巴库“金克斯”（序列号 J1NX89）

状态：普罗菲特斯新生 2067 号

这份信息表里的一切看起来都非常官方——而且很难伪造。特别是申请人编号——我还记得我递交申请时的编号就是这个。卡特是不可能凭空猜出正确号码的。

然而，信息中提到的三级猫型巴库才是真正让我想破脑袋的。太多问题同时涌入我的脑海，让我觉得自己简直在被大黄蜂围攻。然而，有一个想法尤其强烈：信息里指的会是我昨天找到的那只损坏了的巴库吗？

这看似不可能，不过……如果这是真的……我不能让任何人知道那只巴库其实不是我的。

不能让妈妈知道，不能让普罗菲特斯董事会知道，甚至不能让佐拉知道。

“你被录取了。”佐拉的脸上绽出一朵笑容，“你被录取啦，莱西！我就知道那封拒绝信是个错误！”她抓住我的胳膊，然后拉着我转起圈来，像疯子一样上蹿下跳。

有那么一会儿，我没有再纠结于真相。我要去普罗菲特斯了。不是开玩笑的，我真要去了。

最后，我重重靠在墙上，双颊因为笑的时候嘴咧得太大而微微发疼。

“对了，我等不及要看你的新巴库了。我喜欢这个名字——金克斯。我真的很想见见它！走，我们回去告诉你妈妈。”她伸出手。现实开始变得清晰。

还有一个很大的问题。

金克斯到底是谁啊？

第九节

消息在我们大楼里传得很快。妈妈听到我们高兴的尖叫声后，赶紧追出来看发生了什么事。她高兴地在我们身边跳着舞，然后突然沉下了脸。

“哦，亲爱的，本来庆祝仪式我已经完全准备妥帖了，但是在你收到拒绝信之后，我就把所有订单都取消了，因为我不想让你觉得更难受。”将喜讯消化完毕后，妈妈说道。

“哦……我不需要庆祝！”我一边回答，一边挪动着双脚。我的胃仍然因为困惑而打着旋，我需要到地下室去确认我对那只坏了的巴库的怀疑是否是正确的。

“那怎么行，这可是你毕生所求。我真为你高兴。”

“即使……爸爸出了那样的事？”说完，我感到有点儿不安。我很少提起这件事，但如果说有哪一刻有必要提起这件事，我觉得就是我被普罗菲特斯录取之后的这一刻。被录取之后，离去蒙查总部工作（像爸爸那样）就只有一步之遥了。

妈妈“嘘”了一声，阻止我继续说下去，并且别过脸去让我无法看到她的情绪：“我怎么想并不重要，你父亲会怎么想也绝对不重要。你的生活和梦想都属于你自己。无论发生什么事，我都会永远支持你。”然后，她吻了吻我的额头，并且命令我换掉身上的衣服——我穿着在地下室里过了一夜的衣服。接着，妈妈摇身一变，进入了超级女主人模式，花瓣在橱柜间来回穿梭，投射出一个妈妈可以迅速做出的蛋糕食谱。

不到一个小时，我们的家里就挤满了佐拉的家人和同楼层的邻居，甚至还有我们的搬运工达尔文——所有人都在庆祝我的成功。我收到的拥抱和亲吻已经超出了我能承受的范围。连保罗也出现了，他给了我一个豪放的拥抱："我就知道你能做到！这是不是意味着我可能不会经常在地下室见到你了？"

"以后我不确定……不过，今年夏天可能还要干最后一个大项目。"

他挑起一条眉毛："如果你需要什么，你知道该找谁。"

"谢谢保罗。"

"我为你感到骄傲，小工匠。"

我又骄傲又难堪，两颊火辣辣的。

吃了很多的蛋糕后，我从前门溜出，沿着走廊走向楼梯间。如果乘电梯，一定会碰到我认识的人。尽管每个人都是为我而来，但那些噪声、人群和关注都有点儿太过了。

特别是现在，我只想不顾一切地回到我的洞穴，然后搞清楚那团金属有没有可能被改造成一只功能健全的三级巴库，否则我的普罗菲特斯生涯可能会很短暂。

佐拉发现我正在逃跑。"需要我帮你打掩护吗？"她问，我很感激她没有硬要和我一起走。

我朝她微笑："那可太好了。"

"喂——你觉得他们什么时候会把新巴库寄给你？金克斯，对吧？"

尽管我讨厌对佐拉撒谎，但我还是骗了她："哦，他们刚刚发邮件说他们会赶在开学前给我寄过来的，说是还不想让我太依赖它。"

她皱了皱眉："这么奇怪。"然后，她耸了耸肩，"我想你肯定比我更了解普罗菲特斯！但这是不是意味着你整个夏天都没有巴库？我怎么跟你联系呀？"

"我们住同一栋楼，"我笑着说，"只要串个门儿就行了。"

"我看也只能这样了。"她说。莱纳斯皱起鼻子，表示对佐拉的疑虑感同身受。"我最好回到派对上，确保不会有人一直问主宾去哪儿了。”她眨了眨眼睛说。

“谢谢你，佐拉。我欠你一个人情。”

当我到达储物室的时候，里面很安静，甚至有点儿可怕。我笨手笨脚地打开了锁——我试了两三次才把它打开——进去之后，我深呼吸了好几次才让自己平静下来。当我感觉放松了一点儿之后，我把箱子从桌子底下滑出来，里面躺着那只巴库——仍然和我离开时一样支离破碎。

我提醒自己：你不能仅仅通过大声说出一个词来给巴库取名字。巴库注册不是这么回事儿，我必须要先经过激活步骤，然后输入名字并确认在一定半径范围内没有相似的巴库注册同一个名字……这些本来是我将要对我的甲虫做的事情。

另一个更大的声音说：“但是除了它我还有别的选择吗？”

我之前对佐拉说了谎，普罗菲特斯是不可能寄给我一只三级巴库的。也就是说，如果我不能在开学前搞到一只三级巴库，我就不能在九月份入学，不管录取与否。

我没有钱买新的，因为三级巴库的价格超出了我的承受范围。买二手货也是不被允许的，所以我唯一的选择就是修好落在我手里的这只。

我低头盯着这只猫型巴库，它看上去一点儿也不像猫型巴库——至少现在还不像——它的眼睛毫无生气，身体一侧有个大洞，身上的导线乱七八糟，爪子也断了。

我看得越久，就越确信这个想法太疯狂了。一想到这需要多大的工作量，我就有些不知所措。最后，我眨了眨眼睛，重重地靠在椅背上。

然后，这只巴库未损坏的那只眼睛懒洋洋地眨巴了一下。

这差点儿把我从座位上惊下来，但我肯定，这次不是我的幻觉。

如果有一丝生命，那么就有一丝希望，这对我来说就足够了。哦，还有暑假我能挤出来的每一秒钟。

用三个月的时间把这堆废铁变成一只功能健全的巴库。

如果我真做成了，这将成为工匠史上的一个奇迹。

第十节

结果，这的的确确花了我一整个夏天，我一直干到暑假的最后几个小时。我第一次因为佐拉参加了编程夏令营，以及妈妈的全职工作而感到庆幸。这意味着我可以不停地工作，也不用面对太多难以回答的问题。

我六月份都在解决基本问题。那只能眨动的眼睛让我充满动力，尽管自那次眨眼之后，我仔细修理了一周才有所进展——一只爪子可以抽动了。

我对此非常兴奋，兴奋得带妈妈去公园吃了冰激凌（她当时非常担心我的维生素 D 含量，因为我在地下室待得太久了）。

从这只爪子开始，又过了几周（差不多是整个七月），我才使它能自己站起来，然后又过了几天它终于可以走路了。解决了基本问题，之后的进展就像滚雪球一样越来越快了：我抚平了所有凹痕，并且为烧焦的部分进行了换新。

它的制造者显然花了很多时间来分析、检查、完善每一个组件，因为有一些我从未见过的技术改进。比如说，小得要用显微镜才能看到的螺丝，像佐拉的辫子一样错综复杂地连接在一起的导线。

谢天谢地，幸好保罗一年前曾送了我一台旧 3D 打印机——我设法（非常非常小心地）取出的每一颗螺丝，都能够用它绘制并打印出副本。渐渐地，随着我信心的增长，我开始打印其他零件。打印出来的零件没有原件那么美，但如果我想让它再次行走、奔跑并跳跃，我就得做出妥协。

这意味着整个八月，捡垃圾成为我的新消遣。

在蒙查镇以外的地方，并不是每个人都像蒙查镇居民这样对待巴库。总体来说，人们还是关心并尊重巴库的，但也有人粗暴地对待它们，挑战机器的极限，直到它们烧坏或故障。有些人，尤其是富人们，简直把它们当一次性、可替换的东西。当他们失去新鲜感后，甚至不会利用蒙查提供的回收计划，而是直接把他们的旧巴库扔进垃圾桶，再去蒙查商店买一个新的。

我就是利用了这一点。我把坏了的或者被遗忘的巴库抢救出来，用它们来为金克斯提供零件。我这么做仅仅只是为了利益，没有任何神圣性可言。

我每清洁或替换一个金克斯的零件，都会在上面寻找制作它的巴库工程师的签名。

“是谁制作了你？”我低声对它说。

我还没来得及修好它的扬声器，所以它没办法回应我。

但签名一定就在某处，我非常渴望找到它。我用金克斯的浏览器在蒙查论坛上检索了一下我在它身上看到的一些新技术，试图追溯其最初的发明者。我所需要的只是一个名字、一个标志，甚至一个潦草的涂鸦，什么都好。

但是，金克斯和我以前见过的所有巴库都不一样，而且，它的创造者依然是一个未解之谜。

但至于是谁修好了它，是谁让它起死回生，这答案就显而易见了。

是我。

我一直忙到普罗菲特斯开课日期的前一天晚上，我几乎就要拥有一个功能健全的三级巴库了，但我知道：他们不会让我通过大门的，除非我让金克斯操作系统的最后一个元素正常工作——沟通。

当我到达楼下时，金克斯正在储物室内大摇大摆地走着，跳到桌子上、架子上，然后在靠近天花板的墙边缘游走，敏捷得像只真正的猫。当我看到它完美的动作时，一股喜爱之情涌上心头。我做得真的很不错。

“金克斯，到我这儿来！”我说，同时弯曲手臂做了一个让它回来的手势。如果金克斯是一只正常的巴库，它就会过来。然而，它站在架子的顶端盯着我，只是眨了一下眼睛。

我皱了皱眉。已经这么晚了，哦，应该说这么早了——离我穿着校服走向学校大门只有几个小时了——我的眼睛里燃烧着对睡觉的渴望。

但我必须解决这最后一个问题，否则我只能带着一个不听命令的巴库出现在普罗菲特斯，那我整个夏天的功夫就算是白费了。

我喝了一口含高浓度咖啡因的苏打水，为激发最后的能量做好准备。我爬上桌子，一只手伸向金克斯，另一只手紧紧抓着铁丝网来保持平衡。就在我的手指快要抓住它的时候，它从架子上跳了下来，落在了桌子上，并且坐下来舔起了爪子。

我抱怨道:“你是认真的吗？”

我从桌子上下来的姿势远不如金克斯优雅，然后我在桌前坐下来，双臂交叉在胸前。我们对视了一会儿，女孩和机器，彼此目不转睛。

我注意到它的前爪和主板之间有一根松动的导线。这个问题不大，修理起来很容易。其实，这种很小的问题在修理时会让我有一股成就感，以激励我做出更大的突破。无论如何，在修理时我也需要一个好的思路。但因为我满脑子都是如何修好它的扬声器，以便使它能够和我交流，所以我下手有点儿粗暴——把松动的导线硬掰回原位并用牛皮纸胶带固定，然后开始焊接。粗鲁是粗鲁了一点儿，但确实有效。我把它连接到耳边，想再给它充点电。

然后，我耳边响起了一个声音:

>> 天啊，你下次能温柔点吗？疼。

这个声音听起来……就像一个被我踩了脚、生气了的小孩一样。

我几乎吓得魂不附体。“什么鬼？”我说着，伸手去抓耳边的连接线。

>> 就算你切断我们之间的连接，也改变不了什么。

“金克斯？”我在心里叫了它的名字，紧接着我的耳中就响起了它的笑声。

>> 是我。

“你……你能明白我的心思？如果我想让你跳到那上边，你会——”

它按照我的指示跳上了架子。

我高兴地在储物室里手舞足蹈起来，这次的成功让我觉得头晕目眩。但还是有点儿不太对劲，我犯了某种错误——我并不是读到了投射信息或是听到了它外放出来的声音，而是直接在脑海中听到了它声音，这令我有些不安。但在这个节骨眼儿上，这不重要。

我身后传来一声咳嗽，我转过身来，在储物室外的一处灯光下，我看到了佐拉。“嗨，陌生人。”她说。

“佐拉！”我跑到储物室门前，把门拉开，“编程夏令营怎么样？”

“棒极了。我有好多好多话想跟你说。但首先，我得见见大名鼎鼎的金克斯！”她的目光在我的储物室中扫视了一圈，最后停在了架子上。她张大了嘴巴。“我的天啊，莱西！那是它吗？它太美了。”

>> 你的朋友很有品位。

在脑海中听到它的声音仍然吓了我一跳。佐拉玩味地看了我一眼。

“不好意思，我可能有点儿过于激动了。”

“你妈妈让我来这里告诉你，如果你现在不能立即上楼去吃晚饭并睡个好觉，她就叫保罗把挂锁换了，让你永远进不了你的洞穴。”

我咧嘴一笑——不仅是因为我知道妈妈不会那样对我，也是因为我现在真的可以上楼了。我有一封来自普罗菲特斯的录取通知书，还有一套校服和一只至少貌似服从命令的三级巴库。

我朝佐拉举起双手，显示我已不会反抗：“来吧，金克斯，我们上楼去。”

>> 我们终于要离开这里了。

它跳了下来，落在我脚边，它的动作像丝绸一样流畅。然后，它从我的储物室里大摇大摆地走出来，进入了真实的世界。

看来，事情终究还是开始向好的方向发展了。

CHAPTER 2

第二章

普罗菲特斯

第十一节

金克斯在我的两腿之间不停地进行 8 字形穿梭，它的不耐烦让我本已疲惫不堪的神经更加雪上加霜了。在九月依然有些余热的天气里穿藏蓝色羊毛长裤是挺痒的，但百褶裙——我的另外一套制服——完全不是我的风格。我在裤子上擦了擦我出汗的掌心。

>> 赶紧进去啊。我都等得不耐烦了。

“你安静点。”

金克斯用尾巴甩了甩我的小腿，我朝它做了个鬼脸。但它是对的，我得进去了。

普罗菲特斯学院有一幢古老的大学建筑，那建筑巨大且壮观，却显得有些华而不实——上面充斥着仿造的角楼，而这种角楼设计更适合放在牛津、剑桥或是其他一些古老又具有学术气质的英国城镇中。在这栋建筑的后面，是更具现代化的扩建部分，由钢铁和玻璃构成，形似展开的翅膀。它的设计师师从那位扩建了皇家安大略博物馆的设计师。

莫妮卡·陈非常喜欢皇家安大略博物馆那种仿佛水晶从古老的砖石中迸裂而出的设计，于是她委托那位设计师的弟子将一座古老建筑改造成了她心目中的学校。

我曾无数次经过这座建筑，数它的窗户，畅想自己将来会去哪间教室上课；仰望那扇几乎有两层楼高的大门，并想象自己从那儿穿过的样子……而现在，我就要以一名学生的身份堂堂正正地走进去。我属于这里，我将成为它历史的一部分。或者应该说，我将成为在这里努力创造未来的人们中的一员。这个想法在我胸中膨胀，我高高地扬起了下巴。

虽然我无法解释自己是如何被录取的，但我觉得我属于这里，仿佛比起录取信，拒绝信才是意外。

成群的学生带着他们的巴库从我身边走过。有狗、猫、猴子和鸟。这很有趣，如果你只是在多伦多的街上闲逛，那你基本上是碰不到等级高于三级的巴库的，它们太贵了，而且很难保养。也许在布鲁尔街，你能在那些高档的设计师商店和名厨餐厅里看到定制款的四级巴库和一些稀有品种。但大多数人只满足于他们拥有的简单的猫型、狗型或者其他又小又毛茸茸的哺乳动物类巴库——他们不需要多么花哨的东西。谢天谢地，我没看到卡特的野猪。因为我宅在自己的洞穴里修理金克斯，所以一整个夏天我都避开了他（我几乎避开了所有人，如佐拉，虽然不是故意的）。我也不想和他发生新的对峙，虽然自从上次对峙后，情况已经不同了。

我的计划是风平浪静地度过今天，并充分享受这个梦想。

“Just beat it！ Beat it！”[①] 迈克尔·杰克逊的歌以最大音量从我脚边传出，看来金克斯的扬声器并没有坏。离我最近的学生吓得跳出了一英里，附近所有的目光都转向了我。见鬼了！我还在想不引人注目地度过第一天呢，结果连第一分钟都没安静地度过去。我蹲下来，一把将金克斯从地上抱起来。

“该死的！给我关上！”我一边说，一边摸索它的背，如果我碰到了正确的位置，理论上应该能把它的扬声器关掉。

但音乐似乎越来越响了。“金克斯，求你了，别这样对我。”我低声说。

也许是我终于找到了正确的按钮，又或者是我声音里的绝望触动了它的神经，声音戛然而止了。感谢上帝。我低下头，一步两级地跑上楼梯并穿过那些巨大的门。没时间犹豫了！我想逃出这些充满疑问

---

①《Beat it》：迈克尔·杰克逊所演唱的一首反对社会暴力的歌曲。

地盯着我的眼睛。

普罗菲特斯的入口处和我上过的中学完全不一样。这里没有丑陋的绿橙相间的塑料地板（为什么中学的配色方案如此丑陋），取而代之的是昂贵的红木硬木。在冬天清洁这种地板肯定是种噩梦，因为冬天我们行走的人行道上都是雪和盐，但普罗菲特斯并没有节省这部分开销。墙壁上的木镶板用的也是同样的材质，使得中庭有一种老乡村俱乐部的感觉。

在我头顶的一根木梁上，用金色的字体写着这所学校的校训：我们创造未来。

我的指尖发麻，脸颊发热。"我们成功了，金克斯。"我低声对它说。它挣脱了我的手臂，跳到地板上，拱起后背朝我甩了甩尾巴。"好吧，你不在乎。"我朝它吐了吐舌头。而它只是选择了一个方向并以闪电般的速度冲了出去。

我小跑着跟上它，它的背上显示出普罗菲特斯发来的位置信息。这是一项十分平常的巴库功能，但当它在金克斯身上成功运作时，我还是感到了一股油然而生的骄傲——是我将它从零开始修复到了现在的程度。金克斯显示出我的储物柜号码及位置，储物柜位于那些更现代化的翅膀状配楼中。现在，我开始觉得这里更像一所普通的学校了：穿着制服的学生们三五成群，百无聊赖地站在那里或懒洋洋地靠在他们的储物柜上。

有些学生看起来年纪挺大的，这让我很吃惊，通常人们都是二十岁从普罗菲特斯毕业，然后直接进入蒙查公司找一份合适的工作。面对飞涨的学费和随之而来的学生债务问题，莫妮卡梦想让普罗菲特斯学院成为一所全款资助的桥接型学院，只招收那些最聪明、最优秀并且清楚知道自己想要从事科学技术工作的人。入学后没有任何形式的契约，不需要向蒙查偿还债务，也没有义务在那里工作。如果其他的公司，如星火或苹果这样的竞争公司，想要招募某一名学生，那么没有任何条款能够阻止他在毕业后离开蒙查镇。不过，蒙查镇薪资高，提供食宿，生活水平又高，几乎没有人会选择跳槽，所以这对蒙查公司来说也算一种双赢。

对于我们这些足够幸运、得以被录取的人来说，这也是一笔相当划算的交易。

金克斯在一个储物柜前停了下来，几次跳跃后，它在一个专门为巴库设计的小架子上停了下来。为了防止走廊因巴库们（无论大小）而变得更拥挤，每个储物柜上方都设有壁龛，巴库们可以趁课间的时候在壁龛里连接充电。

我停下来看着金克斯，它看起来像是在给自己“梳毛”，但其实对它来说，这是一种通过梳理它所有的传感器来扫描系统并确认所有功能正常的方法。然后，它爬进壁龛深处，蜷起身子，只露出瞳孔里的两个小 LED 灯。我浏览了今天的日程，深呼吸了几次以便让自己做好准备。上午的大部分时间都被一个大型新生报到会填满了。我上网查了一下有哪些须知，有没有什么我能提前准备的东西。然而，令我惊讶的是，居然查不到什么相关信息。

“莱西？你在这儿做什么？”

那黏糊糊的声音使我身上一寒，在听到野猪抽鼻的“哼哧”声时我打了个冷战。我的身体紧张了起来，随即想起了树林和河谷中发生的事。

我停顿了一息的时间，尽全力让我的声音听起来绝对正常：“我正在为新生报到会做准备。”

金克斯从壁龛中用尾巴投射出了储物柜密码，影像正好落在密码锁上方——我略感欣慰地用旋转密码锁打开了储物柜。将包扔进去后，我并没有拿出任何我带来准备贴在储物柜里的明信片和照片。我可不会在卡特面前装饰我的储物柜。

“你的学校难道不是在这条街更远一点儿的地方吗？”

我咬紧下唇深吸了一口气。我告诉自己：他现在没什么了不起的了，你和他一样属于这里。我转过身来面对着他。“这不是明摆着的吗？”我说，尽量显得若无其事，“我有自己的储物柜，身上还穿着制服，我和你一样是普罗菲特斯的学生，卡特。”

他张大了嘴巴，虽然他很快就重新调整了自己的表情，但我已经瞥见了真相，我出现在这里让他很担心。

我不明白为什么，这又不是什么竞赛，这里只是学校啊。

他双臂交叉在胸前："不可能。你需要一只三级巴库才能来这儿上学。我明明看见你买圣甲虫了。"他气冲冲地走向我的储物柜，把脸凑到壁龛前。金克斯猛冲出来，像野猫一样发出"嘶嘶"声。

卡特大叫着向后跳去，运动鞋在硬木地板上蹭得吱吱作响。他差点儿摔到他身后的野猪上，但他及时地稳住了自己，然后沿着走廊飞快地离开了。

我转向金克斯，脸上因骄傲而涨得通红："走。我们去新生报到会。"

第十二节

金克斯带我来到了校体育馆。有金克斯在我身边，我是绝不会迷路的。但此刻，就算没有金克斯，我也不担心会迷路，因为成群的学生和巴库都在朝同一个方向前进。走廊里有些学生看起来比我大很多，他们昂首阔步，就好像自己是这里的主人。我也试着昂起头，表现得好像也属于这里似的；但是，身处人群之中总是让我感到紧张。我待在我的昏暗的洞穴里要比待在拥挤的学校走廊里舒服得多。

我等待着金克斯有所反应，但是它并没有。奇怪，巴库的设计理念就是在主人感到压力或焦虑时帮助他们舒缓情绪，也许我需要检查一下金克斯的共情传感器了……

当我进入体育馆时，所有的想法都消失了。

刚开始我有点儿失望，它看起来和普通学校的体育馆没什么不同——光滑的木地板上用线条画着不同运动的场地，两个有着玻璃篮板的篮球框挂在我们上方交错的淡绿色金属支架上，支架上悬挂着色彩鲜艳的庆祝横幅。

虽然被挂在体育馆里，但在横幅上的人并非因为体育成就而榜上有名（普罗菲特斯的学生并不是因运动而闻名于世的）。这些装饰着蒙查标志（那个艺术化的 M 字母）的横幅上写着以前学生的名字，我很好奇他们做了什么，才得以让自己的名字出现在横幅上。

不过，与我在圣艾格尼丝的老体育馆不同的是，这个体育馆两侧都有巨大的运动场风格的座位，一排排的长凳延伸并摆满了两层楼，这里可以轻松容纳整个学校的学生。我很高兴看到卡特和他的野猪坐在了对面的边缘——离我很远。

我跟着队伍进入了座位区，来到了差不多居中的高度。周围环绕着学生以及我所见过的在同一地点聚集的最丰富的巴库品种。

猴子、狗、猫、小熊……

都是三级及三级以上的。

还有一只老鹰，盘旋在一个坐在前排的人上方。

我认得那只鹰。

它的翅膀张着，以至于我看不见那张被翅膀挡住的脸，但我太清楚那是谁了。我噘起嘴，我扔的松果似乎没对这只老鹰造成什么长期损伤。它拍打着翅膀，飞得更高了。我不知道它是否能感觉到我在看它，因为它转了转头，黑色镜面一样的眼睛扫视了我，然后张开带着金边的喙尖声鸣叫了一声。我迅速坐了下来，盯着前面学生的后背。

金克斯爬上我的肩膀寻求更好的视野。

它舔着爪子。

>> 已经进来了四百名学生，人数还在增加。

“嗨，你的巴库真漂亮。新型号？我还从没见过类似的。”

坐在我旁边的人伸手要去摸金克斯，但金克斯飞快地躲开了，并爬上了我的胳膊，然后坐在了我的肩膀上——远离那个“准抚摸者”一侧的肩膀。“你非得这么不友好吗？”我对金克斯抱怨。但是那人笑了，露出一排整齐发亮的牙齿，我松了一口气。

“这个型号比较害羞，是吧？”他向我伸出手来，“我是杰克，杰克·桑德斯。普罗菲特斯三年级学生。”

我握住他的手：“莱西·朱。嗯……新生。这是金克斯。不好意思，它有点儿……敏感。”

“别在意！这是我的巴库，维加斯。”一只稳重的拉布拉多型巴库坐在他的脚边，“维加斯，发送好友请求。”

金克斯的爪子上弹出一条通知，闪烁着白光。

>> 杰克·桑德斯想成为朋友。

我点了“接受”，然后他的资料就一股脑儿浮现在了金克斯背上。他很受欢迎，有成千上万的朋友。“维加斯？”我挑起眉毛问道。

“没错，如果你愿意，可以摸摸它！它不会介意的。”

我伸出手抚摸着这只巴库光滑的金属身体——它的毛发不像金克斯那样根根分明。维加斯闭上眼睛，模拟出一种愉悦感。它是只可爱的巴库。

“取这个名字是因为我喜欢小赌一下。”杰克向我眨了眨眼。

“赌博？那合法吗？”

“你会弄明白的。”他说完就闭上了嘴。

我还没来得及追问他，体育馆四周的灯光就暗了下来，其他说话的同学也因期待而安静下来，好像每个人都屏住了呼吸。

>> 真浮夸。金克斯的语气里透着嘲讽。我扬起眉毛，我还是不习惯巴库有这样的……个性。我读过的所有关于巴库的书中，没有任何内容给我打过相关的预防针。

不过，回应无礼的唯一方式，还是无礼。

“嘘，我可不想错过什么。”

随着一阵电器轰鸣声，体育馆的地板中央出现了一个洞。洞中先是飞出了一只美丽的雪鸮型巴库，敏捷地在学生们的头顶上空盘旋；然后出现了一个表情严肃的女人，她穿着一套笔挺的、利落的套装，站在一个正在上升的讲台上，一直升高至座位席的中段高度。

金克斯收到信息震动了起来。

>> 普罗菲特斯学院校长，莎拉·格兰特博士。它告知我。

校长把手撑在讲台上，她的雪鸮巴库降落在旁边，将她的演讲投射在她面前。“欢迎你们，同学们，又是普罗菲特斯的新学年了！特别欢迎我们的新生，很高兴你们加入我们这个茁壮成长的团体。

“首先要讲的是一些法律事务。查看一下你们的巴库，会看到我发送给你们的一个链接，以后你们将用它来接收课程表、提交作业并登记考勤。

“请注意，如果接受此链接，则视为同意已于今夏发送给你们的严格法律文件。如果你们用心读过了，那么就一定记得其中有一条滴水不漏的保密条款，此条款将贯穿你们之后在普罗菲特斯学院参与的一系列活动。再说得更清楚一点儿，此条款意味着你不能在学院外谈论你之后会参与的活动。这是强制性的，所以如果你想退出，可以选择现在离开。有人要走吗？”

她停下来查看是否有人要离开。当然，没有人。我们做了如此多的努力，不可能仅仅因为一条保密条款就离开，我们渴望揭开普罗菲特斯神秘的面纱。

“好的。那么这件事就此揭过了……你们中一定有很多人已经在网上做了关于本校的研究。”

包括我在内的不少一年级新生都发出了略显局促的窃笑声——我当然尽全力搜索了所有我能找到的信息，但其实没有多少有用的。只有一份又一份的报道说，普罗菲特斯是这一带附近最辛苦也最具回报性的学校，它培养出了全国最好的科学家和工程师。

“很好。现在我可以确定，你们大部分人都渴望了解是什么让普罗菲特斯的生活如此独特——并且值得动用如此严格的保密措施。但我不会在这里多加介绍；相反，我们从蒙查总部邀请了一位特殊的客人。”

“哦，我的天啊！”我抱紧了金克斯，“该不会是莫妮卡·陈吧？该不会是活的莫妮卡·陈吧？”

金克斯全身因期待而颤抖起来，它的一根根金属毛发都炸起来了。我很好奇它是不是在效仿我的兴奋程度——我都快兴奋上天了。

一束聚光灯转向了体育馆的大门，在聚光灯下出现的是埃里克·史密斯——莫妮卡的搭档、蒙查的二把手。金克斯在我手中泄了气，我也与它一样有点儿失望，因为我希望是莫妮卡本人。但是，有埃里克·史密斯来这儿也是一件很酷的事，甚至一时间我都没想起来正是他养出了卡特这样卑鄙的人。看到他和他那不可思议的巴库，你是不可能不感到一丝激动的。那是一只红色的熊猫，庄严而华丽，肩上铁锈色的金属毛皮像一条围巾一样。他走了进来，张开双臂，迎接全场雷鸣般的掌声。

他看起来对这些掌声安之若素。我情不自禁地和其他人一样使劲鼓起掌来。

埃里克·史密斯和莫妮卡·陈，为我们的生活带来了革命性的变化。他们给了我们巴库。他们的名字，他们的面孔，已成为我们历史中根深蒂固的一部分——我希望有一天能为这段历史贡献自己的一份力量。

也许我所能做到的只是为这段历史添加一个单词——甚至可能只是一个字母，但我想添一份力。

“啊，谢谢，谢谢你们。”他说。他说话很轻，但他的声音被他的巴库放大了，所以我们毫不费力就能听到。“我很抱歉你们等来的是我，而不是莫妮卡本人。她因为不能出席非常地不开心，但她现在正在海外出差，所以这场新生报到会，你们只能勉强接受我了。”大家给了他热烈的掌声，对他的来访表示感谢。

埃里克享受了一会儿掌声，然后举起了双手：“你们都是精英中的精英——若非如此，你们今天就不会坐在这里了。我要给你们看一段简短的视频，希望你们迁就一下我的议程——尤其是那些已经看过这个视频的老生们。然后，我保证，后面还有更精彩的。”

灯光又暗了下来，挂在天花板椽子上的幕布也降了下来，屏幕上的影像略有闪烁，就好像是用老式的胶卷放映出来的。

画外音向我们讲述了我们所熟知的机器人历史——从中世纪最早的自动机器到今天的巴库。视频中放出了第一代机器人的形象：由齿轮、螺栓和弹簧等构成的纯粹的机械物体，它们是好奇的产物，有时也传播着恐惧。

我咽了口唾沫，想到了金克斯。恐惧和机器人经常形影不离——这是有充分的理由的。人们害怕机器人取代人类的工作，害怕智能爆炸，害怕机器人变得比人类更聪明，以至于它们会通过图灵测试，从而达到可以以自由意志伤害人类的程度。人们害怕阿西莫夫的“机器人三定律”被推翻或淘汰。

但只有莫妮卡·陈真正以一种不同的方式思考了机器人问题。

她不明白为什么机器人非得看起来像人类。她认为“恐怖谷理论”（指人们对看起来像人但其实不是人的机器所产生的不安情绪）太难克服了。她认为自己绝不会愿意和看起来与人类一模一样，但其实眼中只有电力生命的东西生活在一起。不仅如此，从工程学的角度来看，制造一个可以用双腿平稳行走的机器人是极具挑战性且并不实用的，巴库的想法就是从这时诞生的。动物型设计提供了人们想要的陪伴性、便利性、协助性及易保养性，而且并不会很吓人。很快，巴库就成为了现代生活中不可或缺的一部分。蒙查的目标——陪你找到最幸福的生活并直至终老——成为现实。

影片继续放映着。我发现，尽管我已经是一个彻头彻尾的蒙查粉丝了，但莫妮卡的崛起经历还是使我倍感激动，我边看影片边咧开嘴笑了起来。莫妮卡的经历我听了太多遍，它对我来说就是睡前故事。这是一个童话故事，但不是关于王子和青蛙、舞会礼服和南瓜的，而是关于创造者和金属、导线、独创性、灵感、创造力和发明的。

这段视频让人身临其境，带领我们在多伦多市上空盘旋。加拿大国家电视塔上放着巨幅的巴库影像，展示巴库们是如何无缝地融入生活的方方面面——城市商人使用他们的鸽子巴库交易信息；慢跑者们依照他们的狗型巴库投射出的路线及设定的速度在海边跑步；人们在餐馆的露台相互交谈，而不是盯着自己的手机，但也不会因此而错过任何社交媒体更新——这些都多亏了他们的巴库。

然后，视频聚焦在莫妮卡设计巴库的一个主要目标上——一位年轻女性即将在众多观众面前发表演讲，她的心狂跳不止，双眼紧闭，呼吸浅短急促，她的拳头紧握住又松开。她想离开，想吐，想结束一切去到别的地方。然后她的巴库跳进了她的怀里，她抚摸着巴库的金属皮毛，几分钟后，她平静了下来，她觉得自己准备好了。她登上了演讲台，并且表现得十分精彩。

那位年轻女性是谁呢？是莫妮卡·陈本人，巴库不仅帮她戒掉了智能手机瘾，也帮她缓解了部分焦虑。

我想起了我生命中认识的其他巴库对我身边的人产生的巨大的影响。事实是，花瓣能让妈妈微笑——它知道妈妈情绪低落的时候想看什么视频，它知道什么样的音乐能让妈妈平静下来，它知道播放什么类型的播客能让妈妈在工作时更有灵感、更高效。

画外音里的一句话把我从白日梦中拉了回来："简单地说，蒙查公司的最终目标就是：让生活更美好，让人们更幸福。"

幕布逐渐暗淡下来，灯光重新亮了起来。埃里克·史密斯现在已经和格兰特博士一起站在了讲台上。"那么，今天在这里，我要问问你们，你们对蒙查公司的未来有什么想法？你们是否已经准备好了成为下一代巴库工程师、机械师、程序员、设计师及编程师？是否准备好了让巴库更上一层楼？现在我们已经来到了这样一个时代——几乎每个成年人都有了他们的巴库，他们的伙伴。我们需要不断地问自己：我们如何才能继续陪人们找到最幸福的生活并直至终老？我们需要确保每个人都能获得最大的幸福。"

埃里克·史密斯是典型的能令人觉得舒适放松的人，他双手插在口袋里，对我们所有人微笑，就好像我们是他的家人一样。"是的，我知道。仅仅凭工程学能让人幸福吗？成群结队的心理学家及哲学家正在研究这个问题，但实际上，真正将以我们从未见识过也无法想象的方法改变我们生活方式的，正是像你们这样的人——未来的创造者。我因你们能提供的才华和将会给我们带来的启发而感到兴奋。

"我相信你们已经听过很多关于普罗菲特斯的故事，也听说了很多入学之后将会接触到的令人难以置信的技术。但是，忘掉你们所听说的一切吧，因为蒙查的根本就是先人一步。我敢打赌，你们一定很好奇我们是如何推动普罗菲特斯的创新的吧？"

当他说话时，我的全身都因为期待而微微颤抖。高年级的学生们开始窃窃私语，人群仿佛变成了一个前倾的整体，我也被感染着向前倾了倾身子。我看见托比亚斯坐在前排，他靠在椅背上，双臂交叉在胸前，唇边浮现出一丝微笑。他旁边的四名高年级学生也是如此。

我好想知道他们知道什么我们不知道的。

我很快就知道了。

"我很高兴为这一季的巴库战斗拉开帷幕。"

震耳欲聋的轰鸣声震撼着整个体育馆。

第十三节

埃里克·史密斯张开双臂，体育馆在我眼前开始变形。

闪亮的橡木地板闪烁了一次、两次，然后变成了明亮的白色。高年级学生们大声喊叫着跺脚，使那地震般的震动增强了一分。

>> 他们要去哪里?

金克斯朝正在依次离开体育馆的托比亚斯和四名高年级学生甩了甩尾巴，但我没有太多时间去想这个问题。我太忙了，完全被眼下出现的科技搞晕了。格兰特博士和埃里克·史密斯所站的讲台周围的地板开始……打开，我只能这么形容它。它变形、移动、展开，地板（我没有意识到这些地板是电子面板）折叠起来并相互重叠在一起，露出一个深深的甜甜圈形状的竞技场，讲台就在它的正中央。圆柱形的讲台周围围着一圈壁纸一样的屏幕，地板上顺时针摆着五只像表盘刻度一样的银色圆环。我像班上的其他人一样身体前倾，伸长脖子往那坑里看。圆环开始闪烁，旋转，像井盖一样打开。我看到刚刚离开体育馆的五名高年级学生慢慢上升进入到竞技场内，他们的巴库也出现在那里。

托比亚斯几乎就在我的正下方。我能看到他黑色短发卷曲的尖端和他那只老鹰巴库金色的头。

但我看不到他的脸，所以我看向屏幕，屏幕上一个一个地展示着不同学生的脸。托比亚斯脸上仍然带着轻松的笑容，仿佛他对即将发生的事情充满了信心。

下一个出现的面孔标注着“杰玛”。与托比亚斯平静的外表形成鲜明对比的是，她看起来很凶狠，闪亮的铜色头发盘在脑后，一只令人惊叹的老虎巴库在她脚边踱步。接下来，屏幕上介绍了剩下的学生：多里安，皮尔斯和艾丽卡。所有的高年级学生都散发着一种难以抑制的兴奋感，一种潜藏于表面下随时会爆发的自信与侵略性。

埃里克・史密斯再次开口：“首先，我要特别感谢我们的队长们，感谢他们为这次展示做出的牺牲——将他们的巴库置于危险之中。战斗的结果对他们没有任何影响，他们将像往常一样在本月底正式开学。但是，就像我一直建议的那样——打就要打赢。”

托比亚斯活动了一下肩膀，左右扭着脖子缓解紧张感。我也很紧张，我紧紧抓着身边的长凳向前探出身子，想要尽可能地靠近战斗现场——这场巴库战斗。我从没想过这种可能，也不应该有这样的可能性，因为巴库不是为战斗设计的。

>> 看它的翅膀，还有它的爪子。

我试图寻找金克斯所指为何，然后我找到了：每一只巴库身上都附有一个小小的金色圆环。每一只巴库身体内都建有防止它们在现实生活中互相攻击或者攻击人类的代码。也许正是这个金色圆环覆盖了这一代码。

“选手们，打就要打赢。你们有三十分钟。那么……开始。”

随着格兰特博士的雪鸮巴库发出一声刺耳的尖叫，所有队伍开始了比赛。

开场白如此简短——没有“预备”“各就各位”和“出击”。托比亚斯即刻就对多里安龇牙咆哮的狼型巴库发起了攻击，他的老鹰伸出了利爪，并且展开双翼保持盘旋，以便能迅速避开那只跳跃高度令人惊异的狼。

老鹰很快就制服了狼，它的一只爪子钩住了狼脖子后面的一根重要导线，并不到三十秒就将其摧毁了。

我紧紧地将金克斯抱在胸前。这些巴库就在我眼前分崩离析，它们的导线被扯坏，身体也被金属制的爪子和利齿严重损毁。没有痛苦的尖叫，只有电子的哀鸣和出战学生们心痛的哭喊。当巴库被宣布“死亡”，他们主人显示在屏幕上的脸就会变成灰色。

仅仅过了几分钟，屏幕上仍然亮着的脸就只剩下杰玛和托比亚斯了。他们现在看起来非常严肃，之前流露出的所有虚张声势和游戏心态都消失了，他们所有的精力都只能集中在赢得胜利上。老鹰拍动着它的翅膀，而老虎则在赛场中来回踱步，它们睁大眼睛，互相凝视着对方。

整个体育馆都弥漫着一种紧张的兴奋感，大家都期待着最后赢家的出现。我的心脏在胸腔里猛烈地跳动。如果这就是所谓的巴库战斗，那我真是既兴奋又心惊。

灯光亮了起来，明亮的白光洒在舞台上，我本能地向后缩了一下，伸手挡在眼前。我不是唯一一个这么做的，几乎每个人都在抱怨。大家都如此着迷于赛事，以至于仿佛被明亮的光线从迷人的梦境中强行唤醒了一般。托比亚斯和杰玛愣住了，他们的巴库将注意力转向了体育馆中心。“要是想赢的话，现在就是使出最后一击的时机。”我心想。

托比亚斯和杰玛几乎同时想到了这点，一触即发之际，突然传来一阵蜂鸣声——大屏幕上的时钟跳到了 00：00。我太专注于战况了，甚至没注意到倒计时。

埃里克·史密斯的声音在雷鸣般的掌声中响起：“祝贺你们，托比亚斯·华盛顿和杰玛·莫里斯。你们是这次巴库战斗展示的并列获胜者。你们可以叫停你们的巴库了。”

双方都有些犹豫，但金属圆环掉了下来，所以他们的巴库除了后退别无选择。我的目光由托比亚斯和杰玛转向了失利的学生们以及他们怀中残破不堪的巴库。没有一只巴库能逃过一劫——即使是老鹰与老虎也并非毫发无损。这些巴库全都需要相当程度的修理。

地板重新合了起来，遮住了下方的竞技场。我眨了眨眼睛——很难相信我竟然不是在做梦。

“你觉得怎么样？”杰克问。

“我觉得……我觉得这是我见过的最酷的事情。”

“很酷，对吧？但我永远不可能成为参赛成员。”他一边说，一边用手抚摸着他的狗型巴库的背。

“这就是巴库战斗。”格兰特博士说，又一次用她的声音让我们陷入了沉默，“对任何学生来说，获得参赛资格都是一种荣耀——一年级新生……你们很快就会有机会证明自己了。但是，如果你没有获得参赛资格，也不用担心，因为还有很多事情足够你忙个不停。刚才参与展示赛的战队队长们会在你们的班级报到会中观察你们，并于当日结束前做出选择。最后，我要感谢埃里克·史密斯的来访，感谢他协助我们迎来了普罗菲特斯的新学年。”

“这是我的荣幸。祝你们每一个人好运。我相信过不了多久我就会见到你们中的某些人。”

我扫视了一下在座的学生们，看得出来他们对队长充满了钦佩和尊重。他们确实参与了很了不起的事情，托比亚斯和杰玛眼中的决心对我来说并不陌生。

这里真的很可能成为我大放异彩的地方。

看来，普罗菲特斯的生活远比我想象的更令人兴奋。

第十四节

“你们现在应该都拿到课程表了。高年级的学生们，你们可以离开了，但是一年级新生请再留一会儿。”格兰特博士说。讲台降了下来，我周围的同学也都起身离去，准备去上他们的第一节课。

我低头看了看金克斯的背，果然我这周的日程已经显示出来了。接下来是一节叫作“聚会”的课程——这周剩下的每个早晨都有这节课，那一定就是普罗菲特斯式的“课前点名”吧。除此之外，还能看到一些标准课程，这些课程如果我去了圣艾格尼丝也是会上的：数学、英语、法语、体育……但其中也夹杂着一些更有趣的选择：代码、设计以及我一直以来翘首以盼的“巴库工程师课”。今天，我们会在每个教室听十五分钟，见见老师们，然后了解一下课程要求。

“现在你知道在这所学校里会发生什么样的赌博了。”杰克说。

“你们在巴库战斗上下赌注？”

“那可不！”杰克笑了，“你想试试争取入队资格吗？”

“你觉得我应该试试吗？那看起来真的很刺激，但是……”我紧紧抱住金克斯。我真的无法想象，在我辛辛苦苦把它重新组装好之后，却要看着它四分五裂的情景。

“好吧，记住：新生不参加战斗。他们通常只是作为替补，预防队员生病或巴库故障的情况。”

“好吧，如果是那样，加入战队可能还挺酷的。”我回答道。我打心眼里感到兴奋，我从来就不擅长团队合作，在圣艾格尼丝的大部分时间，我更喜欢独自作业。但在普罗菲特斯，我觉得一切皆有可能，“关于最佳队长人选，你有什么建议吗？”

"嗯……对托比亚斯来说应该易如反掌。"杰克说，"他的兄弟，内森，去年赢得了冠军；但我也不会把杰玛排除在外。他们都说，今年的不确定性很大，所以可能会有惊喜出现。回见啦。"

"拜拜。"我回应道。他又伸手去摸金克斯，但金克斯回之以嘶嘶声。我企图一笑了之，但我能看到杰克脸上的困惑。

"请规矩点……"我试着让我的语气听起来像警告，但我能听到金克斯在我的脑海里的嘲笑，它知道我的威胁都是空话。我们可能可以沟通，但命令……我想我根本无法控制这只巴库。我可能需要对它的代码进行更深入的研究。

我走到体育馆的大厅中央，其他一年级的学生都在那里汇聚，这里充斥着不同国籍的人和不同的巴库，大家的巴库基本上都是三级的。

卡特这个例外格外引人注目，我绕过人群的边缘，试图避开他。

金克斯突然在我脚边嗡嗡作响，一缕缕毛发闪着波浪形的光。

"怎么了？"我问。

>> 有人试图访问我们的数据来了解更多关于你的信息。他们动作太快了，差点儿就绕过了……

"朱小姐，是吗？"

我抬起头，然后愣在当场。埃里克·史密斯站在我触手可及的地方，他的红色熊猫巴库正用黑玛瑙般的眼睛盯着我。"期待在普罗菲特斯的学习吗？"

"呃……是的，先生。"我说，我的两颊因受到注目而发烫。

他对我笑了笑，但当他从巴库中读取数据时，他的笑容似乎有些淡了。"莱西·朱……"他说着，眉头微微蹙起。

我的内心充满了恐惧，焦虑地转动起拇指上的戒指。

他摇了摇头。"一定是个巧合。"他低声道，几乎是自言自语，"你会加入巴库战斗战队吗？"

"我希望我能，先生。"我结结巴巴地说。

"你的胜算比我儿子大。"他指了指出现在我身后的卡特，"他天生就不是块好料，即使有四级巴库的协助。真不知道你是怎么说服你妈给你买这玩意儿的……要我说，真是暴殄天物。”

我几乎能感觉到卡特在我身边散发出的怒气了，他呼呼地喘着粗气，简直像他的野猪一样。要是换成别人，我的同情心这会儿早就雪崩般泛滥了。原来卡特·史密斯的生活也不是完美无缺又一帆风顺的呀。

“你的巴库呢，朱小姐？”埃里克问我。

我低头看了看脚边——金克斯早已不见踪影：“呃……”

“史密斯先生！请容许我自我介绍……”一名活泼的学生跳到我们之间，使得我无法回答问题。我往后退了几步，差点儿踩到卡特。他的太阳穴上还残留着甜菜红色的羞愧，但他试图保持高傲的态度。我几乎要因此而钦佩他了，几乎。

“你不应该在这里。”他咬着牙说，“你应该和你那没用的朋友一起去圣艾格尼丝。如果我是你，我甚至不会想要加入战队，不然的话，我就只好击垮你了。”他突然大叫了一声，低下头看着自己的手——他的手上有一个很小的抓痕，渗出了小血珠，“这到底是怎么回事儿？”他一边问，一边责怪地看着我，但我什么也没做。

金克斯蹭着我的腿。

我咽了咽口水，金克斯的出现让我壮起了胆：“你看，这都新学年了，我们就不能忘了圣艾格尼丝吗？”

“你就是不明白，是吗？你爸爸是个失败者，无法应付蒙查的生活，但我爸爸管理着这个地方。你很幸运了，我没告诉我爸你是谁。不然，他肯定会把你赶出学校的。”

我像是被扇了一耳光似的退后了一步：“别这样说我的家人，卡特！”

“哦，你还替他说起话来了？”

“我什么也没做，我只希望平静地开启我的新学年。如果你不能客客气气的，那就干脆别理我。”

“我无所谓。”

幸运的是，卡特和我被分到了不同的小组，并且分别前往教室参观。如果有什么能让我忘记卡特和他对我父亲的评价，那就是发现普罗菲特斯的所有奇妙之处。

即使是教授数学、英语、法语和历史这些课程的普通教室，普罗菲特斯也配备了最先进的电子墨水桌和供巴库在上课时接入的连接线——这样就可以使巴库在受限状态下依然能辅助学生完成作业。

我还发现另一件很酷的事情，我们的每一位教授都是蒙查公司的雇员。这让他们可以从日常工作的高强度环境中稍作休息，同时也使他们时刻注意着下一代，帮助培养新的人才。我们高等代码课的老师，沃森女士，在软件工程领域从事情感型人工智能以及游戏化方面的工作。在见识过普罗菲特斯提供的设施后，我就明白了为什么雇员们并不介意花费一些时间来教学。代码课教室从地板到天花板完全由屏幕组成，沃森女士似乎非常乐于炫耀她对于墙壁和天花板所能做出的所有自定义操作——这并不耽误向我们授课。

同时，我也对材料检测实验室感到惊叹。这间实验室中有一个巨大的万用检测机（看起来像一个老式的断头台，只不过它是用来测试不同材料的强度的），一个供学生们研究航空工程学的巨大风洞，还有配有加宽型课桌及可以加强光照的天窗的制图教室。

一切都远比我想象的更好。那块愿望板可真是有失偏颇。

但是，比起所有其他的课程，有一节课令我更加期盼。

巴库工程师课。

教室的外观普通得几乎令人失望：正前方的一块黑板加几排整齐的课桌。我在靠近中间的一张桌子前坐下，试图让金克斯接入连接线，但它没有。

门开了，我满怀期待地抬起头，但进来的是战队队长们，他们一个接一个地走进来，旁边跟着他们的巴库。我很高兴他们来这节课观察我们，因为我知道我可以在这节课上证明自己，而且卡特也不在，不会分散我的注意力。

金克斯在教室里趾高气昂地走来走去，就好像它是只狮子而不是家猫一样。大部分巴库不会像它远离我这样远离自己的主人。我不停地引诱它回到我身边来，拉着我耳朵上的连接线喊它，但它不理我。我渐渐明白无论我做什么都无法让它待在我想让它待的地方，所以我只能开始求它。

“请你回来。”

它没有回答。

教室的门又打开了，一个穿着普通白色T恤和牛仔裤的男人匆匆忙忙走进教室——衬衫上好像还有一块油渍，一只猫头鹰巴库在他身后拍打着翅膀，我知道这种普通型猫头鹰巴库是教职人员的标配。猫头鹰落在桌子上，将男人的名字投射到身后的墙上：德里克·贝尔德。这人是我们的老师？他看上去比任何一个学生都不修边幅，但话又说回来，我们毕竟是被迫穿了制服的。

他还是有一定的威严的，学生们开始安静下来并坐回自己的座位。金克斯还没有回到我身边，这让我很不安。它应该帮我注册课程，我不想在战队队长们面前把事情搞得一团糟。

贝尔德先生双手合在一起，然后使劲地搓了起来，就好像他要摩擦取火似的。“好的，伙计们，好的！欢迎你们回到余生的第一天！这里是最棒的课程——巴库工程师课！”他有着一口明快的苏格兰口音，但这口音莫名地让我想要坐得更直。

房间里响起一片笑声，但我的胃却紧绷着，这个男人对我毕生所求之物表现得如此漫不经心，我简直要崩溃了。

但似乎没人在意。我旁边一个红褐色短发的女孩，身体前倾，似乎在试图融入一切她能融入的东西，她的姿势几乎和我一模一样。我向前探着身子，肚子紧紧压在桌子边缘，恨不能把自己嵌进去。我向后坐了一点儿，试图放轻松。

我低头看向她的脚边，那里有一只虎斑猫巴库，连接线插在桌子上，正在将巴库工程师课的信息传导到她的桌子上。那是一只“乐于助人”的猫巴库。

>> 你却被我困住了。

“哟，肯跟我说话啦。要是你回我这儿来，像别人家的巴库一样好好听话，我可能会很高兴的。可以吗？”

>> 想都别想。顺带一提，她的名字叫娜丽妮，她的巴库叫金杰（意为“生姜”）。

我翻了翻白眼，然后发现娜丽妮正皱着眉头看着我。哦，不会吧，我希望她没觉得我是在冲她翻白眼。我勉强笑了笑，想跟她打个招呼，但贝尔德先生却开始讲话了。

“那么，对巴库工程师课感兴趣的请举手。”贝尔德先生充满期待地环顾着教室。

娜丽妮笔直地举起了手，我也举了，但动作慢了点。我迅速回头瞥了一眼，发现全班不过二十来人，只有五个人举了手。战队队长们用品评的目光观察我们，做着笔记。我环视一圈，撞上了托比亚斯的目光——他正盯着我。我觉得喉咙仿佛肿了起来，连咽口水都变得困难了。他沐浴在照进教室的阳光之中，深色的眼睛看起来淡了一些，仿佛早春里青苔的色彩。我移开了目光。他差点儿让佐拉失去了莱纳斯。我不能喜欢他，无论光线对他眼睛的颜色产生了什么影响。

“好吧，我们今天只有几分钟的时间聚在一起，我敢肯定你们目前所看到的一切已经令你们感到不知所措了。如果你没有这么觉得，那你可不太正常。”教室里响起略显局促的轻笑声。

“你们会注意到我们有几位访客，”他指了指站在墙边的战队队长们，“但别为了给他们留下深刻印象而费心，他们早就做出选择了。还记得你们当初为了进入普罗菲特斯而做的各种努力吗？嗯，那些都已经直接传给了战队队长们的巴库。年轻人，你们命数已定啦。但是，如果你没有被选中——不要担心。你将有机会在明年的选拔之前证明自己，那才是真正乐趣的开端。”

我皱眉，对贝尔德先生说的消息感到很失望，我唯一被选中的机会没有了，我连拿到普罗菲特斯的录取通知书都是勉勉强强。

“现在，请你们都让你们的巴库调出第一……”然而，贝尔德先生并没能说完他的话——一声巨响传来，书、文件和一个老旧的地球仪纷纷从队长们头顶的高架子上翻落下来。每个人都看着队长们保护着他们的巴库不被坠落物伤害。而我看向了架子，一种恶心的感觉让我反胃，我的心跳猛然加剧。是的，像尊雕像一样一动不动地站在那儿盯着我，好像根本不知道谁是罪魁祸首的，正是金克斯。

>> 什么，我吗? 我几乎能听到它如是说。它的大眼睛和翘起的尾巴说明了一切。

然后，它甩了甩尾巴，从架子上跳了下来，对它刚刚造成的混乱毫不关心。

“拦住那只巴库！”贝尔德先生喊道。

其他学生开始在金克斯经过时踢出几脚或是俯身企图抓住它，但它敏捷地上蹿下跳并避开了他们所有人。最终，它来到了我的身边，并且跳上了我的膝盖。

完蛋了。

第十五节

“那玩意儿是你的？”贝尔德先生问道，眼睛都要喷火了。

“可能是个残次品。”一名学生说道，所有人哄堂大笑——紧张感被打破了。

“我——我真的很抱歉……”我开口道，但贝尔德先生的猫头鹰扑扇着翅膀从我身边飞过，把一枚小标记物扔到了我的膝盖上。那是一枚黑色的圆片，比硬币大不了多少。我把它捡起来，翻了个个儿放在了掌心中。

“那不是给你的，是给你的巴库的。”贝尔德先生厉声说道，“那是一个黑标，会将巴库强制断电一小时。在接下来的一个小时内，你将不能使用你的巴库。由于你所造成的这些破坏，我会在放学后将你留校处理。”

仿佛被魔法驱动一般——当然更有可能是磁力——黑色圆片从我手掌中跳了出来，并锁定在了金克斯的尾巴上。金克斯立刻瘫倒在我怀里，它的电力消失了。它几乎回到了我第一次发现它时的状态——只是一块奇形怪状的金属块。我一时间惊呆了，但紧接着就感到了恐慌。“什么？你不能这么做！”我用力拉扯金属圆片，但它纹丝不动。

“一个小时，小姐……”他低头看了一眼他的巴库，“朱小姐，你总不会认为来到普罗菲特斯学院，却碰不到任何新型的专有技术吧？这里可是蒙查公司专属的正式培训项目。每个新生都要谨记今天的教训。”他说着，将严厉的目光从我身上移开，对全班同学说道，“我们有办法阻止任何来自巴库或你们本身的不当行为。黑标是真实存在的，只要你们身在学院，就要遵守蒙查的规定。高年级学生们对此再清楚不过了，是不是？”

队长们点了点头，用一种混杂着怀疑和困惑的眼神盯得我双颊发烫。我从来不是一个惹老师生气的人，而且我可能已经给队长们留下了坏印象，我痛恨这个事实，愤怒使我绷紧了全身的肌肉。我的手指撕扯着黑标，想把它撬开，但没有用。

“嗯，我想差不多到了挑选队员的时候了。”贝尔德先生说，“这可是最棒的课程，所以在这里揭晓战队结果你们应该不会惊讶吧？”

门开了，其他新生鱼贯而入，引起了一阵骚动。我利用这个机会看了看队长们——除托比亚斯之外的队长们。托比亚斯一直盯着我，还护着他的老鹰。“他是不是有毛病啊？”我心想。我避开他的目光，转而研究起女孩杰玛和她凶猛的老虎巴库。她看起来非常地——强壮，和她的巴库相呼应。我来普罗菲特斯就是为了有机会认识像她一样的人。

为了结识和我同类的人。

“都到齐了吗？”贝尔德先生问他的巴库。猫头鹰点了点头，发出一声鸣叫，“那就让我们看看是谁进了战队吧。”

教室的四周，巴库们开始嗡嗡作响地发出各种通知。每个人都焦急地去查看他们是否被选为队员，气氛一下子混乱起来。我是唯一一个没法查看巴库的，因为它躺在我的怀里一动不动。那个黑标可能会毁掉我所有的机会。

我旁边的女孩兴奋地尖叫起来，她抬头看着艾丽卡：“我进你的战队了！”

“欢迎，娜丽妮！”那位队长有着明亮的蓝色头发。

我痛苦地交叉双臂，等着看还有谁被选中。当然，我听到了卡特大摇大摆走到前面时，他那只野猪的“哼哧”声，但他走路的方式似乎有些不确定，还皱着眉头低头看了一眼他的巴库，他犹豫着在托比亚斯面前停了下来。托比亚斯和杰玛对视了一眼，杰玛双臂抱胸。“你是故意这么干的吗？”她问，她看起来很生气。

“不是，是你干的吗？”他厉声回敬道。

我皱起眉头，看着这两位队长，我觉得我好像错过了什么。

我不是唯一一个这么想的。“有什么问题吗，各位？”贝尔德先生扬了扬眉毛。

“没什么，”杰玛快速道，“欢迎加入我的战队，卡特。”卡特和他的野猪站到了杰玛旁边，但我能看到他在看着托比亚斯。

现在，有四名一年级学生站在教室前部，但是托比亚斯面前没有人。

“嗯？你不过来吗？”托比亚斯问道。令我惊讶的是，他正在看着我。

我低头看了看金克斯。显然，它还在被黑标断电状态中——相当于是死亡了。

“你选的是朱小姐？”贝尔德先生问道。

托比亚斯点了点头，他低头看了看他的巴库，好像要检查一下信息是否正确——就好像他觉得自己可能犯了一个错误。

“朱小姐？走吧？”

我腾地一下站起来，穿过一排排的座位冲到了教室前端，我能感到我走过时其他同学在我背后投来的目光。我走到托比亚斯身边，心里很慌乱，头发从蓬乱的马尾辫里散了出来，一缕缕地粘在我的后颈上。我壮起胆子看了卡特一眼，他的眼里都能射出刀子来了。还井水不犯河水呢，这下子，以后我们指定得死磕到底。

“走吧。”托比亚斯说，“我们去见见其他人。”我注意到，他没有对我说“欢迎加入，莱西”。

CHAPTER 3

第三章

托比亚斯战队

第十六节

我抱着金克斯，跟随托比亚斯走出了教室。奇怪的是，托比亚斯没有让他的老鹰巴库飞，而是抱着它。这情景似曾相识。

他冲我咕哝了一句："你不会又在密谋要伤害艾罗了吧？"

"你说什么？"

"先是松果。现在，又想把一吨的书砸到它头上。"

我停下脚步。"先是松果？"所以，他确实记得……但与我记忆中发生的事件完全不符。"等一下，是你派你的老鹰吓唬我的朋友！她差点儿因为你失去了崭新的巴库。"

他也停了下来，以穿着运动鞋的脚后跟为支点，原地转过了身："艾罗并不是在吓唬你朋友，它是在接住巴库球。卡特瞄准了她的头，如果不是我的话，她早就被砸中了。"

我张口想要抗议，但随后却意识到他可能说的是实话。"哦。"我只说出这一个字。

托比亚斯盯着我的脸打量了一会儿，然后又向前走去。我别无选择，只能跟上他。他带我前往一间空教室，其他队员正在那里等着。我并没有跟得很紧，心里仍然在琢磨他说的事，但不管怎样，他是卡特的朋友，这是不争的事实。不幸的是，只要他用那双深绿色的眼睛看着我，我就很难怨恨他。我咬紧牙关，尽我所能把这感觉压下去。

他打开了教室的门，等着我的是三张充满期待的脸——两名男生和一名女生。其中一名男生的脸色立刻变了，对我怒目而视。

"各位，这是我们的一年级队员，莱西·朱。她的巴库是……"

"金克斯。"我回答道，我紧张地向大家挥了挥手。很奇怪那家伙为什么对我散发出阵阵敌意，我还从没见过有人梳着这么高的刺猬头。他的脚边有一只漂亮的大型哈士奇巴库。托比亚斯首先指了指这个人：“这位是凯，那是他的巴库奥卡。他是战队的二把手，和我一样都是三年级学生，也是战队里主要的巴库工程师。”

“你的巴库怎么了？”凯问道，双臂抱胸。

我咽了咽口水，但托比亚斯已经替我回答了：“它在贝尔德先生的课上被打了黑标。”

凯看起来目瞪口呆：“托比，伙计……这到底怎么回事儿？这和我们说好的不一样。”

我不明白这两个队员之间到底在传递什么信息。就像托比亚斯和杰玛在贝尔德先生的课上那样，他们好像在用暗语交谈似的。

我双手环抱住自己的腰。因为这一切都是冲我而来，所以我觉得心里很不舒服。可我没做错什么呀，我不就是被选中了吗？

“待会儿再跟你说。”托比亚斯说。我还没来得及发问，他就继续介绍其他队员了。他指了指另一名男生——他又高又瘦，长着一头红发，脸上布满了雀斑。他的巴库很少见，是一只非常大的青蛙，但也是三级。“这是里弗。他也是三年级学生——是个疯狂的天才设计师。他的巴库是利扎尔（意为“蜥蜴”）。”

我皱了皱眉，看着他的巴库——那明显是只青蛙啊。“但这不是只……”

“我知道。别问。他会负责我们想要制作的所有模型。”

“行吧，莱西是吧？”里弗问，但他正低头在笔记本上画着草图，所以我觉得他也不是真的想知道答案。

“嗨。”不管怎样，我还是打了个招呼。

“这位是阿什丽，我们的二年级队员，是个电子类极客。她的巴库是朱庇特（意为“木星”）。”

“欢迎来到托比亚斯战队！”她说。这是我收到的第一个来自新团队的热烈欢迎。她露出了仿佛有百万瓦特电力的好莱坞式笑容，让我情不自禁地报之以同样的笑容。她金色的长发随意地挽成一个复杂的发髻——每个十来岁的女孩都应该能轻松驾驭这种发型，但我却无论怎么努力都弄不好。我低头看向她的脚边，那里有一只漂亮的西班牙猎犬型巴库，一股嫉妒之情油然而生。

如果有选择的机会，我最想选的就是西班牙猎犬巴库了。“哎，过来坐这儿。”她说着，从椅子上站起来，一跃坐到了旁边的桌子上。

“谢谢。”我说道，笨拙地撞了一下椅背才狼狈不堪地坐下来。我闭上眼睛等了一秒钟，试图让我的心情平静下来。我真希望金克斯能醒着——它可能无法缓解我的焦虑，但它很擅长分散我的注意力。

托比亚斯站在战队的中心：“好了。这是我参加巴库战斗的第三个年头，所以我不会让任何事情或任何人把比赛给我搞砸了。”托比亚斯扫了我一眼，我的脸颊烧了起来，这好像已经是今天的第一百万次了。这太不公平了，因为他一定是觉得我有某种潜力才选了我呀，可是就因为那个黑标，我就突然被判定为不合格了。我低下头，盯着怀里毫无生气的金克斯。我怀念它在我耳边开玩笑的声音，它一定会在我耳边对我的队友们评头论足，或者提供一些对于巴库战斗的见解。我好想它，尽管距离它第一次讲话还不到二十四小时。

托比亚斯继续说道：“我对赢得今年的胜利势在必得，所以艰苦的训练今天就要开始，大家都没有别的安排吧？”他脸上的表情这么凶，谁敢有异议啊。他转向坐在我旁边的凯，“你觉得使用和去年内森差不多的战术怎么样？”

我没来得及阻止自己插嘴：“但是，巴库战斗的意义到底是什么啊？”

托比亚斯盯着我，凯翻了翻白眼，但我看到阿什丽微笑着冲我鼓励地点了点头。

当我回头看向托比亚斯时，他的胸膛挺了起来，下巴也微微昂起，他很享受这一刻。他是天生的领导者——仿佛天意一般，一束反常的阳光穿过百叶窗上的一条狭缝，在他深棕色的皮肤上投射出一道金光。

他完全就是个王者。

开始解释前，他深吸了一口气。我对他将要说的话无比期待，以至于指尖都有点儿发麻了。“巴库战斗，”他停顿了一下，以营造出戏剧性的效果，“在普罗菲特斯是一个由来已久的传统。让巴库与巴库对战，可以教会我们如何在最极端的环境中进行创新——去创造、去想象，而这一切对我们来说都至关重要。你听过那句老话吗——战争推动科技进步？但是，我们并不希望发生真正的战争，所以我们模拟战争。当然，在现实生活中，巴库是不能互相搏斗的。但在这里的严格规则以及受控的环境下……我们可以好好疯狂一把。”他说话时眼睛熠熠生辉，我的心中异常澎湃。这太惊人了，比我希望的还要好。我知道普罗菲特斯充满了竞争性，但这已经上升到了另一个高度。

这确实是一种竞争，但竞争的结果对我们来说，可能意味着发明出有助于推动社会更进一步的科技。莫妮卡·陈的愿景真的实现了。这样的秘密正是我梦寐以求的，现在，我可以在最前排观战了。

“所以我们要训练，加倍努力地训练，全面的准备是制胜的关键。竞赛由三场不同的战斗组成。你可以通过击败竞技场中所有的巴库或者坚持三十分钟来获取点数；你也可以通过在第二天开战前修复在战斗中损坏的巴库来获取点数；得分最多的战队将赢得比赛。每一位获胜的队友都能获得在蒙查任一部门进行暑期实习的机会，还能和莫妮卡·陈本人进行一对一谈话。”

我大吃一惊，这太令人难以置信了，竟然还能见到我的偶像。

“不过今年可能会换成埃里克·史密斯了。”托比亚斯耸了耸肩说，戳破了我的白日梦。

“你为什么会这么说呢？”我问。

“因为通常情况下都是由莫妮卡来担任新生报到会的宣讲嘉宾，也许她今年休了一段时间的假。但为埃里克·史密斯工作也一样很棒。”

“也许更棒。”凯说，“我的家人说她真的退居二线了。我想为一个仍然处在事业顶峰的人工作。”

“没人能比莫妮卡·陈更优秀。”我是不会大声把这话说出来的，我可不想进一步惹恼我的队友。

托比亚斯继续说道：“最后一场战斗会在蒙查总部展开，每次去那儿都让人大开眼界，那里的竞技场太疯狂了。令人遗憾的是我前两年都没获得胜利。”

他说着，双手攥成了拳头，好像失利还是昨天的事。“不过，去年虽然是我哥担任队长的战队赢得了胜利，但我们也不遑多让。今年要是我们赢不了，那才真是见鬼了。所以，我们的战队不能有一丝污点，这可事关我们的未来。”

“而且，决不能出现黑标。”他说这句话的时候没有看我，但我还是本能地抱紧了金克斯断了电的身体。

放学的铃声响起，金克斯身上的黑标突然掉落，它又活了过来，我不禁咧嘴一笑。在内心深处，我真担心金克斯刚才的状态是永久性的，金克斯教会了我事情并非永远都遵循既定的套路。我盯着那个黑标，想知道该不该把它还给贝尔德先生。

>> 让那东西离我远点。

“我没准备对你使用它。不过，如果你再不听话……”

>> 我会在你床单上尿尿的。

“你不会尿尿。”

>> 山人自有妙计。

我笑起来，然后又赶紧收住，以防有人发现金克斯其实如此“不正规”。它就是现实版客迈拉[①]，由数不清的备用零件和乱七八糟的连接组成，我不知道如果有人仔细看的话会怎么想它。

“好了，队员们，我把今天下午训练的地址发给你们的巴库了。我希望在半小时后见到你们所有人，不许缺席。”

我试探性地举起了手。

“老兄，我们又不是在上课，有问题你就直接问啊。”凯边说边翻白眼。

---

① 客迈拉：希腊神话中长有狮头、羊身以及蛇尾的怪兽。

托比亚斯略显期待地看向我。

“我……呃，下午还得留校。”

托比亚斯紧抿双唇：“我把这事儿忘了。好吧，那这次你只能缺席了。但下不为例，明白吗？”他冲着他的巴库，艾罗，打了个响指，疾步走出了教室。

“他有点儿紧张，”阿什丽俯过身来对我说，“但他人不错。生活在他哥哥的阴影下确实有点儿费劲。”

“他哥哥？”

“内森。去年的冠军。托比亚斯想追上他的脚步，所以很有压力。”

我睁大了眼睛，我太明白有压力是什么感觉了——告诉自己不要有压力简直就像告诉热源上的水不要沸腾一样。

“他说如果他赢不了，他的父母可能会把他送到星火工作。”里弗插嘴道。

听到星火这个名字，我和阿什丽露出了一模一样的痛苦表情。那是蒙查最大的竞争对手，而且他们也仿照蒙查的模式开办了自己的学校。他们的总部设在旧金山，但其下属的迷你星火城正在世界各地涌现。但是他们没有巴库，所以尽管星火城层出不穷，依然无法撼动蒙查镇的地位。我无法想象托比亚斯放弃艾罗的痛苦，这是他争取胜利的另一个动机。

刚才不约而同的一脸苦相拉近了阿什丽和我的距离。“祝你留校好运了。”她说，“希望贝尔德先生不会对你太苛刻。回见，队友！”

“回见。”我回道。现在只剩下我一个人留在教室，我可不急于知道贝尔德先生给我准备了什么样的留校处理。我想让金克斯给佐拉发一条信息，告诉她巴库战斗和今天发生的事，但我想起了普罗菲特斯的规定——而且，为了防止秘密泄露及信息干扰，这里与外界的通信都被隔绝了。在紧急情况下，有一些代码可以用来废止信号阻隔，但如果随便使用这些代码，随之而来的会是比黑标更严重的惩罚。

我终于不能再拖了。

是时候了解一下普罗菲特斯的留校处理是什么样子了。

第十七节

教室的门一开，我就站了起来，贝尔德先生从门里探出头来。

“朱小姐吗？你迟到了。”

完了，今天我已经跟他有过一次交恶了，不能再来一次了。当老师的猫头鹰从头顶飞过时，金克斯的背毛奓了起来，贝尔德先生低头看向它，皱起了眉头。我一边恳求金克斯别再表现得这么古怪了，一边躁动不安地摆弄我耳边的连接线，让我有点儿吃惊的是，它停下来并跳进了我的怀里。我本能地收紧双臂抱住它那柔软得令人吃惊的金属身躯，手指轻抚它的背部。它发出轻轻的呼噜声，使我的心跳和呼吸逐渐恢复了正常。

“那是什么版本的猫型巴库？我好像没有见过……”他伸出手去摸金克斯的毛，但金克斯从我怀中跳出来，飞快地跑到了走廊上。

我耸耸肩，一笑置之。“不，不是什么新版本。完全是标准三级的家猫型巴库。”我说。

我不确定他是否相信我，不知道他眉毛间颤动的皱纹是不是意味着什么。“嗯，第一天上学就同时收获了战队名额和留校处理。你已经在校园里名声大噪了。”

我觉得喉咙发紧。

“今天的留校会有点儿不同，我给你准备了一项任务。”

我顺从地跟在贝尔德先生后面，在转过墙角时松了口气。金克斯正等在路边，它的眼睛明亮而机警。它小跑着跟在我的脚边，完全像普通巴库一样听话，贝尔德先生便没有再特别注意它。

“你就一直这样吧。”

>> 美得你。

我一脸苦相。

就像金克斯跟在我脚边小跑一样，我也小跑着跟着贝尔德先生，沿着学校最后面的宽阔楼梯向下走了三层。我很高兴金克斯的内置GPS会追踪所有这些路线，并且绘制出迷宫般的走廊。没有它，我绝对记不住路。我的大脑也许很会解决工程学难题，但如果说到方向感呢，对，就不是我的强项了。每当读书读到“孩子们仅凭模拟指南针和纸质地图就能走出荒野”，我就觉得一头雾水。

猫头鹰巴库走在我们前面，为我们打开每一扇即将经过的门。“没有老师或高年级学生陪同，你是无法通过这里的。”贝尔德先生说，“所以也不必去尝试，我们的巴库都内置了最先进的安全系统，你是没法偷偷尝试进入这里的。”他说着，眼睛亮了起来，“你能做的就是把这些清理干净。”

猫头鹰挥了一下翅膀（可能嵌入了某种代码），打开了最后一扇门——我意识到我被带到了体育馆正下方的竞技场。笼罩在黑暗中的竞技场和之前看到的不太一样——更小，更令人毛骨悚然。而且这里真是一片混乱：到处都是金属和塑料残骸，从参战的巴库身上拉扯出的螺栓和导线散落一地；地上到处都是巴库橡胶脚掌摩擦的痕迹，这是它们在战斗中四处奔跑时留下来的。单凭这些残骸，我几乎可以推演出战斗的流程。金克斯走到那只狼型巴库被打倒的位置，试探性地嗅了嗅地上的一块废金属。

贝尔德先生咳嗽了一声，我抬起头。“怎么样，你能帮忙吗？”他问道。

“你想让我做什么？”

“把所有这些都收拾干净。外面有一个可回收垃圾箱，用来装所有多余的材料，清洁用品在这个橱柜里。都做完之后，直接离开房间，它会在你走后自动上锁。”

“普罗菲特斯的留校处理真热情。”我说。

他的眼里闪过一丝愉悦的光芒——我很高兴我这次让他笑了，而不是不悦。“如果你完成得够及时，你也许还能赶上会议的尾声。”他在门口停住了，他的目光从我身上转移到金克斯身上，我看得出他还想说些什么。

“我知道了，贝尔德先生。放心交给我吧。”我从壁橱里抓起一把扫帚，开始打扫场地，以示诚意。我听到门轻声合上，随之而来的是安静。

>> 感谢蒙查，他走了！现在我们可以来点真正好玩的了。

“金克斯，说真的，我连我自己的房间都不怎么打扫。你真觉得清理这个地方会很好玩？”

>> 我敢打赌，我们在这里可以找到各种各样的好东西。比如说，看这个。

它的爪子碰了碰一块碎裂的印刷电路板——巴库们如果没了这东西，那它们可要倒大霉了。

我弯腰捡起它，金克斯是对的，这确实很有趣，我家里的实验室肯定能用上它。我把它放进了背包。随着我们渐入佳境——清扫并检查有用的残骸，这一切都变得更有趣了。这有点儿像是在淘金，而且，这也能帮助我更好地了解这个竞技场。这里的地板似乎是由一种光滑的物质构成的，并且连巴库的金属利爪也无法刮花它。还有那五个平均排列在竞技场四周的圆环——托比亚斯和杰玛等人都站在那边。我猜，他们是为了公平和安全起见，才把选手们单独放在那里。

最后，差不多所有东西都收拾到我能忍受的程度之后，我就把扫帚、拖把和清洁用品都收了起来，放任我的好奇心占据主导地位。我踏进其中一个圆环，双脚踩在两个银色的小圆点上，我猜那是位置标记。我只是想体验一下成为参战者的感觉——哪怕只是一瞬间。

然而，我很快就明白，在普罗菲特斯，没有什么东西是平白无故地存在的。

我脚下的银色脚垫迅速发热，然后我被包裹进了一个投影之中，投影向我展示了战场的不同区域——包括“甜甜圈”被挡住的背面。我可以自动切换视角，这样我就能从金克斯的视角观察。如果我稍微转动头部，我还可以从它的上方鸟瞰它。

>> 我们连接在一起了！

“天啊，你也感觉到了吗？”

>> 当然。你到时候肯定是通过这种方式给我发送指令的。你懂的，如果我愿意听的话。

我翻了翻白眼。

“你在巴库战斗中还是得听我的。不然万一有东西从你身后接近你怎么办？”

>> 相信我，我在这方面的直觉肯定比你强。

好像是为了证明它的观点，它伸展了一下身体，弓起背部并甩了甩尾巴。与此同时，它点亮了它身上的每一个传感器，这让它看起来就像墨黑的海洋上月光照耀下闪闪发光的波浪。“炫耀。”我冲它吐了吐舌头。

我在全息图上玩了一会儿，来回变换视角，并查看了屏幕上亮起的金克斯的数据信息。这技术真了不起——而且必须踏入圆环才能知晓这一点更是了不起。那两个银色圆点一定不只是压力传导点，而是和连接线的连接方式有所关联。

我真希望我能整晚都在这儿玩这个，但我能看到角落里的时间，已经下午五点多了。放学已经一个半小时了——我敢肯定大部分的训练课程都已经结束了，妈妈肯定会奇怪我到哪儿去了。

我不情愿地从银色圆环上走下来，全息影像消失了。我从地上捡起背包，然后闷哼了一声，从赛场上捡来的零散部件差点儿把我压垮了。今晚在洞穴里可有的忙了。

我在门前挥了挥手，门就开了。我走了出去，但是金克斯没有跟上来。门关上时，我原地转了个身。“金克斯！！”我喊道，用拳头狠狠地砸门，“该死的，金克斯，你为什么不跟上来？”我推了推门，然后按了按键盘，但它冲我闪出了一连串的红灯：代码无效。

见鬼。我踮起脚尖，透过小窗户向房间里望去。我看到金克斯的尾巴在地板上风驰电掣——它倒是一点儿也不担心和我分开。相反，我看到它回头看了一眼，撞上了我的目光，然后消失在了对面的一扇推拉门里。

我再一次用我的拳头砸门，大喊着它的名字。但是没有用，它走了。现在，我不得不在这迷宫般的走廊、实验室和教室中寻找它。这些地方有些被安全系统封锁了，我都不知道该怎么走，更别说什么可以早点回家。

我最后透过窗户看了一眼，确认金克斯已经不在里面了——竞技场现在一片漆黑，但谢天谢地，它是干净的。

我在心里默默记下它去了哪扇门，以便我能绕道过去。它不会走太远的——我很确定它不会永远离开我，没有巴库会这么做的。“但也许这只会。”一个令人不快的声音在我脑海深处说道。我不能冒险，我必须找到它。

我在包里翻出了一支笔（妈妈坚持要我带一支来，尽管我已经很久没写过东西了），在手掌上草草地画了一张竞技场的草图：我所在的那扇门和金克斯离开的那扇门。虽然有点儿蹩脚，但这是我目前能想到的最好的主意。然后我沿着走廊冲回我和贝尔德先生一起走过的楼梯。从楼梯过去还有几扇门，令人疑惑的是，它们都通向我想去的方向。门上没有任何标识，连门牌号也没有，我无法判断选哪扇最好，于是我选了最近的一扇。我使劲拉它，但它纹丝不动。我没看到控制面板，甚至也没有钥匙孔。也许，这是单向门？

我绕到另一扇门前，它很容易就被推开了。“金克斯？”我试探地叫道，什么都没有。我需要继续沿着走廊向左走，以确保我是在绕着竞技场的环形走，而不是沿着某一个翼形侧楼越走越远。

我继续向前移动，偶尔会碰到锁着的门或死胡同。我绝望地试了每一个把手，推了每一扇窗户试图另辟蹊径。我已经走出了科学侧楼那手术室般惨白的走廊，进入了学院里一个氛围显得更轻松的区域——有供休息的豆袋椅，还有一张乒乓球桌。

这看起来就像我在老电影和电视节目中看到的完美的公司生活。我试着回想这所学校大致的样子——也许这就是寄宿的孩子们住的地方？那倒是一个很酷的住所，但是周围一个人也没有。

我经过了一个巨大的休息室样子的房间，里面有特大号的扶手椅和两个精致的壁炉。墙上印着启迪人心的语句，那些用锡箔纸制作的字反射出微弱的光线。当我走进去的时候，灯亮了，我做好准备迎接某种警报，但什么也没有发生。

我在房间远处的角落瞥见了金克斯——只是它线条优美的尾巴末梢，但已经足够了。“等等我！”我喊道。我飞快地跑过大厅，跳过了一张低矮的咖啡桌，并且尽量不让自己滑倒在色彩鲜艳的地毯上。

金克斯跑进一扇开着的门时，我一跃而起，穿着羊毛制服的膝盖在地板上滑过，并且最终捉住了它。我很庆幸我没有穿苏格兰短裙，否则我的腿会被严重擦伤。“抓住你了！”我大笑起来，紧紧抓住它肚子那一圈。谢天谢地，它没有挣扎。

但这时，我才意识到：这黑暗的房间里并非只有我一人。一双靴子进入了我的视线，穿着它的人呼吸沉重。

“滚！出！去！”

“你在这儿做什么？”托比亚斯站在我面前，双手叉腰，声音里透着冰冷的愤怒——还掺杂了一些别的什么。是恐惧吗？不可能。我对他没有威胁。

但至少，我被他的语气吓了一跳。我踉踉跄跄地向门口退去，不小心放松了手上的力道，金克斯趁机从我的手臂里冲了出来。

我闭了一下眼睛，在心里咒骂着它。我慌乱地想要尽可能地拉远我和托比亚斯之间的距离，以至于背都抵到门框上了。“对——对不起。”我说，“我只是跟着金克斯，我们正在找出去的路。”我不想让他知道我无法控制我的巴库。

他用手指按了按鼻梁：“留校处理结束了？”

我点头。

“你是新来的——不知者不为罪——但这些房间完全是私人空间，仅此而已。”托比亚斯转过身，试图拦截金克斯。他的位置移动后，我瞥到了他那躺在地上、死气沉沉的巴库。我的好奇心油然而生，而托比亚斯——意识到自己的失误——冲了回来再次挡住了我的视线，他喘着粗气并且脸涨得通红。

他想让我离开这儿。

但我能看到金克斯的眼睛在远处角落的黑暗中发光，它似乎并不急于去任何地方。

“来吧，金克斯。”我低声对它说，但金克斯整理着尾巴，没搭理我。我内心一阵抱怨，我得穿过房间去收回它。

我咽了咽口水，尽量贴着房间的边缘走过去。“我过去拿一下我的巴库，然后我就走。”我强迫自己说。也许男孩就像野兽，如果你让他们不停地说话，他们就不会那么生气。

令我备受打击的是，金克斯跳开了。

“天哪，那东西什么毛病啊？”托比亚斯说，“你得让兽医给它检查一下。”

“它很好，”我反驳道，“你那只才有毛病。”话一出口，我就立刻意识到我是对的——它确实出毛病了。虽然在巴库战斗中，那只老鹰看起来并未遭受太大的损伤，但还是能看到一些严重的凹痕和断掉的导线。

他的下颌收紧：“是啊，你以为我不知道吗？”

我控制不住自己，我现在真的很好奇。我离开了房间边缘这个舒适圈，慢慢靠近那只坏掉的老鹰。它躺在地上，好像只是没电了而已，并没有什么不对劲。但是，它的脖子时不时会抽搐，像是无意识的痉挛一样。它身上有明显的尝试修理所留下的痕迹——一些肉眼可见的焊接显得相当拙劣，与这只生物其他美丽的部分格格不入。我皱起鼻子，无法掩饰我对这手艺的厌恶。“这些修理是谁做的？”

“凯。”托比亚斯说。他把一只胳膊搭在胸前，另一只手揉着眼睛。他走过来站在我对面，和我中间隔着那只老鹰，“他在今天你没能参加的战队会议上修理的。我选他入队是因为他应该是他们班最出色的巴库工程师，但他从来没有修理过像我的老鹰这样复杂的东西。”

“为什么不带它去看兽医呢？”我问。

他嘲笑道:“你还不明白，是吗？在普罗菲特斯、在巴库战斗中，重中之重就是我们必须亲力亲为。或者，也可以依靠团队。也许我可以把它交给某位老师，但我们在战斗中就会受到相应的裁决。他们可以发放像黑标那样的惩罚，但他们也会为优秀的行为发放奖励，如复苏芯片——可以给受伤的巴库提供一剂强心剂。如果我们花钱请专业人士帮忙，我们的点数就会被扣除。巴库战斗本就是如此充满挑战。战斗的精髓就是不寻求帮助，单纯依靠我们在学院学到的知识，并且坚持到最后。凯应该挺厉害的，但我想内森才是真正擅长硬件的人。他可能是有意让我失败的。”

“内森听起来像个混蛋。”我说。

托比亚斯笑了，但声音里夹杂着苦涩，使我的心揪了一下。“那个混蛋不仅是我哥哥，而且是莫妮卡·陈的实习生。”

我扬起眉毛:“好吧。现在我要嫉妒一个混蛋了——我以前从来没有想过我会这么说。”谢天谢地，托比亚斯哈哈地笑了起来，打破了我半路杀出之后房间里积聚的紧张气氛。我趁他笑的空当环顾了一下房间，这儿的装备不像我家的洞穴那么好，但多少有些用处。我觉得托比亚斯的鹰所遭到的损伤无论如何都算不上致命伤，我已经看到了一个我确定被搞错了的主要连接。

“喂，你在干什么？”托比亚斯的声音充满警告的意味。

“哦！”我猛地将手从老鹰身上抽了回来，我居然连问都没问就打算直接动手修理了，“我很抱歉……我只是觉得，如果我们把这个连接移过去并接回到这部分下面，它的活动会更流畅，而且也不会总是抽搐了。”

托比亚斯皱起眉头，然后走到我站的地方。我挪到一边，给他指我刚才说的地方。而且，因为他看起来不再那么抵抗了，所以我伸出手，把我想做的直接在老鹰身上比画给他看。老鹰的金属羽毛手感柔软，凯野蛮的修理工作直接破坏了老鹰的触感。

“你觉得？”他问道，语气中夹杂着怀疑。我不确定是我的用词让他迟疑起来，还是因为这些话来自一个微不足道的一年级新生。

“哦，我是说，我确定。”

面对我的自信，他挑了挑眉，我感到我的脸颊泛起了红晕。我重新把注意力集中在老鹰扭曲的金属上，尽量不去想托比亚斯那双眼睛正盯着我，也不去想他离我近到我的脖子能感觉到他的呼吸。他的身体像引擎一样散发着热量，如果我不小心一点儿的话，我脸上的红晕就会蔓延开来。我感觉一股熟透的番茄色即将从发际线蔓延到脖子，然后扩散到胸前。这可不太雅观，而且会泄露我所有的感受。

“最好的方式就是我直接展示给你看。”我说道，努力在我的声音中注入比我的实际感受更多的自信。

我感觉他又想开始抵抗，所以我改变了策略：“喂，你研究这个多久了？”

“从放学一直到现在。”他无奈地耸耸肩说，“其他队员大约在十五分钟前离开了。如果我的鹰明天还没有修好……我可能就要退出了。我不敢相信一切都变得如此糟糕，这才刚刚开学。”

他现在没有看着我，于是我看了看他，他是那么严肃，一条深深的皱纹刻在他原本光滑的前额上。我们俩都没去开灯，他的皮肤在半明半暗的光线下太深了，几乎反射出蓝色。“所以，你打算整晚都站在这里盯着它看？”

“我已经为此训练和学习了两年好吗？我只是不想出错。”

“但是，你已经试了所有你能想到的方法。”

他绷紧了身体：“是的。”

“那么，让我试一试有什么害处呢？给我半个小时。我保证我不会做任何令你无法挽回的事情。”

他举起双手：“好吧，自信小姐。你就试着做一下我们都做不到的事吧。”

我咬着下唇点点头。金克斯蹭着我的腿——我不想离开的时候，它就会主动来找我。它爬上我的腿，接着爬到我的肩膀上休息。

>> 哇，它被打得真惨。

“确实。”我咕哝着。

“你说什么？”托比亚斯问道。

我吓了一跳。我已经习惯金克斯在我的脑海里说话，以至于我忘了这其实是个我应该去修理的故障。“不好意思，我只是在自言自语。”

“哦，棒极了，我的战队里有一个潜在的精神病患者。”他说。但我注意到他并没有要求我停下来，相反，他专注地看着我的手，好像他对接下来将要发生的事情很感兴趣。一想到托比亚斯正盯着我看，我就浑身一颤。“我们能把灯打开吗？”我问。灯光可能意味着他会看到我脸红，但我希望开灯后那种更冷静、更——呃——不那么浪漫的气氛能帮助我集中注意力。而且，我几乎看不清我在做什么。

托比亚斯摇摇头：“我们其实不应该在这里。另外，灯都是定时的，为了节能还是什么的。”

“嗯。”我重重呼出一口气，开始全盘排查。“金克斯，把灯打开。”它卷起尾巴，打开了手电筒，至少这对我有所帮助。“这样行吗？”我问托比亚斯，他点了点头。

我用金克斯的相机拍下了损坏的地方，并让它在互联网上搜索老鹰巴库的原始电路图。它在几秒钟内就找到了，并把蓝图投射到了老鹰的背部。我从夹克口袋里拿出护目镜（我真是个书呆子，到哪儿都带着它），然后蹲下来靠近老鹰。凯弄错了主板和控制老鹰头颈部运动的电路之间的一个主要连接，我皱起鼻子。“希望凯的所作所为没有损坏电子元件 。”我说，“他为什么不按照正确的电路图来修呢？”

这回轮到托比亚斯困惑了：“你这是什么意思？我这只鹰是一只五级巴库——是为我独家定制的，没有通用的电路图的。”

“那这是……”我在金克斯的另一个秘密被发现前及时住了口。

>> 早跟你说过，山人自有妙计。

“你闭嘴。”

我大声说道：“哦，对。我的意思是——我只是正在看一套其他鸟型巴库的电路图。你看，他把这根电线焊接到错误的接点上了，这样，是绝对无法正常活动的。不仅如此，他在这里用的好像还是旧焊料。”因为连接上的焊料并不是光滑闪亮的，而是暗灰色。“旧焊料的导电性不好，如果我把它清洗掉并换成新的，导电性会好很多。我们把它移到桌子上吧。”

我让金克斯将电路图换成一套三级鸟型巴库的电路图，并投射到老鹰的电路板上，以此来掩饰它刚才表现出的聪明才智。有了投射的电路图，我可以轻松地把我的意思准确地表达给托比亚斯。

“等一下。这太酷了！你怎么让你的巴库做到这点的？猫型巴库的尾巴上是没有投影仪的。”

“嗯……这很容易。我只是加装了一个从一只老旧的啮齿类动物巴库身上找到的投影仪。”

托比亚斯审视着我的脸，但真正让我脸红的是他脸上毫不掩饰的赞赏。“你的意思是你自己对这只巴库进行了定制化？”他说。

“嗯，是的……”

“也许凯并不是战队里最棒的巴库工程师……”

在接下来的一个小时中，我和托比亚斯一起工作，剥除导线、熔化焊料，最后我用了一点儿压缩空气清理凯留下的烂摊子的表面。谢天谢地，凯对印刷电路板的过度加热不算很严重，所以电路板还没有损坏。我还用了一把不错的老式工具修复了老鹰外壳上的一些凹痕和刮痕。对于这么漂亮的动物来说，任何不完美的存在都会令人惋惜。在整个过程中，金克斯为我投射了各种不同的测量数据——从施加在凹痕上的完美力道到连接是否正常工作——这样，我就可以在托比亚斯为老鹰充电前验证我的理论。当我修复了那个脖子抽搐的问题后，我快速查看了一下这只巴库的其余部分——主要是为了欣赏一下这美丽的技术，这真是一件杰作。如果要制作老鹰这样可以平稳飞行的巴库，每个部件都必须轻如鸿毛，并洒满太阳能纳米颗粒以便从阳光中汲取能量。

>> 哼，它可远没有我酷。

“随你怎么说，金克斯。你能飞吗？”

>> 如果我想的话，我就可以。只要你给我做对翅膀。

“那你就是珀加索斯猫了。”

“行了，我想它已经准备好了，可以连接了。”我说着，把眼镜从鼻梁上取下来，揉了揉眼睛。不再全神贯注了，我逐渐意识到了那种熟悉的干涩刺痛感。

托比亚斯连接了艾罗，几秒钟后它就完全启动并运行了一次诊断检查。“天哪，你做到了！诊断结果显示它的全部功能都已经恢复正常了。”

我耸了耸肩，试图控制住自己脸上呼之欲出的笑容。我专心地伸展了一下手指，它们因为抓烙铁抓得太紧而变得僵硬。“这不算太难。”

我向上扫了一眼，正撞上他的目光。令我惊讶的是，他脸上的表情是一种纯粹而简单的赞赏。“你真是充满了惊喜。”

他看起来很真诚，这是我第一次意识到我的技术可能比我想象的更有价值，我被感动了。

“干得好，队友。”

“别客气。”我尴尬地伸出手，内心局促不安。

金克斯的声音在我脑海中响起。

>> 握手？这种情况下你真的只想握个手？

“嘘。”就算我现在反悔也太晚了。谢天谢地，托比亚斯大步走过来握住了我的手。

我不知道他是否也能感觉到——一束电火花，一瞬之间，一股电流从我的手上传到他的手上，仿佛我手掌上所有的神经元都亮了起来，这让我无法呼吸。我们的手仿佛握了一辈子似的。

然后，这一切就消失了，他的手从我的手中滑落。“回头见，莱西。”他说。

我发誓他的唇边有一丝微笑。

他带着刚修好的老鹰离开了房间，而我则必须紧紧靠着桌子才不至于融化成地板上的一摊水。

第十八节

讲座，而不是讲课。

专才，而不是老师。

聚会，而不是课前点名。

巴库战斗，而不是家庭作业。

这就是我在普罗菲特斯的第一个月。巴库战斗渗透到了我生活的点点滴滴里，以至于我会在半夜大汗淋漓地醒来，梦见自己躲开锋利的鹰爪和闪亮的金属虎牙。在梦里，在竞技场中的永远是我，而不是金克斯。但是话说回来，金克斯是不被允许进入竞技场的。

不需要在学校和战队一起训练的闲暇时间，我都待在普罗菲特斯战队训练广场，一边操练，一边准备战术。

我每天都搞到很晚，这让妈妈很担心。这正是她所害怕的——我将首先消失在我的作业中，然后消失在学校中，然后消失在工作中——最后可能永远消失。但我这么做是为了我们两个，为了让我们过上更好的生活。如果我现在更努力意味着将来可以轻松些，那就这么做吧。

而且，我坚信一旦第一场战斗结束，一切都会好转的。

我还答应了佐拉这个周末去找她，一起看我们最喜欢的科幻电视剧《外太空》的最新一季，它将于本周六晚上八点的黄金档开播。她对于我在开学的第一个月里必须集中精力这件事表现得十分善解人意，尽管我不能确切地告诉她我为什么这么忙。

但在我考虑周末的事情之前，还得先搞定第一场战斗，阿什丽和朱庇特将在第一组登场。根据托比亚斯的说法，第一场战斗是为低年级的学生和低等级的巴库准备的。对于战队来说，这是重大赛事前小试牛刀的机会，同时也将最强力的选手保留到后期的竞争中。

“有什么内幕消息吗？”杰克在我的储物柜边找到了我，问道。他正泰然自若地运行着学校的赌博系统，更新着旧的代码，使那个赌博应用程序能够基于心率峰值和瞳孔放大值给出建议，他称之为“利用本能”。

我觉得那就是胡说八道，事实上也确实如此，但这并不能阻挡整个学生群体（以及大多数教师）下载和使用它。

“没有——而且就算我有，你知道，我也是不能告诉你的！”

“好吧，但我总要问一下。祝你好运，小莱西。”

“谢了，杰克。”

第一场正式战斗的气氛很紧张，全校师生都出来观看了。我的心跟随着阿什丽一起飞了出去，她必须坚持三十分钟，以保证从满分100 分中分一杯羹。如果朱庇特失败，我们需要赶在第二天早上之前将其巴库所受的损伤修复，并确保至少 90% 的功能恢复正常。

“准备好了吗，阿什丽？”贝尔德先生问。作为巴库工程师课的老师，他负责管理战斗。

阿什丽点了点头，苍白的脸上带着一丝灰色。她跟着贝尔德先生下到参赛者准备室，在那里，她将被送进一部电梯，电梯会将她带到竞技场上。

“她会被干掉的。”我们排队进入战队包厢观战时，凯嘟囔了一句。战队包厢在最前排的位置。

“别这样。”托比亚斯说，但他的表情也很阴沉。

“她对她的巴库太心软了，你知道的。”

“嗯，所以我们先派她去，她得坚强起来。而且，你知道她是二年级中最好的电子工程师，所以我们不得不选她加入我们的战队。”

“至少她对战的是其他三级巴库。”里弗说。

“这我可不敢确定。”

所有队员的目光都转向了我。我之所以这么说，是因为当托比亚斯、凯和里弗专注于他们各自的巴库对应的战术时，我一直在关注着其他战队，尤其是杰玛的战队，而杰玛的二年级选手正走进战队包厢。

“不会吧。”凯渐渐意识到了真相。

是卡特和他的野猪。他们是第一轮参赛的选手。

金克斯弓起背，发出嘶嘶声，我完全了解它的感受。

“你不是说过一年级的学生不能参加战斗吗？”我对托比亚斯说。

“确实不能。”他说，“除非其他哪名队员自愿退出，虽然这种情况基本从未发生过……”

“也许是被迫退出。”我说着，挑了挑眉。

“也有可能。”托比亚斯承认道。

一想到朱庇特要对抗亨特，我就觉得喉咙发紧。卡特可不是那种会在比赛中手下留情的人，我太清楚这一点了。

里弗睁大眼睛看着我，然后抓紧我的肩膀：“我很高兴你取而代之加入了我们的战队。我可不愿意退出。”

“取而代之？”我皱着眉头问。里弗耸了耸肩，我还没来得及追问他，开场乐就响了起来。

“她真的会被干掉的。”凯嘟囔着。

托比亚斯没有回答，但他额头上反光的汗珠说明了一切。

我没有更多的时间去思考。音乐结束后，选手们乘电梯上升进入竞技场，我投入到战事中，大声喊道：“冲啊，阿什丽！冲啊，朱庇特！”

阿什丽转向战队包厢，对我们竖起了大拇指。但即使从这里，我也能看到她正在发抖，她的膝盖不稳，双脚在银色脚垫上来回挪动。相比之下，卡特看起来太过自信了。自己的巴库比场上所有其他巴库都高出整整一级，确实会让人无比自信。

“你只要坚持三十分钟就好。”我低声对阿什丽说。但我敢打赌，在这个竞技场上，三十分钟会像一生那么长。

战斗开始了。

这是一场节奏很快且疯狂的战斗。多里安战队的选手——一个叫作韦恩的二年级学生，带着一只牛头犬巴库——和阿什丽一样选择了防守战术，试图尽量保护巴库的机能，并且撑过三十分钟。

其他人，如来自杰玛战队的卡特，则选择了硬拼，试图对其他对手的巴库造成尽可能多的伤害，使其尽可能难以修复。那些银色的獠牙在竞技场中显得格外危险，好像是卡特为了制造最大的伤害和痛苦而特意磨尖的。相比之下，朱庇特在竞技场上显得那么小，那么驯顺。

随着战斗范围的缩小，托比亚斯转而采用更激进的战术，他迫使阿什丽将它的巴库逼到极限，不允许它在三十分钟结束前放弃。而场上只剩下另外一只巴库。

卡特的那只。

我抓住金克斯的小爪子，尽管它试图从我的暴力抓握中逃脱。

>> 它完了。

“但我们能修好它。”

>> 你觉得这是个好主意吗?

“为什么不是？”

金克斯说了些什么，但我没听见——我被亨特以闪电般的速度冲向朱庇特的景象吓得目不转睛。阿什丽还是不够快。两只巴库撞在一起，发出令人痛苦的碎裂声。朱庇特几乎被抛到了竞技场的另一边，重重地撞在我们脚下的弧形墙壁上，然后像弹珠一样被墙壁弹射回去。卡特挥舞着拳头，洋洋自得。

“放弃了吗，阿什丽？你可怜的小狗狗就快要不行了。”他说，语气里充满了自负。他是对的——朱庇特的数据现在是 15%。阿什丽可以放弃了。“来吧，让它从痛苦中解脱。”

阿什丽的目光从亨特转向朱庇特，朱庇特正在试图站起来，尽管它的一条腿已经完全变形扭向了身后，它的部分导线也拖在地板上。尽管每个人都知道它没有痛感，没有意识，但这副模样依然让人撕心裂肺。也许是阿什丽的脸色使情况看起来更糟糕，她的脸色甚至比平常更加苍白，我还以为她的脸平时就已经苍白到极致了。她的脸色发灰，因为汗水、忧虑和肾上腺素的共同作用呈现出一种病态的气色。

她看起来好像想放弃这场战斗。她的眼睛转向了坐在包厢里的托比亚斯，后者正在激动地对着艾罗讲话。老鹰大概正在把消息传递给阿什丽，并且只让她一个人听到。我能从托比亚斯的眼神中看出，他想让她继续。时间只剩下几分钟了，如果阿什丽能坚持下去，那么她将会为我们赢得一些剩余的点数。

我咬着指甲，嚼碎了指甲边缘的死皮。我真不敢相信托比亚斯会让她继续打下去，他应该现在就把她叫回来，让我们在明天早上之前有更大的可能性修复她的巴库。我试图引起托比亚斯的注意，但他的注意力都集中在阿什丽身上。

阿什丽闭上了眼睛，当她再次睁开眼时，充满了决心。“你能做到的。”我低声对她说，尽管她听不见我说什么。我的双手在身侧紧紧地攥成拳头，我希望能将我的每一分运气赋予她。

卡特翻了个白眼：“你认真的？来吧，亨特，让我们干掉这只巴库。”

场上的吼声已经达到了疯狂的程度，学生们同时向两位参赛者大喊或起哄。阿什丽继续战斗让大家感到很震惊，他们齐声叫她放弃。

亨特昂首阔步地绕着圈，对于一个野猪形态的机器来说，显得出奇地优雅。我陷入沉思，思考什么样的人会自愿选择这种形状的巴库，结果差点儿错过了它进行击杀的关键时刻。

因为这一击来得迅速且残酷。亨特仍然可以自由行动，它的脑袋因为獠牙的重量而略显摇晃，它的腿很灵活，而阿什丽发出的每一个命令都要花几秒钟的时间才能传到朱庇特那里——一定是哪个重要的接收器坏了，所以它无法迅速做出反应。这一击来临时，朱庇特完全无力招架。野猪的獠牙撕破了朱庇特已经暴露在外的核心电路，撕破了它位于肚子里的“大脑”——和金克斯给出的电路图一样。

“希望你能修理好这件破烂。”卡特喊道。似乎是为了响应他的观点，亨特甩了甩头，停了一秒钟，将断成两半的西班牙猎犬甩了出去，撞在了对面的墙上。

阿什丽跪在她的圆环之中，失声痛哭，她的每一分痛苦我都感同身受。想到类似的事情也可能发生在金克斯身上……

我把它抱起来，紧紧拥在怀里，对我来说，它不是机器人——它是我的伙伴。

标志战斗结束的哨声响了起来。贝尔德先生站在竞技场中央："第一轮巴库战斗的获胜者是卡特和他的巴库亨特。杰玛战队获得 100 分。"他转向战队包厢，"其他战队，你们需要在明天早上之前修好被淘汰的巴库，以从获胜的杰玛战队那里瓜分总值为 100 的点数。如果你们的巴库没有恢复至少 90% 的功能，那么，这一轮就会被判定为失败。"听他的语气，就连他本人也对巴库再次奋起抗争的可能性持怀疑态度。

阿什丽紧紧抱着朱庇特的残骸，表情看起来悲痛欲绝。

托比亚斯脸色很糟糕，他的战术失败了，点数溜走了。

还没结束。如果我们可以修好阿什丽的巴库，我们就能让战队重回正轨。但是，尽管普罗菲特斯拥有最先进的设施，我却知道有一个地方能给我们提供更大的机会，而且我们可以在那里通宵工作。

我只需要说服队员们，让他们相信我。

第十九节

“这里太棒了。”凯说。我笑了，我不知道我到底做了什么让他对我产生了好感——尽管我同样不知道最开始时我到底做了什么惹恼他的事。但随后，凯在我住的公寓大楼门口嘲笑道：“没人会在这个破地方监视我们。这真的能住人吗？”

“我就住这儿。”我咬着牙说道，身体气到发抖。这儿也没那么糟糕吧。可能是有点儿无聊和实用主义——一栋用混凝土和有色玻璃建成的平平无奇的公寓楼，但它至少没有脏兮兮的，也不是快塌了。

“凯，够了。”托比亚斯说。

“干吗？”他耸了耸肩，“我只是想说这对我们战队来说是件好事，因为我敢打赌杰玛团队可不会在这么……”

电梯门“叮”的一声开了，打断了他没说完的话。

阿什丽在颤抖，自从朱庇特战败之后，她就变得如同行尸走肉一般。

看着他们四人走进通往地下室的电梯，我简直不敢相信我把他们带到了这里——我的圣地，我的巴库工程师避风港。

妈妈很高兴我从学校带回了朋友，我没忍心告诉她这并不是我繁忙社交生活的开端。

这是个紧急情况。

朱庇特碎成了几块，阿什丽怀抱着残骸，脸上满是泪水。她在巴库战斗中遭受的灭顶之祸足以让我终生难忘，我都不知道她怎么还能站起来。

更糟糕的是，这一切的罪魁祸首都是卡特，他和他那只可怕的野猪，那只哼哧哼哧、咆哮的野兽。我从没想过让一只巴库认清自己"几斤几两"，但我希望看到亨特被打倒。只要能确保卡特不是他们战队最终夺冠的杀手锏，我什么都愿意做。他还没赢。

>> 你用技术帮助托比亚斯 · 华盛顿，还让他进入你的私人实验室，是不是因为他每次靠近你，你体内就有相应的生理变化？

我一阵难为情，金克斯知道的太多了，而且，它似乎越来越聪明了。昨天晚上，我正在做法语作业时，却在脑海中听到它为我翻译的声音。我不得不让它停下来——如果学院发现，我肯定会因为作弊而被开除，除非被特别下命令，否则巴库不应该做这样的事。我把这一点添加到金克斯待检查的代码列表中——如果我的其他工作告一段落，而我又有空闲时间检查的话。

我每天都在担心自己说漏了嘴，暴露出金克斯不是普通的巴库的事实。但是到目前为止，战队似乎没有人注意到金克斯有任何不同，我希望事情就保持在这个状态。

五个人和五只巴库挤在狭小的储物室里，空间很紧张。里弗跳上了桌子，他那只超大的青蛙巴库模仿他的动作蜷起膝盖坐着。他就像一个柔术演员，能把自己塞进最不可能的地方——好像对他而言，不舒服就是舒服似的，我不知道这对他意味着什么。

托比亚斯领着阿什丽进来，让她坐在我的椅子上。

"那么，我们来这儿做什么？"凯双手叉腰问道。奥卡——他的哈士奇巴库——在他脚边踱步。凯试图占据房间里最大的空间，他高高挺起胸部，像加拉帕戈斯群岛的军舰鸟一样。

"我们只有瓜分到点数，才有机会赢得巴库战斗。"托比亚斯说，"这意味着，我们必须修好朱庇特。我想莱西可以做到。"

"呃，你看到那只巴库了吗？一堆废铁！"凯喊道。他捡起一块从阿什丽怀里掉出来的朱庇特的碎片，挥舞着它，仿佛那是他观点的最佳佐证，"即便是蒙查最好的巴库工程师也无法修好这堆垃圾。听着，托比亚斯，我的朋友，我们应该操心的不是怎么修好这玩意儿。"他指着阿什丽怀里的残骸，阿什丽哽咽了一下，"而是应该计划下一轮的进攻战术。比如说，那个奇怪的家伙，”他指了一下里弗，“还有我，怎么才能在下一轮战斗中占有一丝胜算。特别是杰玛战队有三只巴库，我们只有两只，所以我们仍然要对付那头野猪。这种巴库可不是一年级新生该有的。”

没错。我忘了这点了：因为卡特在这一轮巴库战斗中幸存下来，这意味着杰玛的队伍下次会有额外的优势，难怪托比亚斯这么绝望。我可以想象，杰玛的胜利会像滚雪球一样越滚越大，直到我们再也不可能追上她为止。

“你和我应该一起参战。”凯对托比亚斯说，“这可能是个不错的战术。”他的哈士奇饥渴地低吠着。“奥卡一口就能把那头猪吃掉。其他人也会战术性地用他们最低级的巴库参战，我们可以轻松解决他们，然后让蛙兄迎战最后一关。运气好的话，奥卡和艾罗将一路存活到最后，然后……”他像扔炸弹一样甩了一下手，“砰！赢家。”

“说的没错！”里弗附和道。

托比亚斯似乎正要回答，这时一个细小的声音使大家都闭上了嘴。

“你有可能修好它？”阿什丽抬头看着我，她的蓝眼睛——因为泪水的光泽而显得更浅了——似乎要将我看透，“这就是我们来这儿的原因吗？”她环顾四周，看着我挂在墙上和塞在墙角的所有机械设备，还有塞在箱子里的其他巴库的残破零件。

我耸耸肩，不想承诺太多，但也渴望尝试一下。

托比亚斯替我回答：“是的。这就是为什么我们都在这里。莱西是我见过的最最优秀的巴库工程师之一——修好艾罗的是她，不是我。”他的脸颊浮出些许红晕——很明显，承认这点对他来说很难，“如果有人能修好朱庇特，这个人就是莱西。”

凯盯着我，一脸困惑。“随便你吧。”他嘟囔了一句，双臂交叉在胸前，然后向后靠在了储物室的铁丝网上。我没去管他，任由他和他的怀疑消失在背景中，我的关注点在朱庇特身上。

“我们把它放到地板上吧。”我说。阿什丽轻轻地把朱庇特身体的主要部分放在地上，然后我们把它剩下的部分大致拼到了正确的位置。目前有两个亟待解决的问题：一个是它被劈成了两半，另一个是它的右前腿完全变形了。“这个修不了。”我指着那条腿，实事求是地说。

“看到了吧？”凯说，伴随着托比亚斯的叹息声和阿什丽的哽咽声，只有里弗仍然盯着我。

“但你好像并不怎么担心这点。”他说。

“对，我不担心。”我回答。这让其他人都安静了下来，“我们可以很容易地打印出一条腿。”

“从哪儿打印出来？”凯问道。

“里弗那边。”每个人的目光都转向了里弗，他正好坐在我的 3D 打印机旁。

“哦，你有一台这个真是太酷了。”托比亚斯说，“在学院使用它们是受到严格限制的。你从哪儿弄来的？”

我思考了一下该如何向他解释保罗、地下工匠网络，以及他们如何对这类机器进行收集、交换和讨价还价。但我发现根本不知道从何讲起，然后就放弃了。“哦，你知道的。我就是偶然在垃圾场发现它的，多年来我一直在慢慢地修复它。”

“那你从哪儿弄来这些材料去填补这台机器呢？那可不便宜啊。”凯仍然持怀疑态度。

“这很容易，”我说，“看看你周围。”他揭开了身旁一只大桶的盖子（我可以看出，我激起了他的好奇心，不管他试图表现得多么冷漠），里面是成卷的长丝——从不同的塑料材质，如聚乙烯醇和尼龙，到更复杂精细的金属线轴——以及我在过去几个月里找到的所有的巴库废弃零件，包括我在竞技场找到的那些。“如果我需要更精准地匹配阿什丽的巴库，我可以用这些废料来打造定制的长丝。”

“哇，这太酷了！”里弗说。

“我这里没有功率足以把这些熔化的熔炉。”我继续说，“但是，我的朋友保罗有。我们只需要弄清楚需要的量，然后我会在你们给打印机建模的时候去准备材料。”

“你太疯狂了。”里弗说，脸上带着大大的笑容。

“我想我应该说，谢谢你？”我说，回以微笑。

在整个谈话过程中一直保持沉默的阿什丽突然伸出双臂搂住我，在我的脸颊上重重地亲了一下，这倒是我没有预料到的。“谢谢你，谢谢你，谢谢你！”她一遍又一遍地说。

“等等，”我说，“我还什么都没做呢。”然后，我皱起眉头，金克斯——一如既往地读懂了我的心思——把时间投射到我们面前的墙上。今天晚上得熬通宵了，那样我们也许还有一丝机会可以按时完成修复工作。

“你需要我们做什么都可以告诉我。”托比亚斯说，“今晚战队的每一个人都归你了。整个晚上——没问题吧，各位？”他看着其他队员，他们都点了点头，连凯也不例外。然后，里弗拍了拍手，在空中挥舞了一下拳头。“来吧！”他大声说，“我喜欢落水狗逆袭的故事。不过，我们这个情况可能是伤员狗逆袭的故事。”

他的热情让我大笑起来，我想我喜欢这个家伙。“好吧。”我说，新晋的领导职位让我感觉不太舒服，但我也知道，我们所有人必须全力以赴，才能有一丝机会按时完成这项工作。“首先，在我的储物室里不能有人受伤。”我从口袋里拿出我的护目镜戴上，然后把我的备用护目镜、手套、围裙和其他我们可能用得上的安全装备一一指给他们看，“我先去把那条腿需要的金属熔化，然后我们就可以打印它了。托比亚斯、凯——你们觉得朱庇特主板上的一些基本电路焊接你们能处理好吗？我可以留下电路图……”

“我这儿有三级西班牙猎犬的基础电路图。”凯一边说，一边翻了个白眼。然后，他走过去跪在了破损的朱庇特跟前——至少他表现出了一点儿愿意与我合作的样子，“但有些导线已经完全破损，不能再用了。”他举起一把扭曲的红黄相间的导线，它们残破不堪且末端完全炸开了花。他说的对——这些导线确实不能用了，幸运的是，我正好有东西可以替代。我转了个身，不断打开又关上身后巨大书架上的抽屉。我一直想把所有的东西都分门别类地放好，但是修理金克斯占据了我整个暑假的时间，所以我忘记整理了。

“啊哈，找到了。”我拿出一卷全新的导线。之前，网上有个大减价活动，我一口气买了一大堆，导线就是要越多越好，我把它扔在地板上，“工作台上应该有你需要的所有工具，包括脱模器、焊料、烙铁和其他东西。里弗，你知道怎么用锤子吗？”

“我知道吗？”他在桌子上跳来跳去，我真担心他的脑袋会撞到上面的架子上。

“看来你是知道的。你能检查一下朱庇特的外壳吗？然后，把所有的凹痕敲平。或者，如果有些东西损坏太严重，交给我，我去打印新的。”

“没问题，老板女士。”

“那行，那我去拿……”

“那我呢？我也可以帮忙的。”阿什丽跳了起来，“虽然我没有多少巴库工程师的经验，但是一旦朱庇特的导线修复完毕，我可以检查它的电子系统。”

“太棒了。等托比亚斯和凯搞定之后，你可以连接我桌上的显示器。还有……”我不知道怎样问才不会听起来很蹩脚，但谢天谢地，阿什丽非常敏感——不需要我说出来就知道我想要什么。

“咖啡、零食……我包了。大家都有什么要求？”

在我告诉她我对咖啡的喜好（不加糖、不加奶，完美又简单的黑咖啡）时，我低声对她说：“你真是个救星。”

她摇了摇头，抓住我的肩膀：“不，莱西，你才是救星。”

第二十节

当我离开我的储物室，大步走向保罗的储物室时，我终于觉得可以喘口气了。当我从灯的运动传感器下面经过时，它们一个接一个地亮了起来。我希望佐拉能在这里，我在生自己的气，因为我最近没有时间去看她。

然后，我意识到有点儿不对劲。运动传感器都是我触发的，也就是说我走在前面——自从我第一次修复了金克斯的行走能力，我就从没走在它前面过。它总是跑在我前面——完全不是巴库的正常行为——但现在，它落后了几步。如果有人在附近观看，他们会发现这也很不寻常。大多数时候，巴库都直接走在他们主人的旁边。

“你没事吧？”我问道。

金克斯没有答话。我偷偷地回头一看，发现它的头低垂着，脚步懒洋洋的。

“金克斯？”

>> 我在里面的时候也是那样吗?

我皱眉。“什么意思？”

它没有回答我的问题，而是投射了一小段朱庇特躺在我的储物室地板上的视频，它的导线和电子元件全部裸露在外，并且损坏了。

“嗯……是的。你知道的，你以前也见过巴库的内部，比如艾罗。”

>> 我知道。只是，如果你把朱庇特重新组合在一起，是不是意味着你创造了它?

“不——我只是修理了它，我不是它的创造者。我是……我更像它的医生，阿什丽是它的主人。蒙查公司才是它的创造者，所有的巴库都是蒙查公司创造的。你也是。”

>> 你确定吗?

我心跳加速。“为什么这么问?你觉得是谁创造了你?”

金克斯还没来得及回答,保罗的声音就从黑暗中冒了出来:“莱西,是你吗?”

“我们晚点再继续这个话题。”我在心里对金克斯说。

当我看到保罗时,我感觉自己就要被那强烈的欲望打败了——我想告诉他普罗菲特斯的一切:关于巴库战斗以及他们如何把学生和巴库逼到极致,关于我如何有机会证明自己的实力,关于他这些年来教我的巴库修补技术如何最终派上了用场……但阴魂不散的普罗菲特斯保密协议萦绕在我心间,而我不能冒这个险,我不能再得一个黑标,或者更糟——被开除。

“嗨,保罗。”于是,我只说了这么一句。

“我能为你做点什么?”他问道。

“我想知道我能否用一下你的超级熔炉?我今晚要尽快把一个零件打印出来。”

“急活儿,是吧?新学校要用的?”

“差不多算是吧。”

乔治在椽子上荡来荡去,然后跳下来从我手中抓过那一桶金属碎片。“谢谢你,乔治。”我对这只狐猴巴库说道。

托比亚斯和其他队员工作的地方爆发出一阵笑声。保罗扬起眉毛:“你的储物室里有人?”

“是的,学校里的一些人……”

“哎哟,看看你,已经交上朋友了。真没想到我会看到这么一天。”

我冲他吐了吐舌头,然后双臂交叉在胸前:“他们并不是真正的朋友,他们是我的队友。”

“嗯……”

“无所谓啦,我没有时间交朋友。我必须把精力集中在学习……”

“莱西,亲爱的。要记住,永远都应该为你的朋友腾出时间。你最后一次见到佐拉是什么时候？”

“嗯……我这个周末要去找她。”我说完，突然觉得这还不够。我的借口有一长串，但没有一个是站得住脚的。确实，我一直很忙——但我从来没想过佐拉有什么打算。突然间，我想到了一个主意，“都准备好了之后，请告诉我好吗？”

保罗点点头，将熔炉的开关打开。超级熔炉短短几分钟就能将我需要的材料熔化好，但是在很久以前，它和 3D 打印机一样，需要很长时间才能完成工作。

我让金克斯给佐拉打电话，她等了好几秒才接起电话，我有点儿着急。但最终，她的脸出现在金克斯的胸口处。我笑了，松了一口气。“佐拉，是你吗？猜猜我在哪儿？”

“你的储物室？”佐拉答道，但她没有跟我有眼神交流。

“好吧，也许这并不难猜。”我说，试图一笑置之，假装一切正常，“我这有一群普罗菲特斯来的人……”

佐拉立刻盯着我：“等等。你的意思是你刚入学一个月，就带一群学校的孩子们进了你的储物室。而我跟你做了那么多年朋友之后，你才让我进去？”

“嗯……这次是紧急情况。”

“哦，行吧。”佐拉噘起嘴。我最不想做的事就是惹恼她，所以我想了一件我认为一定能让她高兴起来的事。

“那些都不重要啦，我打电话是想问你愿不愿意过来看看三级西班牙猎犬巴库的代码？我敢打赌，你一定会觉得很有趣，而且你还能帮我们在明天之前排查 bug……就像我们以前常做的那样！”

“呃，我想我还是不去了。”她说，“明天上学，我今天想早点睡。明天可是个大日子。”

这回，轮到我皱眉了：“等等，你的大日子是什么？”

佐拉翻了翻白眼：“哦，所以现在你在意了？我得走了……”她浮现在金克斯胸前的脸被照亮了，而我也看出她又不看我了，她的目光游离到了莱纳斯镜头的上方。我知道今晚是留不住她了，我不能怪她。

“那我们周六见？”我问。

“再见。”佐拉飞快地说。她挂断电话后，我的眼前只剩下了漆黑的屏幕。

保罗轻轻摇了摇他储物室的门：“你的金属准备好了。”

“谢谢你，保罗。”我叹了口气，抬头看着他，“世事并不能总是如愿……是正常的吗？”

他笑起来：“正常！亲爱的，世事不如愿就是生活啊。”

“好吧。”失望落在我肩上。

金克斯蹭着我的腿，我伸手将它抱了起来。

>> 走吧，你还有工作要做。

我点点头，轻轻甩了甩头。“他说的没错。我现在是战队的一员了，他们需要我。”

第二十一节

尽管一夜没合眼，但我还是特别早就到了学校，我不想错过接下来的一分一秒。

我不是唯一一个这么想的，仿佛整个学校都来查看是否会有战队来分走杰玛战队的点数。卡特和亨特一起坐在第一排，旁边是他的队友们——只有杰玛不在。我从他面前走过去的时候，他连看都没看我——在他的眼里，我根本不值一看——但我却将他脸上自鸣得意的笑容都看在了眼里，因为等这些笑容消失时，我要好好地对比一下。

贝尔德先生站在体育馆中心，穿着及膝长的白大褂，杰玛站在他旁边。体育馆另一端的大屏幕上显示着总分，目前，杰玛战队是屏幕上唯一一个有点数的。

其他战队的队长一个接一个地带着他们"已修复"的巴库接受评估。贝尔德先生的猫头鹰巴库飞过来，连接到修理过的巴库的连接线上，然后投射出这些巴库的功能指数——没有人能接近90%。我甚至觉得多里安战队的修理让他们的巴库的情况更糟了。

时钟嘀嗒嘀嗒地走过八点十五、八点二十、八点二十五……离截止时间的铃声响起还有五分钟。

"看来阿什丽可能根本不会出现——真是个胆小鬼。"卡特说，声音大得几乎能让全校的人都听见。我的手指甲都快咬秃了，我得坐在我的手上才能防止自己继续祸害它们。

"如果在我们离开之后，朱庇特又发生了什么事怎么办？"

>> 只有白痴才会破坏你修好的东西。我倒也不是说他们不可能是白痴，但是……

金克斯不需要继续说下去了，因为门开了，艾罗飞了进来。那只巴库无论何时都会让我无法呼吸——它身后昂首阔步走进来的男生也是如此。我回头去看卡特，只见他在座位上不安地挪动着身子，他虚张声势的外表正在动摇。

托比亚斯走过去站在贝尔德先生面前。

卡特如释重负地发出一声清晰可辨的叹息，然后愚蠢地站了起来。我几乎想对他大喊，让他坐下来和他的战队待在一起——杰玛似乎也这么想。她愤怒地对他发出嘘声，但他挥手无视了她。我放松地坐回到座位上，我想看这场精彩的大戏，因为我知道接下来会发生什么。“亲自来弃权吗，托比？没生气吧，我的朋友？”卡特一边说着，一边走上前，在托比亚斯上台之前伸出拳头撞了他一下。我皱眉，想知道他们之间到底是什么关系。

托比亚斯硬生生停下来，上下打量着卡特，然后拨开了卡特伸出的拳头，走到了贝尔德先生身边。我的内心在欢呼。卡特皱起了眉头，然后又试图舒展开来。“随你的便吧，输不起。”他转身走回他的队伍，正好看到队员们都瞪大了眼睛。

“我们还没输呢，卡特。”阿什丽一边说，一边走了进来。当看起来崭新如初的朱庇特小跑到她脚边时，场内响起了清晰可辨的倒吸气声。我疲惫的双眼差点儿从头上瞪了出来。朱庇特离开储物室时的状态可没有这么好，阿什丽准是用了一整个早上的时间把朱庇特抛光到如此完美。

影响立竿见影，整个学校顿时炸开了锅。学生们同一时间开始交谈，连老师们也交换着眼色，惊讶地轻声低语着，贝尔德先生惊讶得脸色发白。

“什么？怎么？”卡特结结巴巴地说，“这不可能。”

“贝尔德先生，我申请提交朱庇特接受检查。”托比亚斯说，他的声音洪亮、清晰而坚定，“我们相信它的功能指数已经超过 90%，甚至已经完全恢复。我们应该能够与杰玛战队平分战斗点数。”

“当然……我这就进行检查。”贝尔德先生尽量使声音平静，但我能听出他已被深深震撼了。

在接下来贝尔德先生连接朱庇特的几分钟内，气氛很紧张，虽然不管怎样紧张都不为过。猫头鹰向朱庇特发出了各种各样的指令——先是让它走路，然后让它小跑，接着让它奔跑，并且为了确保它能执行更高级的功能而让它完成了 360 度视频捕捉、面部识别以及多线程电话呼叫等指令。朱庇特以优异的表现通过了所有的测试，并且跑过了设置在体育馆四周墙壁上的巴库障碍训练场，以这段出色地展示结束了整个检查。阿什丽的脸上堆满了笑容与自豪，她的目光曾一度与我相撞，并向我竖起了大拇指。我回以笑容，在朱庇特最后一跃跳过一个小铁环时欢呼了起来并用尽全力鼓掌，这真是只明星巴库。

当朱庇特的功能指数显示出 98% 时，全场响起巨大的欢呼声。“嗯，还不到 100%，但是在我看来，你的巴库一切正常，阿什丽。我不知道你们战队是如何做到的，但你们似乎创造了奇迹。我还没见过这种级别的东山再起。”他转过身来面对着全校学生，“在第一轮巴库战斗之后，领先的两组战队——杰玛和托比亚斯——平分第一轮点数，各得 50 分。下一次战斗将发生在十一月的第一周，请各位做好准备。现在，去上课吧。”

时间仿佛是精确计算过一般，铃声响了起来，这标志着一天正式开始了。金克斯穿梭进我前面的人群中，所以我只好跟上。当我走近时，我听到了贝尔德先生和托比亚斯对话的末尾。“也许等这一切结束后，你可以给我们上一堂大师课，跟我们讲讲你是怎么做到的，托比亚斯？我很好奇你是怎么修好那只巴库的。说实话，我都不确定我自己能不能修好它——至少一晚上不行——只用你们可用的那些资源也不行。”

托比亚斯越过贝尔德先生的肩膀看到了我，他冲我眨了眨眼——这让我心里小鹿乱撞。“可能我只是发现了一件秘密武器，先生。”我觉得我可能要就地着火了，我的脸烧得通红。我低下头，让刘海遮住我的脸。但紧接着我对自己说：“不，我不需要躲闪。我们刚刚在一起工作了一整晚，秘密武器是只有我们才懂的内幕，我没有什么好羞愧的。”我扬起下巴，甩开刘海……也冲他眨了眨眼睛。托比亚斯朝我咧嘴一笑，露出洁白的牙齿，然后转向贝尔德先生："不过，你不会介意我在学期末之前保守这个秘密吧？"

贝尔德先生笑了："当然不会。"

在他们身后，我看见了卡特，他目不转睛地盯着我，他的野猪朝前竖着耳朵——正是托比亚斯和贝尔德先生说话的方向。我立刻转过身去，他有没有注意到我对托比亚斯眨眼？他明白那是什么意思吗？肯定不会的。如果我继续走，也许不会有什么改变……

战队聚集在阿什丽和朱庇特周围。托比亚斯看上去明显松了一口气，看到他不像平常那样皱着眉，而是露出了由衷的微笑，感觉真好。这使他立刻显得更轻松，更快乐。

"我们应该庆祝一下，你们不这么觉得吗？"他说，"明晚巴库节奏见怎么样？"

"好啊！"凯说，"去年我可是打得你落花流水。"

"我加入！"里弗说。

"我也是。"阿什丽说。

我的心跳兴奋了起来。我一直想去巴库节奏，那是蒙查名下新开放的景点——可以带你的巴库去。那里是一个巨大的改造仓库，里面有几十个隔音的透明塑料泡泡，泡泡里装满了不同的乐器。它是KTV 和自己扮演摇滚乐队的混合体，而你的巴库可以让你的声音听起来不会太糟糕，还有明亮的灯光与音乐同步。听起来太棒了（也很贵），而且泡泡已经预定到好几个月之后了，所以我从来没有想过我能有机会去那里。

我犹豫着。"我请客。"托比亚斯碰了碰我的肩膀说。

"我会准时到的！"我笑着松了一口气。

"咱们七点在那儿见。"

"我要赶紧去上课了，"阿什丽说，"我可不想被留校。"

"我也是——我在历史课上已经落后很多了。"我说。

托比亚斯又换上了一副严肃的面孔："好主意，我们走，明天见，各位。"

当我离开体育馆时，金克斯的爪子亮了起来。

>> 收到一条来自托比亚斯·华盛顿的信息。要现在读吗?

我的喉咙立刻干燥起来，疑惑我做错了什么。“嗯……读吧！”

我站在教室门外，等待金克斯的背上浮现出信息内容。当信息出现时，我大吃了一惊。

托比亚斯：嗨，莱西，我想说——我有些东西想给你，感谢你昨天让我们用了你的地方。你明天能在去巴库节奏前先来我家找我吗?我会把地址发给你的。

我的心跳在我的耳朵里咚咚作响，我快速地写了回复。

莱西：嗯，应该可以。

托比亚斯：太好了，五点见?

莱西：没问题。

地址发过来了，我简直不敢相信：托比亚斯住在巴库工程师新月路。我即将看到我梦寐以求的生活是什么样子——近距离亲眼看到。

>> 也许还能和某个那里的居民发生亲密接触?

“金克斯！”我喊道，涨红了脸。我冲它做了个鬼脸，我忘了它一直在监视我——不仅是我的心率，还有我呼吸的快慢和体内的温度——所以它能准确地观察到托比亚斯对我的影响。

>> 我们在限制通信区外时，我给佐拉·拉耶尼编辑了一条信息。要看看吗?

我皱眉。“给佐拉的信息……为什么？”

但我马上倒抽了一口冷气，我不需要金克斯来回答这个问题，我已经想起来了——明天是星期六，我应该和佐拉出去玩的，我又要让她失望了。

我正式成为世界上最糟糕的朋友了。

第二十二节

值得庆幸的是，在发现我是因为托比亚斯·华盛顿的邀请才放弃观看网剧《外太空》的约定后，佐拉并没有生气，而是为我感到兴奋。她完全认可托比亚斯，尤其是在我向她解释了桥上的误会之后。对卡特心怀恨意要比对托比亚斯心怀恨意容易得多（托比亚斯帅气的样子可能有助于佐拉改变想法）。

“你知道这是个约会，对吧？”她说。她趴在我的床上，双腿翘起，双手托腮。莱纳斯为我们播放起了一首名为“准备中”的混编舞曲——对于这样一只小个头的巴库来说，它的扬声器声音大得惊人，而且很清晰。

“这不是约会，这是团队出游。”我用刷子梳理了一下自己乱糟糟的黑发，想把发型弄得稍微酷一点儿。这时候，要是拥有一只甲虫巴库就会很方便了——我可以从网上下载一个教程，然后运行一个程序让甲虫帮我做头发。金克斯体形太大，梳不了头发。不过，它本来也不会屈尊降贵地做为我梳头这么平庸的事情。

“但你得先去他家。”

“嗯，是的。但那是因为他想给我什么东西。”

佐拉冲我挤眉弄眼，我把梳子朝她丢了过去。

“不骗你，他对我没有任何那方面的兴趣。”

“你怎么知道的？”

我耸耸肩，从壁橱里的衣架上取下一件牛仔衬衫，草草套在白色背心外面。

“拥有一只超酷的三级巴库，在梦寐以求的学院享有一席之地，和帅哥约会，在巴库节奏玩一整晚……你真的梦想成真了，是吧，莱西？”她的声音听起来略显惆怅，但她对我笑了笑，“我真为你高兴。”

我笨拙地穿上袜子。这一切都好得令人难以置信。

“哦，你可能已经不想要这个了，但我一直想把它还给你……我们只是一直没能见面。”佐拉把我的甲虫巴库放在我房间的桌子上。我忘了自己把甲虫巴库给她了。“我只是添加了一些定制的应用程序并调整了一些东西，作为你修好了莱纳斯的谢礼，没什么了不起的。也许你可以把它卖掉，赚点外快？”

“谢谢。”我说。

“别穿这件衬衫了。”佐拉说，“穿另外那件——上面有小猫的那件。把袖子卷起来，这样更有个性。”然后，她笑着说，“别担心，你会很棒的。”

我接受了她的建议，换了件衬衫，对着镜子最后看了一眼，然后深吸了一口气：“希望如此。”

真不敢相信我就要去托比亚斯·华盛顿家里了。

踏上巴库工程师新月路，景象就像我想象的一样棒。作为一个出生至今都生活在笔直公寓楼里的人，看到超大的公馆连成一排令我深感敬畏。

这是多伦多市里一处五十年来没有改变过的地方。虽然城市大多数地方都在逐渐兴起，变成一座混凝土与玻璃丛生的迷宫，到处都是林立的高层公寓和办公大楼，但是这里还是保留着老式郊区的风格——大大的独栋房屋，设计宏伟的罗马柱和修剪完美的树篱，无人驾驶汽车停在铺砌好、被晒热的环形车道上……这里甚至还有真正的车库，就像我在科技历史书上看到的那种。我好嫉妒。

托比亚斯家的房子是这个街区最大的房子之一。正门上方有蒙查标志的浮雕纹饰，但标志略有修改——在“M”的一角有一簇星星，我盯着它，等待入口处的相机许可金克斯进入。门咔嗒一声打开了，托比亚斯站在门廊处。我屏住了呼吸，双脚仿佛冻在了台阶上。

我犹豫的时间肯定比平时长了一秒钟，因为托比亚斯微微皱了一下眉:“你进不进来啊?”

金克斯轻轻电了我一下，我跳了起来，然后进了屋。

然而，走进这栋房子丝毫没有缓解我的焦虑。这是我进过的最豪华的房子，和我住的公寓比起来，这栋房子的大小简直堪比宫殿。事实上，我很确定，我家的“开放式”厨房和客厅加起来也不过刚好是他们家门厅的大小。等等，都这么大了，应该像在学院里那样，叫“中庭”了吧?

一道宽阔的楼梯盘旋上升至二楼，天花板上挂着一盏吹塑玻璃制成的吊顶灯。我完全无法体会家里有两层楼的感觉，我十分好奇地想要一窥楼上的样子，但是托比亚斯把我带到了厨房。走廊的墙壁上都是托比亚斯一家的照片和视频:他的父母、哥哥内森和他。我情不自禁地在其中一个视频前停了下来。我看到了一个和我的认知不符的托比亚斯，他站在镜头的背景里，而他同样英俊的哥哥——如果不是在传统意义上稍微英俊一点儿的话——则站在镜头的中心投篮。不过，他哥哥身上有一种更强硬的感觉，眼睛里闪烁着光芒，周身环绕着一种傲慢的气息。哥哥在庆祝时夸张地挥舞着拳头，并且把球狠狠地扔回给他的弟弟。

托比亚斯走到我身旁，盯着那段视频:“有些家庭就是对运动有点儿狂热，你懂的对吧?他们逼孩子们更努力地训练，对教练大喊大叫以求在最好的球队为孩子争得一席之地，用架子上奖杯的数量来衡量孩子们的表现，并且将他们排出个一二三来。”

“哇哦。”我说。

“你能想象我们家甚至有个家庭排行榜吗?”他说完笑了笑，笑容中多半是苦涩。

“那是什么样的?”

他耸了耸肩:“反正那就意味着我得加倍努力才能夺回第一的位置。”

我无法想象在这样的家庭压力下成长是什么样子。我曾对自己施压，不过我知道除非我自己愿意，妈妈不会勉强我达成任何目标。

“走吧，我要赶紧把东西给你，然后我们就能去巴库节奏了。”

我跟着托比亚斯来到厨房。这厨房简直令我窒息：料理台是抛光的花岗岩，阳光穿过落地折叠门，照得台面闪闪发光，门外是巨大的后院……这就是妈妈梦寐以求的厨房。

“给你。”托比亚斯说道。台面上放着一个银色圆环，看起来像是一只手镯。

托比亚斯看着我的目光充满期待，我不希望自己听起来不知感恩。我小心翼翼地用手指拎起那只圆环。“真好看，但是……呃……这是什么？”我问道。

托比亚斯笑了：“这是增幅项圈，蒙查公司最顶级的技术。把它戴在你的巴库的脖子上，会增强巴库的某些功能，如战场上的速度和准确度。我本来打算，如果阿什丽在战斗中胜出就送给她，但是考虑到是你修好了朱庇特……那就给你吧。”

“哇，这真是……太棒了。”

“给你的巴库戴上吧！”

我犹豫了一秒，不知道对于佩戴配件这件事，金克斯会如何反应。

“金克斯，你愿意戴上这个吗？”我问。

它走过来闻了闻那只圆环。

>> 行吧。

“如果你不喜欢，我们可以把它摘掉……但是，要等我们回到家里才能摘掉。”

我将项圈套在它的脖子上，它毛发边缘的灯亮了起来，然后震动了两下。

>> 我喜欢它！金克斯说道。它的声音听起来是真的很开心。

我抬起头看着托比亚斯，脸上满是笑容。

“它说它很喜欢。”话一出口我立马意识到了自己的错误。

托比亚斯犹豫了一秒钟，然后笑了：“你们看起来是真的心意相通！”

我也笑了，笑声有点儿过于响亮，仿佛我真的是开了一个好笑的玩笑，而不是差点儿泄露了金克斯异常的沟通方式。

“等我一会儿，我拿上大衣咱们就坐车去巴库节奏。”他说着，扭头冲我一笑。

要离开他家超赞的房子了，我有点儿难过，但这更加坚定了我想要和妈妈搬进属于我们自己的大房子的决心。我离这个梦想很近了，我能感觉到。

我们坐进无人驾驶汽车，托比亚斯将程序设定为“去巴库节奏”。车内饰的皮革是我坐过最软的，引擎发动时我几乎没有感觉到。

车前部还有一个供巴库坐的篮子，金克斯立马就蜷了进去。

>> 哇，这个不错。很是不错。

“那是什么？”我问。

>> 这个篮子是用超细纤维制成的，如果我这样……它在篮子里扭来扭去，看似非常享受地在蹭着篮子。**>> 啊，就像这样。等我出去的时候我会崭新锃亮。**

我笑了。即使在一辆行驶的汽车中，蒙查也知道怎么让巴库保持开心。

我们的目的地离蒙查总部不远。“我等不及要去蒙查总部参加最后一场战斗了！”我说。

托比亚斯笑了笑：“你会爱上那里的。不过，今年我是战队队长，所以我格外兴奋。”

“这是什么意思？”

“队长们可以在战斗之前到总部参观一番——可能是想提醒我们暑期实习的事，从而增加我们战斗的动力——好像我们用得着被提醒似的！”

“队员不能去参观吗？”

“恐怕不行，只有队长可以。但是你会有机会的——我坚信你将来一定会是一名战队队长。”

他的赞赏让我脸红了。

还有件事我很想问他。在失去勇气之前，我开口问道：“所以……

你和卡特之间是怎么回事儿？”

他挑起一侧眉毛：“我也可以问你同样的问题。”

“你先说。”我笑了笑。

托比亚斯脸上闪过一抹笑意，转而严肃起来。“卡特·史密斯……”他指了指车内饰上印着的蒙查标志——就是我在门廊处看到的那个有星星装饰的标志，“我爸是埃里克·史密斯在蒙查的个人部门中重要的代码编写员，他的部门叫‘快乐组’。我爸跟我说过：‘儿子，照拂一下卡特·史密斯。’”托比亚斯模仿着他爸爸的样子，压低声音并挺起胸膛。然后，他放松下来，看着我。他审视着我的脸，神色看起来甚至有点儿——愧疚，“这算是讨好他老板什么的。其实，我认识卡特好多年了——他一直非常讨人厌，但以前我觉得他挺可怜的，我可不想要埃里克·史密斯这样的人做父亲。我得向你坦白一件事，但在我说之前，你必须明白，我真的很高兴事情是现在这样。”

“这是什么意思？”

“嗯……你其实本来不应该在我的战队。”

我皱眉道：“啊？”

“我没有选你，选你的是杰玛，我们俩都觉得通告被窜改了。其实……她的选择很棒。你的各项数据都异常优秀：你的分数在你原来的学校中是拔尖儿的，你做实验的能力也很强，并且你和你的巴库连接也很紧密——非常非常紧密。但是，我爸说得很清楚，除了选卡特进我的战队，我别无选择。凯也以为这事儿就那么定下了，因为他觉得如果战队能有一只额外的高等级巴库，我们就赢定了。所以，他第一次见你的时候才有点儿——强硬。”

“有点儿？”

托比亚斯大笑起来：“好吧，特别强硬。不过，你知道吗？你的分数和各项数据都让人有点儿望而生畏。”

“我吗？”我心里五味杂陈。和普罗菲特斯的录取通知书一样，加入托比亚斯的战队也不过是另一个……侥幸。

>> 管他是不是侥幸呢，不都木已成舟了吗？

“你这么说也没用。”我朝金克斯皱了皱眉。

“喂，我很高兴你现在在我的战队。”他的手轻拍了一下我因为将袖子卷起而裸露在外的胳膊。我又一次感到了靠近他时的那种电流感，但我肯定他对我没那种意思。

我们来自完全不同的世界，他见过我工作的地下室——跟他习以为常的富足大相径庭。

“所以，你和卡特是怎么回事儿？”他问道。

我耸了耸肩：“我们从六年级开始就是学业上的竞争对手了。有好几次地区科学竞赛他都输给了我……”

“这倒是情理之中。”

“然后，有些测试我得的分数比他高，他就不高兴了。我本来以为这只是一种良性竞争……直到进了普罗菲特斯。”

这回，轮到托比亚斯面露疑色了：“我感觉你们不仅仅是学业竞争这么简单。”

“嗯……有可能跟我爸有点儿关系。”

“啊？什么意思？”

我没法继续看着他，于是我将目光转向了金克斯。金克斯正从篮子里爬出来，并且把它的爪子抵在门框上以便向窗外张望。“我爸曾是莫妮卡元老团队中的一名巴库工程师。”

“等等——你爸是阿尔伯特·朱？”

我点头：“对。”

托比亚斯张大了嘴：“天哪！我居然不知道。”

“没人知道。见鬼，我自己都不怎么了解这事儿。”

“那……”

“他怎么了，我不知道。我妈说，在我五岁的时候，爸爸精神崩溃然后离开了我们。我一般尽量不想这件事。”车停了下来，我松了一口气——我们到了，我不用再讨论爸爸的事了。门自动打开，我还没来得及解开安全带，金克斯就冲了出去。“等等——喂！金克斯！”

“金克斯，你去哪儿？”我在心里大喊。

“莱西？怎么了？”我听到托比亚斯的声音，但是我目不转睛地盯着金克斯离开的方向。

“我会直接进去找你的，我有件事要处理一下！”我一边朝身后大喊，一边朝金克斯追了过去。

我一路都在咒骂这只愚蠢的巴库——带上那只增幅项圈后，它跑得更快了。我不太熟悉这片区域，但我捕捉到金克斯的尾巴迅速冲进了两座高楼之间的一条小巷。我心跳加剧，我知道城市中有些地方是不能随便游荡的。

“金克斯，你要去哪儿？”我喊道。

它没有回答；相反，它冲了出去，消失在小巷的远处。

“真是见鬼了！”我在它后面奔跑，双脚在不太合脚的玛丽珍鞋里不住地打滑。我转弯转得太过急促，肩膀撞到了砖墙上。小巷中堆满了垃圾袋，墙壁上满是涂鸦，我看到金克斯的金属尾巴正消失在另一个转弯处。

“马上停下！”我冲它喊道，尽管我知道它根本不会听我的。

我跟着它深入城市，来到高楼林立的迷宫之中。它似乎终于离开了那狭窄的小巷，我松了一口气——它坐了下来，盯着一小块绿地，那是一处城市公园。我追上它，将它抱紧在怀里。

然后，我看到了它跑来这里的原因——这个公园到处都是猫，真正的猫。它们有的趴在长凳上，有的在落叶堆里打滚，有的在争抢食物。我听说过这种地方，之前被人们丢弃的宠物聚集在这里。金克斯一动不动。“好了，金克斯。我们走吧。”我说，尽量保持语调轻柔。当我转身往回走时，它转过头，目光跟随着那些猫咪。

>> 它们每天都做些什么? 金克斯问。

“我猜它们就只是做真正的猫该做的事吧。”

>> 真正的猫?

“对。”

>> 那真正的猫都做些什么?

我耸了耸肩，试图回忆我从小巷一路走来的路线。“它们就是吃吃喝喝、捕猎、探索、戏耍、睡觉。睡很多很多的觉。”

>> 从这儿左转会更省时。金克斯说。我遵照它提供的路线回到了主干道上。

>> 睡觉，是吗？就……整天整天地睡吗？

我轻笑一下：“有时候是的。要看它们是不是饱餐了一顿。”

>> 听起来……

我等待着它把话说完，但它没有继续说下去。我稍稍抱紧了它。

>> 我们到了。它说。

我抬起头来发现我们就站在巴库节奏大楼前：“你没事吧？你还会再次跑掉吗？”

>> 我就是想去看看。但是……不，我不会再跑掉了。

“那好。”我小心翼翼地将它放在地上，然后笑道，“走，我们去摇滚一下。”

第二十三节

“你终于来了！”阿什丽说。我走上楼梯，进入了蒙查公司旗下的巴库节奏所在的大型改造仓库。沉重的贝斯音撞击着我的耳膜，过了一会儿，我的眼睛才适应了多彩明亮的闪光。

但我脸上的笑容从未消失过。前台位于巴库节奏主楼层的上方——在整个仓库中层的高度。我从前台处低头看着无数隔音泡泡，大多数泡泡里都是像我们一样的青少年团体。我看到一些来自圣艾格尼丝的老同学在其中一个泡泡里放声高歌，虽然我听不清他们在唱什么，但他们看起来玩得相当开心，他们的手臂互相搂着对方的肩膀，随着音乐的节奏摇摆着。

“幸亏我们没有一起进来，”托比亚斯悄声对我说——虽然这并不是我突然从车里冲出来的原因，“不然，会让我们的队友觉得有点儿奇怪。”

“哦，是啊。”我说。

托比亚斯的衬衫袖子卷了起来，露出了肌肉发达的前臂。他的右臂上有一组胎记，比他天生的深色皮肤略暗一些，很像一个文身。我动用了很强的自制力才没有靠过去仔细看。

“托比亚斯·华盛顿。”他向带着拉布拉多巴库的接待员说出了自己的名字。

拉布拉多巴库亮了起来，服务员的眼睛似乎也同时亮了起来：“我的巴库告诉我，你们都是普罗菲特斯的学生？”我们都点点头。“那么，我可以因此给你们提供一些特别待遇并为你们升级到优享泡泡。全套套餐包括：无限制歌曲选择，所有食品畅吃，并且你们可以使用我们最好的泡泡：悬在空中的那个。”

“真的吗？”阿什丽尖叫道，“我以前来这里时，那个泡泡总是已约满状态。”

“我还从来没来过这里。”我回答。

“你会爱上它的！”

那个悬浮的泡泡挂在仓库半空的中心位置——根据我看过的一些宣传视频来看，它通常是为来访的名人准备的……或者，很明显，为普罗菲特斯的学生准备的。我透过透明的塑料地板往下看，看到我的老同学们正对着我们指指点点，好奇是什么人被带进了那个泡泡。

这个泡泡比我们想象的还要好。它被划分为一个摆满了乐器的“舞台”区，和一个“观众”区，观众区里有超大的豆袋椅和低矮的桌子（很快，桌子上就摆满了我们点的比萨、玉米片和饮料）。阿什丽拿起一把电吉他，并将它与朱庇特同步，泡泡四周的透明塑料立刻变成了屏幕，屏幕中呈现出喧闹的人群，就好像阿什丽是一个正在演奏音乐的真正的摇滚明星。

看着阿什丽、凯、里弗和托比亚斯轮流在大舞台上玩摇滚令我感到非常欢乐。里弗演奏了一首20世纪90年代的说唱歌曲，并且精准地唱出了每一句歌词。因为其他人以前来过这里，所以他们很快就列出了他们最喜欢的歌曲列表。

“来啊，莱西。”托比亚斯倒在我旁边的豆袋椅上，“你不打算选一首歌吗？”

我笑了笑：“我看着你们就很开心了！你们都太酷了。”

“哦，不，那可不行。”他站起来向我伸出手，我试探性地抓住了他的手，他把我拉了起来，从地上抓起一个麦克风塞到我手里，“该你了！”

“但是……我不知道选哪首……”

我没来得及做出决定——因为就在这一刻，节奏变了，开始播放一首我非常熟悉的歌，这是我最喜欢的男团演奏的《外太空》的主题曲。我看向金克斯，它已经同步到巴库节奏的屏幕上了。突然之间，泡泡的屏幕变成了《外太空》中的情景——在一艘前往不同世界的外星飞船上。

我就像是在太空中举办摇滚音乐会一样，而且，这些歌词我就算是做梦都能唱出来，我情不自禁地唱了起来。很快，我就放开了，和我的队友们一起又唱又跳，度过了我生命中极其珍贵的时光。

接下来的几个小时里，我们尽情唱着自己最喜欢的歌，发现着彼此隐藏的才能。原来，里弗对许多不同的说唱歌词都有着惊人的记忆力，凯的音高可以达到天使般的高度。我没有任何音乐天赋，但是有金克斯在我身边，我还是带着极大的热情敲着鼓，金克斯将我糟糕的演奏变成了听起来还算不错的音乐。巴库们随着音乐的节奏闪着光，我们一起跳舞，直到汗水从额头上滴落，我们的心跳剧烈，并且比以往任何时候都更像一个团队。

当音乐间奏结束后，我们都瘫倒在柔软的毛绒靠垫上，并点了更多的比萨。从进入巴库节奏到现在，我一刻也没有想过普罗菲特斯或者我的职业生涯。我一直知道普罗菲特斯可以帮助我实现我的目标，但我没有想到它是如此的有趣。这……真让人耳目一新，就像做梦一样。

金克斯在我的腿上震动了一下，发出那种收到信息时熟悉的嗡嗡声。

我低头看着它的背，读着出现在上面的信息。

佐拉：告诉我一切。我现在非常嫉妒。

莱西：我的天啊，这儿太棒了。我不想当巴库工程师了，我想当摇滚明星。

佐拉：哈哈，说得跟真的似的！

莱西：好吧，你懂我！但这真的太酷了。

佐拉：很高兴你玩得这么开心。到家后记得给我发短信。

时间过得太快了，我们该离开巴库节奏的泡泡了。当我们回到大厅时，托比亚斯轻轻地清了清嗓子："好了，各位——今晚非常开心，但是周一又要回到艰苦训练中去了。"

阿什丽翻了个白眼："今晚可不比训练轻松。"

"确实。不过接下来我们就要面对……你们肯定想更加有备无患吧？"

阿什丽打了个寒战，她仍然对朱庇特的失败记忆犹新："好吧，你说得对。"

"好。老地方见？"

其他人都点了点头。

"老地方？"我问。

"我霸占了我家附近的一个旧冰球场，用作临时的竞技场，我们在那儿见。"

金克斯快速地甩了甩尾巴，并且震动了一下。我正在想是不是佐拉回复我了，托比亚斯说道："我会把坐标发给你——但其实它就在我家后面。"

"我会准时到的。"

然后，他抓住了我的手，这一举动几乎让我的心跳完全停止了。他说："今天真的很开心，我很高兴能和你共享这份快乐，你看起来也很开心。"

我的手掌在周末剩余时间里一直隐隐发麻。

第二十四节

在经历了狂欢之后，星期天在家里的时间，我开始用不同的眼光看待事物。妈妈正在炉灶边做饭，我注意到，这道菜和上周的一模一样——一大锅炖肉，可以供我们吃一整个星期。她的旧食谱被闲置在她上方的书架上，沾满了油渍和面粉。它们曾为妈妈的各种风味料理提供素材，但现在它们毫无用武之地。妈妈可以拥有更多：一个宽敞的厨房，有钱去买她需要的各种配料或器具——我可以为她提供这些。

我原打算到楼下的储物室去拿些生活用品，但电梯坏了，需要维修。“电梯又坏了，你不觉得困扰吗？真烦人！”

妈妈耸了耸肩：“他们总会把它修好的。还好今天是星期天，而不是我的工作日。花瓣告诉我他们很快就能完工。”

我抬起眼睛看着妈妈，她在厨房里走来走去，把盐和一大块牛肉一起扔进锅里。她一只手搅拌着锅里的东西，用另一只手研究着食谱。我记得妈妈以前经常会研究不同的食谱，双手沾满面粉或香料，公寓里弥漫着烹饪成功的香味（有时是伴随着失败的焦糖色焦痕）。我试着回想上次妈妈不按照花瓣的推荐食谱烹饪是什么时候。

营养满分，卡路里也在控制范围内，并且从一般意义上来说很美味——除此之外，还是名厨代言的——食谱完全没有问题。正如我不断提醒自己的那样，有饭吃已是三生有幸了。有像样的食物果腹，有瓦遮头，还有一只巴库在我身边，让我随时与社会接轨，不会感到孤单。世界上有很多人没有这么幸运。

而且，从普罗菲特斯毕业之后，我会在蒙查总部得到一份有保障的工作。但我的问题是——这件事一直困扰着我，以至于我已经觉得这是个问题了——我太自傲了，竟觉得我理所应当能进入蒙查。我不想像妈妈那样做一个无聊的巴库营销工作。我想要一份能点燃我灵魂的工作，能煽起我用坚毅和智慧守护内心深处的热情火焰的工作，我希望有一个地方能释放我心底燃烧着的东西。

而且，我知道这个地方在哪里。

在蒙查公司的巴库工程师部门。

我深吸了一口气："妈妈，我能问你一些关于爸爸的事吗？"我不想让她不高兴，但我必须了解更多。

妈妈的脸色沉了下来。

"我之前没跟你提过，但是……我的一名队友提到了爸爸的名字，他们都对爸爸略知一二，而我却什么都不知道。你能告诉我到底发生了什么事吗？"

她叹了口气，看到她脸上痛苦的表情，我很不安。每次提起爸爸的事，她从不生气，只是悲伤，我很不愿意提起她的伤心事。"只有你父亲能将事情经过讲给你听。我也希望我有你想要的答案，莱西。但我不知道他在哪儿，如果我知道，我会告诉你怎样能找到他，但如果你问我怎么想的……"

我的胸口一阵剧痛，我封印良久的伤口被撕裂了，撕扯着每一寸承载着我想要了解父亲的愿望的神经。他本会对我在普罗菲特斯学到的东西充满兴趣，他本会理解这一切对我的意义，我手上的戒指就是证明。

"关于他为什么离开蒙查公司？"妈妈接着说。

我点点头。

她叹了口气道："我想他是累了。我只知道有一天他突然收拾东西离开了他梦寐以求的工作，离开了我们……这就是为什么我担心你，担心这所学校，我不想让你面对同样的压力。"

我停顿了一下："真的没有别的了吗？他和埃里克·史密斯一起工作过吗？"

“你为什么这么说？”妈妈突然厉声说道，她的脸上闪过一丝疑虑，但很快消失了。“我不知道发生了什么，你爸爸连提问的机会都没给我，但我不认为他有什么不好——他把你给了我！你让我想起他的很多事。但我知道，不管你最后做了什么工作，我们都会过得很好。”

我情不自禁地露出了一抹苦笑，但我马上后悔了，因为妈妈的脸上浮现出悲伤的表情，我知道我不能再继续这个话题了。

“我可以去找佐拉吗？”

妈妈因为话题的转变而开心地微笑起来：“当然可以。但你七点钟得回来吃晚饭，我们好像很久没一起吃过晚饭了。”

“我会的。”

佐拉在她的公寓门口迎接了我，我们躲进她的房间。当紧紧地关好门后，我们俩同时开了口。

我说：“我真希望你昨天也能来巴库节奏，你会爱上那里的。”

她说：“你昨晚没回我短信……”

我们面面相觑——然后，我脸上灿烂的笑容消失了——她皱着的眉头也舒展了。我看着她，莱纳斯站在她的肩膀上甩着纤细卷曲的尾巴，它娇小的身躯绷得紧紧的，我这才意识到我有多忽视她。我们只不过在不同的学校待了几个月，但感觉却像是一辈子那么长。

“我……对不起。”我结结巴巴地说。

“别在意。”她说着，握住了我的手，熟悉的椰子油的香味扑鼻而来，这种熟悉感将我拖回到现实中。

“跟我讲讲圣艾格尼丝的事吧。”

佐拉耸了耸肩：“哦，太无聊了。老样子，还是老样子。”不过，她还是滔滔不绝地讲起了餐厅里发生的故事。然而，虽然我听到的都是老熟人的故事，但是我能感觉我的兴趣在消退。我甚至斜眼看了一下金克斯，担心它会泄露我的想法，但它只是温驯地坐在我脚边。在我以前的学校里，没有任何事情能和巴库战斗相提并论，学生们无法在课外提高他们的技术。算了吧，圣艾格尼丝的学生根本不想在学校多待一秒钟。

我把这种情况和我在普罗菲特斯为托比亚斯战队付出的所有课余时间做了个对比。战队把业余时间都奉献给了巴库战斗，经常研究到深夜；即使是非战队的学生，也都在努力学习。人们对勤勉、对取得成就有一种自豪感，并且对我们正在学习的东西真心感兴趣。这是我以前从未感受过的——一个学习的团体，我经常听说大学就是这种感觉，而我现在就能体会到。

我时而点头，时而适时地微笑并发出惊呼。但现在的我比以往任何时候都更清楚：只有普罗菲特斯才能让我过上想要的生活，让妈妈远离烦恼和压力，去自由地追求自己的梦想。

尽管坐在佐拉的卧室是如此的舒适，但我还是渴望周末快点结束。

因为我满脑子都是：我等不及要回学校了。

第二十五节

晚饭后，我帮妈妈洗了碗，然后回到我的房间。金克斯蜷缩在我的床上，正好卧在我刚洗好还没有收起来的衣服上。我走进去时，它抬起头，懒洋洋地眨了眨眼，好像刚从梦中醒来。“你还好吗，金克斯？”我问。我温和地哄它，试图让它从衣服上挪开，但它不肯起来，所以我更用力地推了推它。它不识抬举地冲我甩了甩尾巴，但还是挪开了一些，至少我能拿到衣服并开始收拾了。“谢了。”我说，虽然我的声音中充满讽刺，但我还是很爱它的。

>> 关于更多地了解你爸爸这件事，你接下来打算怎么做?

“做任何事都可以。”但是，金克斯比任何人都清楚，我已经用尽了所有我能想到的方法，它看过了我的搜索历史。没有任何跟爸爸有关的信息，他已经从数字世界中消失了。“你为什么问这个？”

>> 不为什么。它挪了挪身体，将头靠在我的脖子上——这是和金克斯在一起时，我最喜欢的状态之一。我轻轻摸着它的毛，它发出轻轻的咕噜声，让我开始有点儿犯迷糊。

>> 你收到了一些短信。

“有什么重要的吗？”我轻声说。我已经习惯了金克斯对我的消息进行筛选，尽管我从来没有要求它这么做过，而且我也没有听说过别人的巴库会这么做，但我喜欢它这样做。它仿佛知道我何时需要集中注意力，从而不让我被各种信息打扰。

>> 有托比亚斯 · 华盛顿发来的。

“什么？”我尖叫一声，猛地坐了起来，金克斯滚到了我旁边的床垫上，“什么，你是说托比亚斯 · 华盛顿一直在给我发短信？而且你没跟我说？万一他有什么重要的事怎么办？万一是……”

金克斯打了个哈欠。

>> 没什么重要的事。除非你觉得“嗨，做什么呢”是重要的短信。

“我觉得很重要啊！”我看了看短信的时间，差不多是两小时前了。整整两个小时过去了——托比亚斯一定以为我故意不理他，我简直想杀了金克斯。

>> 这儿还有。

“金克斯，你最好现在就把每一条托比亚斯的短信给我看，不然我就把你打回一堆废铁，谁都修不好你！”

金克斯发出一连串哔哔声，我觉得这是巴库式的嘲笑，但它还是把所有的信息都投射到了我面前的羽绒被上。我飞快地读着它们，感觉自己就像一个饥肠辘辘的人刚被提供了一顿美味大餐。我都不知道自己在搜索什么，于是我强迫自己停下来，坐下来，慢慢地阅读。

托比亚斯：嗨。做什么呢？

托比亚斯：想问问你今晚有没有空一起看一些巴库工程师的东西？我想知道你是怎么把啮齿类动物巴库尾巴上的相机接到你的猫型巴库身上的。

信息都是两个小时前发来的，他肯定以为我不搭理他，我不知道该怎么办才好。我想不出什么理由了，我煞费苦心地写了一条回复，在脑海中翻来覆去地斟词酌句，直到我认为这条短信的语气是正确的。

莱西：嗨！不好意思，我刚刚和家人吃晚饭来着……我觉得我的巴库可能也出了点问题，我都没有收到任何通知。

>> 我才没问题呢，你心里清楚。

“闭嘴，金克斯。”我说，仍然因为它没告知我短信的事而生气。

>> 哎哟，瞧瞧。金克斯说。

我还没写好回复——我本打算回答他的问题的。但我已经看到一串点点，表明托比亚斯已经在回复我了，我的心跳仿佛停止了。

“金克斯，我还没叫你发送，你就发出去了吗？”

>> 什么？我以为你写完了。读着没什么问题啊。

“我没写完！我甚至还没说我是否有空……”这时，托比亚斯的回复弹了出来。

托比亚斯：没事，别在意。

现在，我可以回答他的问题了。

莱西：今晚不行——我再出去，我妈会杀了我的。但我们可以电话讨论？

“好了，金克斯——这条可以发了。”

>> 好的，老板。

现在，轮到我嘲讽它了：“说得好像你真会让我做你的老板似的。”然后，我又继续跟托比亚斯发起了短信。

莱西：关于巴库战斗，你有什么战术了吗？

托比亚斯：有些想法。我们必须存活到下一轮，而且，我们这次真的把卡特惹火了，我很担心他接下来会做些什么。

莱西：期待看到你的战术！

我回答完后，看到短信上蹦出了一些不是我写的话：

附言：我觉得你真的很帅，你可以做我的男朋友吗？

我尖叫着跳到床上：“金克斯！不许发送这条！！！”

谢天谢地，这些话在发送前消失了，我瘫倒在床垫上，心怦怦直跳。金克斯跳到我的肚子上，俯视着我的脸。

>> 别担心，就是开个玩笑!

我大概暴怒了一秒的时间，随后，愤怒就化作了一串笑声。我把金克斯拉到我的胸口抱住，尽管它扭动了几下，但最终还是依偎在我的脖子上发出了咕噜声。它也许是个讨厌鬼，但即使用全世界来跟我交换它，我也不会答应。

>> 莱西? 它的声音听起来和平时不太一样，更轻，更平静。

“怎么了，金克斯？”

>> 是你创造了我吗?

我深吸了一口气，我知道这个话题还要继续。“不……创造你的是蒙查公司。”

>> 所以我和其他巴库是一样的——只是一只普通的家猫型 2.0 版本。

这次，我皱了皱眉。“嗯……不，你和它们不一样。你有些地方很奇怪，你是独一无二的，我们交流的方式是不同的。你有能力无视我的指令，做出自己的决定——这点和其他的巴库不一样。”

>> 哦。所以我和其他巴库不一样。

“不，对我来说不一样。即使单纯从机械学方面说，你也是不同的，你比其他巴库好太多了。但是我还没有真正研究过你的代码，你之所以有所不同可能是因为什么人给你植入的代码。如果我编写代码的能力更强一点儿，我就能告诉你具体是怎么回事儿，但我不太擅长解释代码。”

>> 但如果你愿意的话，你可以调查一下。创造我的人可能在我的代码中留下了他们的些许痕迹。

“那就意味着暴露我并不是通过正常方式遇见你这件事——我并不是从蒙查商店买到你的，大家都以为我是从蒙查商店得到你的。如果我把这件事说出来……可能会有人把你从我身边带走。”

有一个想法深深地刺痛了我，就像一把灼热的匕首刺进心脏那样——也许金克斯并不想和我在一起。如果它想和原来的主人在一起怎么办？我从未考虑过这种可能性。

“我向你保证，如果你想知道是谁创造了你，我会尽我所能帮助你。”

第二十六节

学院的生活很忙碌，因为太过投入巴库战斗，我的其他课业受到了影响。我差点儿挂了历史测验，因为我根本没有时间学习。

周一的放学对我来说简直是一种解脱，我跟随着托比亚斯发给我的导航信息，慢悠悠地来到巴库工程师新月路的尽头。在这些漂亮的房子后面，有一个大型公园，公园的一角是一个棒球场，另一角坐落着篮球场和网球场。在公园的中央，是一个大型、有泛光灯照明的冰球场，球场四周是看板和漆成红色、高耸入云的铁丝网。我在球场中央看到了穿着亮橙色羽绒服的凯，托比亚斯战队的其他成员则围绕在看板附近。

阿什丽最先看到了我，并且轻轻碰了碰托比亚斯的肩膀。我缩进灰蓝色的冬季大衣里，寒风吹得我鼻尖麻木。冰球场上还没有冰——再过两周，等天气足够冷之后，城市才会向冰球场中灌水并启动人工制冷系统来防止冰层融化——不过，看得出来，在这个和竞技场很像的场地练习益处颇多。托比亚斯是个聪明的队长。特别是，我们都知道杰玛战队有权使用最好的设施——这都得感谢卡特。

“嗨，莱西！”托比亚斯挥手示意我过去。

我情不自禁地傻笑起来，那笑容仿佛粘在我脸上，挥之不去。到达看板处后，我从边缘探出身子——我可不想在凯和里弗对战时中途跑进冰球场。我拿出带来的装满甜甜圈的黄色纸盒——阿什丽高兴地拍起她戴着手套的手。“一口甜甜圈”就能让大家都很开心，而且现在，我已经知道了他们所有人的味道喜好。

奥卡与利扎尔正在对战，哈士奇围绕着身形巨大的青蛙奔跑。当然，这并不是真实的对战——双方都不会对对方造成任何伤害——但看得出他们在演练测试反应和移动速度。

“凯，你能不能练习一下那个匍匐出击的动作——我们需要这个动作来迷惑那头野猪，这样我们才有机会干掉它。”

“好的，老板。”凯说。他站在一个喷漆画出的圆圈里，这样他就可以练习远距离发送指令。当奥卡经过信息传输范围时，凯必须能够准确地告诉奥卡他想让奥卡怎样做。凯的手放在连接线上，虽然从理论上来说，他发送指令时并不需要握着连接线，但这种物理接触似乎对参战选手有所助益。

凯的方下巴紧绷着，眉毛也因专注而皱成一团。在接收指令后的两秒钟内——两秒钟也显得很漫长——奥卡立刻行动起来，用它有力的双腿把自己推进到赛场的一边。然后，利扎尔以一种我从未见过，但十分适合普罗菲特斯竞技场光滑墙壁的动作跳到了看板上，并以完全垂直于地面的角度避开了奥卡的攻击。但紧接着，奥卡加快了速度沿着球场边缘奔跑，随着凯一声令下，它向前跳出打算落在利扎尔的背上。

如果在普罗菲特斯的竞技场，它就会这么做。但事实上，奥卡只是跳过了利扎尔，双方都没有受到任何损伤。

阿什丽、托比亚斯和我同时鼓起掌来。“出色的对战，两位。我想我们可以休息一下了。”托比亚斯说。

“我带了零食。”我说。

“这就是我为什么喜欢你的原因！”里弗一边笑着说，一边从打开的甜甜圈盒子里挑出所有巧克力味的。

凯则略显冷淡，站在后面。

“你不吃糖对吧？”我问他。

“我不吃这种垃圾食品。”他说。

托比亚斯耸耸肩：“放轻松点，蛋白质小子。”

“吃这种东西能变轻？祝你好运吧。”

我对托比亚斯耸耸肩，示意他这没什么大不了的。毕竟，下场比赛就轮到凯和里弗出场了——阿什丽也会上场帮衬。我觉得凯一定很紧张。

我决定换个话题：“哎，我在想……你们有谁比较懂代码相关的知识吗？”

托比亚斯看向凯，凯耸耸肩：“我代码课差点儿没及格。”

“我只懂一点儿，”里弗说，“但我主要擅长设计。”

“别看我，”阿什丽一边说，一边双手举起做投降状，“我只对电子学方面感兴趣。”

“普罗菲特斯的代码学院很强大，但是代码学院的学生通常不会被选入巴库战斗的战队。”托比亚斯解释道，“学校不允许我们在战斗中或战斗前修改巴库的代码，所以招收代码学院的学生进战队有什么意义呢？关于编写代码，我也只知道课堂上教过的那些。你是需要什么帮助吗？”

我摇摇头：“别放在心上，我会自己想办法的。”

“对不起，金克斯。”我对它说，“我会再想办法来研究你的代码的，别担心。”

艾罗展开双翼，队员们立刻集中了注意力。我之前一直没注意到托比亚斯的巴库在做什么，但是当我回头看冰球场的时候，我发现地上有设置好的障碍物，还有蓝色油漆的标记。巴库们各自移动到了冰球场外缘的不同位置，动作非常同步，虽然它们参加这些训练课程才几个月。它们令人望而生畏——几乎让我忘记了自己有多冷。

“阿什丽，该你了。”托比亚斯说。阿什丽点点头，双唇抿成一条细线，然后，她和朱庇特一起踏上了冰球场。混凝土地板上画着蓝色的线——我意识到这是用来标记战斗中特殊移动路线的记号，这就像越障训练一样。阿什丽需要一气呵成地完成这些特定动作，以证明她和朱庇特一直在练习，直到他们可以在正式战斗中像条件反射一样执行这些动作。

“这次我加入了一些不同的元素，阿什丽。”托比亚斯说，“确保你准备好了。”

阿什丽点了点头，额头上渗出了汗珠。虽然这只是一次训练，但我可以看出上次的战斗给她造成了精神创伤，她需要克服这种创伤，才能在第二轮中占有一线机会。她的第一次尝试在第二个动作上失败了，朱庇特撞到了一个高处的障碍物上。她很沮丧，一手握拳砸向另一只手掌心，但她还是和朱庇特回到了起点。

气氛很紧张，直到突然间响起了一阵音乐，那是电影《洛奇》的主题曲，音乐通过赛场四周的扩音器播放出来。我环顾四周，看到金克斯从一间小小的混凝土建筑里走出来——那里一定放着扬声器的设置器。

托比亚斯随着我的目光看去，然后转向我，他的下巴都要掉到地上了："发生了什么事？你是怎么做到的？我们这么多年来都没能修好那些扬声器。"

"我就是想试着做点什么……"我四处寻找金克斯这只淘气的巴库，脸上渐渐堆满惊恐。"金克斯，住手——你太引人注意了。"

>> 你在开玩笑吧？这多有效。

确实有效。这一次，阿什丽和朱庇特完成得干净利落，她在终点挥舞着拳头，做出胜利的姿态。"谢谢你，莱西。"她一边说，一边兴高采烈地朝我们跑过来，和我击了掌。

"别……客气。"

"或者，我其实应该感谢金克斯。"她狡黠地说。

"哦……嗯……什么？"我紧张地笑着说。她对真相产生怀疑了吗？她知道这一切都是金克斯做的，和我毫无关系吗？

但她对我眨了眨眼，咧嘴一笑："都是靠它钻进了扬声器的控制器，对吧？"

"对。"我松了一口气。

每当有巴库走上前准备越障训练的时候，金克斯就会选择一首歌并大声播放。所有的巴库——包括艾罗——都在规定时间内完成了训练。最后，金克斯用最大音量播放了最新的流行歌曲，于是我们在泛光灯下唱起了歌，伴随着欢笑和舞蹈。

艾罗再次展开双翼，向我们展示了时间，已经很晚了。当艾罗合上翅膀时，金克斯关掉了音乐。

“回见，各位！”凯一边说，一边把背包甩到肩上，奥卡跟在他身边。

我正准备跟着凯、里弗和阿什丽走向主干道，托比亚斯问道：“莱西，你能稍等一下吗？”

“哦，当然。”

我在冰球场边缘停下来，等着托比亚斯收拾设置障碍的器具。他似乎收拾得很慢，等待我们和其他队员之间拉开距离。最后，他带着一个装满设备的行李袋走向我，艾罗从他手中接过袋子并朝公路方向飞了过去。

托比亚斯朝我笑了笑：“我很高兴你今天能来。我想告诉你，我准备让阿什丽退下来，你觉得怎么样？”

“什么？”我盯着阿什丽渐渐走远的背影，“你想换掉阿什丽？”

“阿什丽和朱庇特很棒，但你和金克斯更棒——尤其是你有我给你的增幅项圈。而且，既然卡特能参战，你为什么不行。”

我不自觉地退后一步，背撞在了看板上。我伸出胳膊稳住自己，避开托比亚斯的凝视：“不，你不能这么做。我……我不介意做替补。”

托比亚斯向前走了一步，抓住了我的胳膊：“不要紧的，阿什丽不会介意的，我觉得她也不想再让朱庇特冒险了。”

“但是，这可能会导致以后没有战队再选她了……”

托比亚斯抓着我胳膊的手移到了我的手上，他与我十指交握，将我拉近了一些：“你是我见过的最棒的巴库工程师，莱西。你能做到的……超乎大家的想象。你对你的巴库有着绝佳的控制力。”我简直要笑出声了，但我及时忍住了，“而且，我是队长，我有资格挑选队员。”

我的心怦怦直跳，我的大脑已经无法处理托比亚斯·华盛顿正握着我的手这件事；相反，我的脑海里反复地响着一个“不”字——我不想参战，我不想让金克斯冒险，我不想……

>> 等等，你不想参战？我以为我们一直努力就是为了这个？金克斯的声音在我的脑海里响起。

“我不能拿你冒险。如果你被撕碎了怎么办？所有那些辛苦的修复工作……”

>> 我不会输的。我想战斗。

“不！”直到我看到托比亚斯震惊的表情，我才意识到我大声喊出了这个字。

“好吧，我明白了。”他说，然后退了一步，“我不会逼你。我还以为你会愿意……”

我抬头看向他，四目相对。我开口说，但声音低得我自己都听不清:“什么意思？”

“我以为你会愿意……”他青苔色的眼睛在泛光灯下熠熠生辉。他没有再多等，倾身吻了我，柔软的嘴唇压在我的嘴唇上，我靠在看板上的身体仿佛融化了。在这一瞬间，我的巴库面临着生命危险、我的妈妈不理解我……但这些都不重要了，因为一切都变了。

因为托比亚斯·华盛顿在吻我。而这一刻，我觉得非常非常幸福。

CHAPTER

第四章

“外卡”选手

第二十七节

第二次巴库战斗的气氛让整个学校沸腾了起来。在去储物柜的路上，我路过一些正在 APP 上下赌注的学生，他们正在试图猜测各个战队的战术。杰克是这个赌博团伙的首脑，我听说，甚至有些老师也参与其中。每个战队都将有至少两只巴库上场参战（托比亚斯战队和杰玛战队各有三只），因此比赛将比以往任何时候都更激烈，而且这一次共有 200 分以供争夺。

“我押十美元给托比亚斯战队。”我从储物柜里拿书的时候，经过我身边的其中一名学生说道，他们在离我一米多远的地方停了下来。

“不，肯定是杰玛战队赢。你看到那个带着野猪巴库的家伙在学校里大摇大摆的样子了吗？他肯定有什么制胜法宝。”

支持托比亚斯战队的那个人抬起头来，看到了我正在盯着他。他又高又瘦，有着一头细长的棕色头发，戴着眼镜，脸上长满了痘痘。当他看到我的时候，他笑了：“哎，你是托比亚斯战队的吧？有什么建议给我们吗？你们队的人都还好吗？”

我抿紧了嘴。

但金克斯飞跃起来跳进了我储物柜上方的壁龛——一般的巴库做不到这样的动作。那人笑得更开心了：“老兄——你一定会后悔押杰玛战队的。”他一边对他的朋友说，一边冲我眨了眨眼。

我因为金克斯的炫耀而生气地瞪着它，但愁容无法在我脸上流连太久，因为昨天晚上，我开心得都要飞起来了。我的老师们也放弃让我集中注意力了——他们把错怪到我的巴库头上，但真实原因却并非如此。

我不停地想起托比亚斯。

托比亚斯和我。

这好像做梦一样。

最后一堂课的下课铃响起时，我已经等不及了，不仅仅因为那标志着战斗即将开始，而且也意味着我又能见到托比亚斯了。金克斯规划了去战队包厢的最短距离，它在学生们的腿间穿梭，躲避着其他巴库——它真的很擅长这个。

“谢了，金克斯。”我说。

>> 每次我一派上点儿用场你就大惊小怪的。

“那是因为大部分情况下我都对你做的事毫无准备！”

>> 拿全世界跟你交换我，你也不会答应的。

“你就是看准了这点才这么放肆。”

我的膝盖不停地颤抖，坐在椅子上不停地上下抖腿，就像咖啡因摄入过量似的。金克斯发出咕噜声，试图安抚我，它是对的，见托比亚斯之前我必须放松下来。

毕竟这次只有我们两个人在战队包厢里单独相处。

“嗨。”

听到他焦糖般顺滑的声音时，我的心跳漏了一拍。我在椅子上转过身来，和他一样咧嘴一笑：“嗨。”

“兴奋吗？”

“我都等不及了。”我说。他在我旁边坐了下来，大腿碰到了我的大腿，我咬了咬下唇。他身体前倾，探出栏杆，低头看着竞技场内。然后，开场乐响了起来。

“把注意力集中在战斗上，莱西。”我告诫自己。

选手们都乘电梯进入了竞技场，观众的惊呼声在场馆内此起彼伏。艾丽卡战队看起来要大干一场，艾丽卡本人也上场了，以保证能应对有三只巴库的战队。艾丽卡的巴库是一只云豹，和她一起上场的是她的队友特伦斯以及特伦斯的牛头犬巴库，这样的阵容是他们能坚持三十分钟的唯一机会。

但他们并不是唯一使用这种阵容的战队，杰玛和她的老虎巴库“斑纹”也上场了。

托比亚斯战队可能有大麻烦了。

卡特脸上洋洋得意的神情令人心神不定。他的野猪亨特，杰玛的老虎斑纹，以及杰玛战队的另一名三年生弗兰克和他的德国牧羊犬巴库骨头——他们看起来几乎是无法打败的。

托比亚斯在我旁边紧紧攥着拳头，“该死。”他喃喃自语。象征比赛开始的蜂鸣声响了起来，我没有再去想托比亚斯离我有多近，而是被战斗的节奏和观众们的激情所吸引。金克斯的技术使我可以扫视整个战场，并在关键时刻暂停并回放。

战斗从两只猫型巴库爪子与利齿的较量中展开——一只是多里安战队敏捷柔韧的波斯猫，另一只是艾丽卡战队美丽的灰白色云豹。亨特与皮尔斯战队一只名叫赛斯（意为“死神镰刀”）的蜥蜴展开了激战，骨头从旁协助它，赛斯完全没有任何胜算。十二只巴库在竞技场里乱成一团，并像苍蝇一样一只接一只摔落在地上。仅仅五分钟后，皮尔斯战队就完全出局了，而艾丽卡和多里安战队也各自只剩下一只巴库，只有托比亚斯战队和杰玛战队未损一员。

就连阿什丽也没有退场，奥卡和利扎尔击败其他战队时，朱庇特退守在后方。我想，其他战队已经认定阿什丽是个薄弱环节，认为只要先打败其他强劲的巴库，再收拾她也不迟，没人愿意在阿什丽身上浪费不必要的精力。他们想强强相对，把阿什丽留到最后解决。

“加油啊，各位。”我低声说。

金克斯告诉我，目前那只波斯猫巴库——利斯塔的情况已经岌岌可危了——那只可怜的巴库就剩下一条腿了。我觉得它已经完全无法被修复了，所以多里安战队无法得分了；已经两轮战斗过去了，他们仍然一分没得。

利斯塔倒下后，云豹弗罗斯特转向了朱庇特，威胁地甩着尾巴，露出了尖牙。我发现艾丽卡为了让弗罗斯特看起来更有威慑力，装饰性地改变了弗罗斯特的外观——比如异常锋利的牙齿和深色的剑眉。

我以前从来不明白——巴库互相战斗，它们会关心对方看起来有多吓人吗？但现在我明白了，在大屏幕上博眼球的重要性。弗罗斯特看起来相当强大且不好惹，所以即使它才是“弱势”的一方——因为他们战队只剩它一个，而且至今没有得分——却得到了相当多的观众的支持。可怜的阿什丽全身都在颤抖，虽然我能看得出来她在努力振作起来。奥卡和利扎尔正在和斑纹与骨头激战，它们需要集中精力才能应对那只老虎。朱庇特必须正面和弗罗斯特战斗，尽可能造成一些损伤，奥卡和利扎尔才能有一丝胜算。

阿什丽深吸了一口气，试图站得更直，她想表现得自信一点儿，她的战斗技巧已经明显提高了。

云豹以闪电般的速度冲向可怜的朱庇特，没有一丝迟疑。阿什丽命令朱庇特躲开，但为时已晚。弗罗斯特用锋利的爪子狠狠划过朱庇特，朱庇特表面的内嵌屏幕碎了一块。虽然不是什么致命伤害，但大屏幕上朱庇特的功能指数立即掉到了 75%。金克斯往后缩了一下，仿佛被击中的不是朱庇特，而是它。我懂这种感觉。我祈祷阿什丽能在比赛中保持清醒，并且找出应对弗罗斯特的速度的方法。

阿什丽似乎想起了她的一些训练心得，让朱庇特瞄准了弗罗斯特的尾巴。如果她能破坏那里的机械结构，弗罗斯特就会失去平衡，无法轻易快速准确地移动，如果它不能朝着正确的方向前进，那么快速就没有意义了。尾巴比身体更容易攻击——我们已经在研究对手时注意到，弗罗斯特喜欢通过左右摆动它那毛茸茸的大尾巴来炫耀自己，朱庇特只需要尽量接近并咬上一口。

阿什丽采取了一个冒险的战术：让朱庇特露出破绽，诱使弗罗斯特再一次发动不计后果的攻击。她成功了：云豹瞄准朱庇特的肩膀跳了起来，但是朱庇特迅速避开并绕到云豹的尾巴处咬了一口。

这勇敢的举动在人群中引起了一片欢呼。弗罗斯特的功能指数降到了 65%，而朱庇特的则下降到了 50%。不算糟糕，阿什丽就应该这样做。

“加油，朱庇特！”托比亚斯在我旁边喊道。

金克斯站在我的膝盖上，以便于将爪子支撑在栏杆上，专注地凝视着竞技场中弗罗斯特和朱庇特之间的战斗。我把注意力转向奥卡、利扎尔、斑纹和骨头之间激烈的战斗。托比亚斯战队的小伙子们干得不错，骨头的功能指数正在直线下降。杰玛大声命令卡特将亨特撤回来。亨特不停地踱着步，看起来像是渴望一头扎进战斗中去。卡特看起来也因不能参加战斗而很沮丧，他的手张开又握紧。不过，我看得出来杰玛在打算什么，她想尽可能削弱奥卡和利扎尔的功能，然后再派亨特去做最后击杀。

观众爆发出一阵抽气声，打断了我的注意力。金克斯发出响亮的嘶嘶声，爪子嵌进了我大腿的肉里，疼得我龇牙咧嘴。朱庇特被弗罗斯特重创了——即使尾巴受损，弗罗斯特依然是一件致命的武器——功能指数下降到 29%，几乎就要达到致命的程度了。我看到阿什丽飞快地看向托比亚斯，想知道她什么时候能让她的巴库脱离战斗。

但是托比亚斯没有看阿什丽；相反，他向凯发了个信号，凯冲他点了点头。奥卡突然改变了战术，留下利扎尔独自对抗斑纹和骨头，自己则冲向了亨特。卡特完全没有想到，而那只野猪也没有自卫——它的功能指数一下就降到 20% 以下，亨特就这样倒下并出局了。我用最大的声音欢呼了起来。

凯指挥奥卡回去和老虎对峙，利扎尔被斑纹的爪子正面击中，出局了。同时，弗罗斯特发出了最后一记猛击，将朱庇特的功能指数降到了 20%。

“快离开那儿！”我从座位上跳了起来，对着阿什丽尖叫。金克斯从我的膝盖上跳到了地板上，阿什丽抬起头来看着我。

我现在终于明白为什么卡特在战斗开始的时候看起来那么自鸣得意了。格兰特博士给了他一枚复活芯片——他为了挣到芯片肯定多修了学分——所以尽管亨特本来已经出局，但复活芯片使它的功能指数增加了 50%，而亨特的目标只有一个——朱庇特。

阿什丽没来得及把她的巴库拖出竞技场。亨特狠狠地撞向了朱庇特，朱庇特被撞得支离破碎，我们所有的精心修理都化为乌有了。亨特并不满足于将朱庇特撕成碎片，它将这只小小的猎犬踩在脚下，用它的獠牙撕扯着零件。这种力量的提升不公平，不应该赋予卡特，无论他为了获得那枚芯片付出了什么。整个观众席都被这一举动惊呆了，我感觉自己的心在颤抖。阿什丽发出了一声近乎原始的尖叫，不得不再一次看着她的伙伴被撕成碎片。但这一次——我看着朱庇特直线下降的功能指数——我知道如果继续这样下去，它将无法被修复，卡特这次就是奔着彻底摧毁它来的。

亨特这是在虐杀朱庇特。

卡特看起来因胜利而得意扬扬，他在空中挥舞着拳头，吸引着人群的注意力。

但还没结束。竞技场中突然发生了什么，而且发生速度之快，令我完全没来得及看清，也无法理解。一道一闪而过的阴影，像子弹一样快速地进入了亨特侧面的破洞，那头野猪颤抖着、抽搐着，好像有什么东西正在从里到外摧毁它。

卡特的脸上充满了困惑和恐惧，他的嘴张得很大，眼睁睁看着他的巴库的功能指数下降到 0%——彻底毁掉了他在最后一轮战斗中使用这只巴库的机会。“到底发生了什么事？”他的声音是一种刺耳的尖叫声。“杰玛！”他对他的战队队长喊道，“我不管这是什么东西做的！给我攻击！”

我身体前倾，抵在围栏上，想看得更清楚些。然后，一张脸从野猪侧面的洞里露了出来，一张让我心跳停止的脸——金克斯。

金克斯钻出来后，野猪倒在了地上，金克斯几乎毫发未伤。

杰玛的老虎突然扑了过来，一边咆哮着，一边作势猛咬向金克斯。但是，金克斯敏捷到令人难以置信，几下闪躲就绕过了斑纹，滑到了它的身下并划破了它的腹部。斑纹内部的电子设备像五脏六腑一样在竞技场中散落一地，它的功能指数骤降至 11%。杰玛别无选择，只能让它的巴库脱离战斗。

“莱西，你在做什么？”托比亚斯抓住我的胳膊喊道，但我没有心思看他，我目不转睛地盯着战场。

这一切发生得如此之快，战场上剩下的其他巴库——奥卡和骨头——仍然在战斗。弗兰克在骨头的功能指数还剩 22% 的时候让其脱离了战斗——仍然在可修复的范围内。

每个人都很困惑，人群中充斥着紧张而尴尬的窃笑声，贝尔德先生和格兰特博士疯狂地互相打着手势，大家都想知道现在站在竞技场地板上的那只行为异常的巴库是谁的——但少数几个认出金克斯的人都将目光转向了我，包括托比亚斯。我终于壮着胆子看了他一眼，他脸上的表情让我的心沉到了谷底，他的表情是雷霆般的震怒夹杂着困惑，甚至有些恐惧。他所有精心策划的战术——我们讨论好的每件事——都化为乌有了。

我改变了游戏规则。

或者更确切地说……金克斯改变了游戏规则。

金克斯站在那里，毛发直竖地盯着奥卡。幸免于难的朱庇特站在金克斯身后，仍然试图站起来。我提醒自己，这些都是机器人，不是真正的动物，尽管看着朱庇特只剩 1% 的功能指数让我很痛苦。阿什丽让朱庇特脱离了战斗，以防它受到更多的伤害。

我把注意力转向贝尔德先生，只要他用黑标，立马就能制止金克斯，托比亚斯也在看着他。贝尔德先生看着金克斯，眉毛因愤怒而皱成一团……但他的神色之中还有一丝好奇。然后他拿起麦克风宣布：“竞技场内还有两只巴库，战斗继续。”

我用力咽了一下口水，这意味着金克斯要和奥卡对战，但这怎么可能呢？我们是同一个战队的呀，至少——我认为是这样。托比亚斯厌恶地看着我，一直向后退，直到我们之间有了相当的距离。我很心痛。

“金克斯！回来这边！”我终于喊出了声。

“怎么，你不打算进去吗？”

我转过头去，看到了杰克，他正站在战队包厢的后面。他挑起一侧眉毛看着我：“我很伤心，你居然没告诉我你是外卡选手。你明明知道这会让我今天所有的赌注毁于一旦。你欠我一个人情，莱西·朱。”

“外卡？但是……”我犹豫道。我不知道金克斯在搞什么，我也不知道什么是外卡战队，我只知道我至少要假装是我在操控这一切，这样才会显得一切正常，我只能顺水推舟了。我耸了耸肩，避免承认或否认任何事情。

“祝你好运，莱西。你会需要好运的。”他对我露出鼓励的微笑——也许是出于怜悯，以中和托比亚斯那边袭来的滔天仇恨。

我深吸了一口气，然后跳起来越过护栏，“砰”的一声落在了竞技场中。我走向其中一个圆环，当我经过凯时，他在我耳边低声说：“你知道自己在干什么吗？”

“没什么。”我一边挪进圆环，一边嘟囔，“我向你保证，这是个天大的错误。”

“是吗？我觉得现在你的保证已经没什么意义了。真遗憾，我只能毁掉你的小巴库了，它还挺酷的。”

我踏上其中一只银色圆环脚垫，我的脸闪现在其中一面屏幕上，我的恐惧和紧张暴露无遗。在我的名字下面是两个字：“外卡”。

这一切仿佛都是计划好的。

而像往常一样，我仍然是那个被蒙在鼓里的人。

“金克斯，怎么回事儿？”

>> 我不能看着朱庇特就这样被摧毁。

虽然我知道它这么做是为了保护朱庇特，但我还是充满了愤怒，特别是现在它要去打败奥卡。

“那我们把这事儿了结了吧。”

奥卡在与金克斯的较量中毫无胜算。奥卡的每一个动作金克斯都知道，甚至比凯知道得还早。它对奥卡的弱点了如指掌，并且熟知如何在最少的动作中将奥卡击败。而且，金克斯十分无情，它没有在25% 或 30% 时停下来，而是一直打到奥卡的功能指数降到零，不给凯任何机会让奥卡脱离战斗。

当然，凯认为无情的是我。在过去的一个月里，我努力经营的所有好意都随着金克斯的最后一击而消失了。这一击彻底毁灭了这只哈士奇巴库。

哨声响了起来。观众被震惊得鸦雀无声——完全没有雷鸣般的掌声。然而，我能听到我的每一次心跳在耳朵里回响，仿若锣鼓喧天。

贝尔德先生再次出现在被照亮的舞台中央。“好了。”他清了清嗓子，“真是个意想不到的转变。看来，我们的巴库战斗出现了一名外卡选手。这意味着今年将有一支额外的队伍参加位于蒙查总部的巴库战斗总决赛。”他低头看向我，“我希望你和你的巴库准备好迎接挑战。至少，你这个头开得不错。莱西战队——你的战队在第二轮巴库战斗中胜出，获得 200 分。其他战队有十二个小时的时间来试图瓜分你的点数。不过，看起来……我认为是分不到什么了。”

我想，我终于有机会了。

参加暑期实习的机会，去看看蒙查总部的幕后，我是我的巴库战队的队长。

一个人的战队。我一个人对抗一大群恨我入骨的人。

第二十八节

我希望金克斯能抓起我，带我飞到一个遥远、没有人认识我的岛上。如果可以不用坐在贝尔德先生教室的第一排，我甚至愿意自断左臂。我的屁股被硬质塑料椅子硌得失去了知觉，金克斯若无其事地在我脚边舔着它的爪子，而其他的战队队长则围在贝尔德先生的讲桌旁大喊大叫。

“这不公平。”杰玛说。她的手指猛地指向我，我想如果她有一把足够长的剑，她会直接用那柄剑刺穿我的心脏。而现在，她只是用涂着指甲油的手指指着我，“普罗菲特斯的巴库战斗规则中没有任何一处提到了这种可能性。”

贝尔德先生耸了耸肩：“规则说得很清楚，‘准备好接受绝对意想不到的事’。而且，关于外卡进场的情况早有先例——这是蒙查公司高层的决定，这些都已在系统中登记过了。我也和普罗菲特斯董事会讨论过这个问题，虽然他们认为这非常不正统，但他们不认为在这个阶段的竞争中增加一支战队有何不妥。别跟我说这么一点点竞争就让你们害怕了，各位。”他说着，摸了摸胡子拉碴的下巴，他卷起的衬衫袖子上沾着油渍，“明早之前，你们还有时间修理你们受伤的巴库。”他转向托比亚斯，“你的战队在上一轮的最后一刻创造了奇迹，再来一次应该也不会太难，对吧？”

我使劲咽了咽口水，不敢直视托比亚斯的眼睛。我们都清楚他没有修好这些损坏的巴库的巴库工程师技巧，他的秘密武器就是我。

贝尔德先生仍在继续：“而且，你们几乎所有人都有四级或更高级别的巴库，击败莱西的三级巴库应该不成问题。”

“没错。你的巴库上场的时候，斑纹的功能已经被削弱了。”杰玛说，“比赛快结束才上场，真是捡了个大便宜。你一定早就知道了，这战术你准备多久了？”

所有人都转头看着我，我的脸烧得通红。我想说我没有让金克斯进入竞技场，但这句话会引发一系列我还没准备好回答的问题。

或者，更准确地说，我根本不知道如何回答这些问题。

>> 天啊，他们怎么这么纠结。就不能冷静一会儿吗?

“他们冷静不了，而且这都是你的错。不应该是这样的，你不应该替我做决定。发短信是一回事儿，但这是另外一回事儿。你不是真实的生物，你是我的，你应该受我控制的。”

它用黑色的眼睛盯着我，但它的表情却难以解读。它从来没有这么……像个机器人。

“莱西？”

我猛地抬起头，我没有听他们的谈话。贝尔德先生期待地看着我，而其他人的表情中都带着深深的雷霆之怒。

“嗯……”我挤出一个字来，拼命地想记起他们说了什么。

杰玛大声嘲笑起来，翻了个白眼，双臂抱胸。“看来比起我们，你才是被耍得最惨的。”她对托比亚斯说，“我还以为内森的弟弟起码不至于这么蠢。我猜你是华盛顿家族里比较弱的那个吧？”

托比亚斯的表情让我的喉咙哽住了，他的表情从愤怒变成了令我心痛的受伤与背叛。我怎么能怪他呢？我知道他一定觉得：我一直在利用我们的友谊——以及后来我们之间发展出的……不管那算什么——并以此作为战术来伤害他，虽然那根本不是我的本意。金克斯只是想保护朱庇特。我很想这么说，但我知道没有人会相信我，毕竟，巴库不应该不受控制。

它们不应该按照自己的意志行动。

它们应该服从它们的主人，否则谁知道我们会面临怎样的混乱。人们会将自己的行为归咎于机器人，让机器人来承担责任。我必须挺身而出，承担金克斯的所作所为。

“那么，你准备好接受挑战了吗？”贝尔德先生重复道，他的声音很有耐心，嘴角挂着一丝微笑。

我从椅子上站了起来。“我愿意退出比赛，不当外卡选手。我……我不知道我是怎么了，这是一个天大的错误。我保证，这样的事情再也不会发生了。”

贝尔德先生的表情变得阴沉起来：“哦，不，太晚了。你必须继续，并且要承担迟到入场的惩罚。董事会决定让我在接下来的十二小时中给金克斯一个黑标，而其他团队则可以试着修理他们的巴库。这样金克斯就会在下次战斗之前保持 80% 的功能指数，而且你也不能修理它。除此之外，董事会最后决定，你将作为战队队长出席下一轮位于蒙查总部的巴库战斗，虽然你只能依靠你自己和你的巴库，但是希望今天的一切不是侥幸。”

我垂头丧气地点了点头。

“我需要你口头确认你会参战。”

我犹豫了一下，然后抬起眼皮：“我会参战的。”

“好，就这么定了。”

杰玛朝空中甩了一下双手，一边朝外走，一边发狠地喊了一声。

“你绝对会输的，小姐。”多里安用威胁的语气低声说。他说这话时，我皱起了眉头，但我还是尽量挺直腰板。我不能让他们的威胁太过分，不管他们怎么想，我清楚这不是我自己的决定。

托比亚斯走在最后，他在我面前停了下来，我能感觉到他有无数的话想说，就在嘴边。他的眼睛审视着我，这双眼睛上次望着我时，充满了幸福与欢笑。而现在，它们已变成了坚硬的玉石，不再是柔软的青苔。“我曾经很信任你。”他说。艾罗的翅膀拂过我的脸，带起了我的头发。然后，他就大步流星地离开了。

我像泄气的皮球一样耷拉着肩膀。虽然我很生金克斯的气，但我发现自己还是会不由自主地伸手去摸它。它在我的手下扭动着，直到它的鼻子蹭到我的手掌，然后它在我的腿周围绕着 8 字，并且爬上了我的大腿。我抱紧它，它对着我发出咕噜声，我的怒气就随之消散了。

我知道，它是出于一片好意。

“莱西？”贝尔德先生开口，我抬头看到他正盯着我和金克斯，脸上带着一种好奇的神色，“我得给金克斯黑标了。”

我瞪大了眼睛，我刚才虽然听到他说这句话了，但我现在才反应过来：“一定要用黑标吗，先生？”

“这是董事会规定的惩罚。而且，在明天之前，你不能对它进行任何修理，你明白吗？”

我点了点头，痛苦像一场倾盆大雨浇在我的肩头。

“把你的巴库交给我。”

“这是你自找的。”我低声对金克斯说，然后把它放在了贝尔德先生的讲桌上。黑标也放在那里，又黑又吓人。

贝尔德先生没有立刻动用黑标；相反，他盯着蜷缩在讲桌上的金克斯。我想，这场战斗一定消耗了金克斯不少精力——只是它自尊心强，没有完全表现出来。

贝尔德先生越是这样盯着坐在讲桌上的金克斯，我就越不安。

“它真是令人惊叹，朱小姐。”贝尔德先生说，他伸出一只手，从金克斯柔软的电子皮毛上抚过，“你说你是从当地的蒙查商店买到它的？”

我强迫自己点头，这个谎我已经说过很多次了，所以它就像事实一样脱口而出了：“是的。一接到普罗菲特斯的录取通知就买了。”

“有意思。一定是最新型号——我承认，我跟不上潮流了。我自己的猫头鹰巴库还是初代型号。”他打了个响指，猫头鹰便飞到了讲桌上。他说的对，我一眼就能看出这只猫头鹰是老版本：羽毛更加粗糙，技术痕迹更加明显，没有完全隐藏在动物外壳中。而且这只猫头鹰很笨重，不太像鸟，更像是机器，但也别具一番优雅感。

贝尔德先生试图让金克斯翻过身来，但金克斯通过假装睡觉阻止了他这样做。试了几次后，贝尔德先生就放弃了，然后把黑标贴在了金克斯伸出的爪子上。黑标一贴上去，金克斯就完全瘫软下来，进入了死气沉沉的关机状态。

这让我很痛苦。

我倾身想把金克斯抱回来，但贝尔德先生阻止了我："你为什么那时进入竞技场？你一定清楚那时进入有可能会让你的巴库遭受损伤，而在我看来，你非常依恋它。你完全可以等到第三场战斗前再公布你的外卡身份。"

"我……我不喜欢杰玛战队的战术。"我诚实地说，"而且，我认为卡特不会停下来。他使用复活芯片的时候你也看到了，他根本不打算让朱庇特从战斗中全身而退。"

"嗯……在这点上你可能是对的。那你是什么时候收到外卡身份通知的？你应该在第一轮战斗前就被告知了。"

"哦，我……"我不知道该说什么。我绞尽脑汁想编一个足够有力的故事。我感觉贝尔德先生的眼睛快要把我的头顶看穿了，但我没有抬头去看他的目光。相反，我目不转睛地看着金克斯。"如果可以的话，我想保密。"

"好吧。"他说。他放开了金克斯，我小心翼翼地将它抱在怀里。有那么一秒钟，我觉得它动了一下——它的鼻子很轻很轻地蹭了一下我的脖子——但那是不可能的，这一定是我的想象。"但是记住，"贝尔德先生说，"从今往后会有很多人盯着你，盯着你和你的这只巴库。"

"知道了，先生。"

"明天见，朱小姐。最后一场战斗将在两周后开始，我希望你准备好了。"

"我会尽力。"我说，试着让自己听起来比实际感觉更自信些，"再见。"

我走出教室，慢慢地走回我的储物柜。当我到达那里时，我看到了杰克的一张便条，上面写着："听我的，选条不起眼的路离校，你会被围攻的。"

我很感激他给我留了张便条——等金克斯恢复正常，我会给他发一条感谢短信的。我用最快的速度抓过我的夹克和背包，虽然金克斯带着黑标，听不到我的声音，但我从后面的楼梯间走向一个不太常用的出口时，还是忍不住和它讲起话来。

“我们真的要这么做吗，金克斯？你真的要战斗吗？如果我失去你怎么办？”一想到这些，就连参观蒙查总部都无法让我振奋起来。昨天，这还是我唯一关心的事，而今天……

楼梯间的黑暗吞没了我们，我不敢开灯，怕附近的人发现我，但黑暗中却响起了一个声音。

“等等！”

第二十九节

“等一下，莱西。”

我的心怦怦直跳，我转过身，看到卡特站在我上面的几级阶梯处。不，我最不想和他说话，我推开出口处的门走进冷空气中，我要尽快赶回家去。

我将金克斯毫无生气的身体环抱在怀中。气温开始向加拿大的冬季靠拢，即使才十一月初，气温就已经降到零度以下了，而且，外面还下着冰雨。

“你不能永远逃避下去，”他朝着我离开的背影喊道，“我知道你和那只巴库有点儿不对劲。你甚至不应该出现在这所学校，我爸答应过我你不会来这所学校的！”

我僵住了，但不是因为寒冷。我转过身，卡特向我走来，没有巴库陪在身边的他看起来瘦小了很多，但同样可怕。他气得满脸通红、咬牙切齿。“你什么意思？”我问。

他冲到我面前，离我如此之近，以至于一字一句都像拳头打在我身上：“你不应该出现在普罗菲特斯，你永远不能去蒙查公司工作，我不在乎你究竟是不是每场巴库战斗都胜出。我爸恨你爸。你听不明白吗？我不知道你是耍了什么手段进来的，但你现在离开对大家都好。”

“喂，发生什么事了？”贝尔德先生从转角处走出来。

“你的巴库不正常，莱西。”卡特用威胁的语气低声对我说，“我会查出到底怎么回事儿。一定会。”他低下头推开我，消失在了停车场深处。

“你还好吗，莱西？刚才是怎么回事儿？”

“没什么，先生。一切正常。”

他皱了皱眉：“你都湿透了。我开车送你回家吧。”

我摇了摇头，缩进羽绒服里：“我没事。”

“走吧，你今天够糟心的了。你不会希望在这样的冰雨里一路走回家吧，你穿这双鞋肯定会到处打滑的。”

我低头看了看我的脚，是啊，穿芭蕾平底鞋真不是什么好主意。我真应该一直穿着我的靴子，但我刚才心不在焉地把它落在我的储物柜里了。

被温暖的车送回家这主意听起来很不错。贝尔德先生的猫头鹰巴库飞到附近的一辆汽车上，车门打开时发出一阵咔嗒声。冰冷的雨水从我的鞋底渗进来，替我做出了决定，我跳上了车。

贝尔德先生坐进我旁边的座位，发动了车子。

“呃，你需要我的地址吗？”

“你做了件很危险的事——让那只巴库参战。我还以为你不会被发现。”

我睁大了眼睛。

“老实告诉我，你从哪儿搞到那只巴库的？”他指了指金克斯。

我撇了撇嘴，这个故事我刚给他讲过。“从蒙查商店买的。”我又说了一遍。

他叹了口气：“我又仔细检查了你的背景，你所有的在校记录都被窜改了。卡特说的没错，你根本不应该出现在普罗菲特斯。”

突然之间，车内的空间好像都在朝我压过来，我的视野开始变得狭窄。我最可怕的噩梦成真了：人们开始意识到我不属于普罗菲特斯，我是个骗子，一个冒名顶替者。

他们会把我开除，他们会带走金克斯，我会一无所有，也许他们连巴库都不会让我用了。我会变成那种被禁止拥有巴库的人——一个罪犯。这是我能想到的最糟糕的惩罚，而现在我离这无法挽回的局面只有一步之遥。

我甚至无法想象，在外人眼里我现在是什么表情。贝尔德先生皱了皱眉："我原以为我们至少可以侥幸逃过一劫，直到学年结束，但现在埃里克·史密斯的儿子起了疑心，而你又准备去蒙查总部……"

我放在金克斯身上的手指猛地抽动了一下。"我不明白，侥幸逃脱什么？"我瞥了一眼窗外的景色，看到我们正在过桥进城——完全是我家的反方向，"等等，我们去哪儿？"

我们开始通过把蒙查镇和多伦多市其他部分隔开的壮观的高架桥，贝尔德先生的手指抓紧了座位。

"现在说话还不安全。"

"说话不安全？我不明白你的意思。"我在座位上动了动，不安地意识到，我无法逃出这辆汽车，"贝尔德先生，这很像冷战时期的间谍惊悚片，但我们究竟要去哪里？"我试着保持轻松的语气，即使恐惧已经在我的心中扎根，"你要带我去哪儿？我想我有权知道。"

"你很快就会知道的。"

这辆车沿着皇后街西行，经过潮流店铺，朝着布满大型改造仓库建筑的西区驶去。我的思绪飞快地回到了佐拉和我刚买下我的甲虫巴库的时候。时间仿佛已经过去了很久，那时还没有普罗菲特斯，没有托比亚斯战队，没有金克斯。

车子在一座毫无特色的仓库前慢了下来，这座仓库是用淡黄色的砖砌成的，巨大的玻璃窗看起来黑漆漆的，完全看不到里面的情形。大楼上没有广告，没有标志，也没有任何东西能表明它的所属。我猜这个谜还会再持续一段时间，同等的焦虑和好奇交杂在我心中。

"跟我来。"他说着，解开了安全带，并且迅速打开了车门。

"好像我有的选似的。"我嘀咕道。走了一段楼梯之后，我们来到一个带有一张安检台和一台老式扫描仪的大厅。通常情况下，安全检查都会由警方监管的巴库进行，但这里没有。

"那些需要寄存。"我们走进来时，一名保安从安检台后站起来说。

"啊？什么？"他好像指了下金克斯，然后又指了指贝尔德先生的猫头鹰，"我不可能把金克斯留在这里。"

"我保证，它在这里绝对安全。我也得把我的猫头鹰留在这儿。"

贝尔德先生将手放在我的肩上，“到目前为止你一直都相信我，何妨再相信我一次。我保证，很快你就能回家过正常的生活了。”

“不可能。”我说，“而且它还带着黑标呢——它根本无法交流，也做不了任何事。让我带着它吧，不然我现在就走。”

贝尔德先生犹豫了一下，和保安交换了一下眼神。最终，他点了点头：“好啊，我们走。”

我紧紧抱着金克斯，手心渗出一层薄薄的汗。我悄悄地在牛仔裤上抹了一下手心。我一点儿也不喜欢这里。

“来，走这边。”我们穿过安全门，走进电梯。然后，我看到了来这儿以后见到的第一个标志，电梯按钮顶端用小号字体写着：“星火”。

“哦，该死，不会吧。”我说，但是我没来得及退出去，门就关上了。

星火是蒙查的主要竞争对手之一，最强劲的竞争对手，仅仅走进这里都让我感觉自己像个叛徒。我抬起头看着贝尔德先生，表情是纯粹的轻蔑与愤怒，我的双手在身侧紧紧攥成拳头。

“我知道你在想什么。”

“不，你不知道。”我咬牙切齿地说。我爱蒙查公司，莫妮卡·陈是我的英雄。而现在，我居然身在星火？我鸡皮疙瘩都起来了。

电梯门开了，门外是一条狭窄的走廊。当贝尔德先生走出电梯时，我仔细想了一下要不要留在电梯里，但我迫使自己跟了出去。

我感觉自己仿佛踏进了敌人的阵营，巴库在这里是不被允许的，我就知道贝尔德先生要说的不是什么好事。

贝尔德先生在一扇门前停了下来，从口袋里掏出一串钥匙——真老气——然后打开了门。这是一间很小的办公室，和这里的其他东西一样平平无奇，没什么装饰，也没什么科技感。办公室里有一张毫无装饰的桌子，桌子两边都是木椅子。贝尔德先生走到一边，示意我坐在另一边。他的桌子上放着一台笔记本电脑，看起来比我地下室的那台还老旧。

“哇，星火生意不太好吗？”我语气夸张地说。

“莱西，我知道你一定很困惑，但你要知道，我也是信任你才让你知道这个秘密的。”

“我可没求你这么做。”

我们站在桌子的两边，对峙着。

我先打破了僵局：“所以，你在星火工作多久了？”

“一辈子。”

“哇哦，终身双面间谍，商业间谍难道不是犯罪吗？”

“我认为蒙查的所作所为才是犯罪。”

我发出一声嘲笑：“你什么意思？”

“这正是我需要你帮我搞清楚的问题。”

“行了，你开玩笑呢吗？”我生硬地打断他，但他仿佛完全不受影响地继续说了下去。

“你最近有没有见过莫妮卡·陈？或者说，你有没有注意到她在最近一次巴库升级后就消失了？”

我停顿了一下：“她一直在——只不过是在国外监督进展。”我鹦鹉学舌地复述着埃里克·史密斯的话，但我也不确定自己是否相信这些话。根据我对莫妮卡的了解，把公司交给别人不太像是她的作风，但话又说回来，也许每个做老板的人都需要适时休息一下。

“如果你非要这么说也可以。”

“我还是不明白这和我有什么关系。我是说——不惜泄露自己的身份，冒着断绝职业生涯的风险，你要说的事应该很重要才对。”

他叹了口气：“普罗菲特斯是一个泡泡——你被很好地保护在里面，它庇护着你们。但是，外面的世界正在发生巨变。”

“什么？”

“蒙查弄丢了某个东西，一个很重要的东西，每个人都在寻找它。”

不安刺激着我的胃。

“星火也不例外。”他说，然后他的眼睛暗淡下来，“我们从蒙查公司的内部——巴库工程师部门——得到了一些情报，说是有人在研究一只新型巴库。这只巴库的创造理念与最初创造巴库的所有初衷背道而驰——那个人不是为了创造一个完美的伙伴，而是试图创造一只完全拥有自主意识的巴库。这只巴库可以自行做出决定，有梦想，有愿望，有目标。换句话说……它是一只独立自主的巴库，是活生生、拥有自我的生物。”

我皱着眉头，脖颈生出一股寒意，这一切听起来都是那么的熟悉。一只拥有自我意识的巴库，对此，我倒是略知一二，我终于开始明白我为什么在这儿了。我强迫自己不要将金克斯抱得那么紧，虽然我好想抱紧它逃得远远的。“这很奇怪啊，”我试图让自己听起来很随意，“这样的巴库还有什么意义？”

“也许吧。”贝尔德先生的眼睛死死盯着我，“但你时常表现出巴库工程师方面的天资——巴库工程师学不仅关乎你该做什么，更关乎你能做什么——冲破限制，而那名离经叛道的巴库工程师似乎真的做到了。我们试图获取尽可能多的情报，但即使是我们安插在蒙查公司内部有利地位的人，也无法在不涉险的情况下探查真相。

“然后，大约四个月前的一天，我们交了好运。我们和那名巴库工程师以及他 / 她的同伴取得了联系——虽然我们并不知道他们的真实姓名。他们想要得到帮助，因为他们觉得自己将要受到攻击——但要通过蒙查镇周围那些超级敏感的反知识产权盗窃屏障将会十分困难。当时，我正好在蒙查的安全部门工作，所以我适时地解除了一处屏障，并且在外面安排了一辆车等着他们。但我们不够快，我们眼睁睁看着蒙查的人在河谷边上抓住了那名巴库工程师，此后，我们便再也没接到过他们的消息了。我们不知道他们到底是谁，是死是活。我们也不知道那只巴库是逃出来了，还是被捉住并废弃了。但是，第二天，我们看到蒙查的安全人员在河谷里进行搜索，所以我们认为他们还没有找到那只巴库。我们也派了一队人下去，但他们什么也没找到。也许，是因为那只巴库被别人捡到了。”

我用力咽了口唾沫：“贝尔德先生，我对此一无所知。听起来……就像科幻小说。我不知道什么失控的巴库，我也不知道为什么我进入普罗菲特斯的数据被窜改得一塌糊涂，但我的各项表现都很不错，分数也很高。而且，你也知道，我还被托比亚斯选中了。”

贝尔德先生若有所思地打量着我，他的手抚摸着自己胡子拉碴的下巴尖，也许他邋遢的外表正是他双重间谍身份的掩护。他眼睛周围的皱纹更深了，仿佛他走进大楼，摘下他的“蒙查”员工的面具后，变老了。“当然，你毫无疑问完全够格进入普罗菲特斯。任何一所学校能拥有你都是一件幸事——你将来定会有所成就，这点每个人心里都清楚。蒙查很幸运，你是个很忠诚的人，莱西，我看得出来。只是，好好想想我说的话。你和你的巴库有着不同寻常的紧密联系，而有人恰恰在寻找不寻常的巴库。如果卡特都已经对金克斯有所怀疑……那我担心你的处境可能已经很危险了。我一直试图保护你，但事情总是出乎我的意料，比如你被选入托比亚斯战队，还有你作为外卡选手参赛这件事……这些都把你和你的巴库推到了风口浪尖。”

我摇了摇头，准备了另一个谎言：“是我命令金克斯上场参赛的，它没有违抗命令。我保证。”

“好。如果你说的不是真的，而金克斯也不像你说的那样普通，那么你可能就需要我的帮助了。别忘记这点，好吗？”

我再也控制不住自己，紧紧地将金克斯抱进怀里。“我保证。”我说，“但贝尔德先生，我向你发誓——金克斯完全正常，绝对正常。”

第三十节

我抱着金克斯走出了仓库，胃里很不舒服。我深吸了一口气，环顾四周，花了很大的力气才没有落荒而逃。贝尔德先生提出送我一程，但我宁愿自己走，我不想再和星火有任何瓜葛了。雨已经渐渐停了，但人行道很滑，我沿着人行道慢慢地走，一直走到一个有轨电车站。

在等出租车的过程中，我有足够的时间来思考贝尔德先生的故事。

一只独立自主的巴库——拥有自我意识，可以自己做决定。

这只异常巴库就是金克斯。

也就是说有很多人在找它。

包括有权有势的人。我可能会有危险——金克斯也一样。

我一直知道金克斯与众不同，我曾如此努力地试图掩盖这一点——对金克斯的怪异行为一笑置之，并为我没下达过的命令承担责任。但贝尔德先生对它的身份有所怀疑，还有卡特基于直觉的举动……这些都意味着，其他人也会很快起疑的，而这些人会用武力夺走金克斯。

我试图安慰自己没有人确切地知道这事儿，如果贝尔德先生很确定的话，我认为他不会让我如此轻易地离开。

我不能再待在这儿了，我得回家了。因为黑标的关系，我没法使用金克斯叫出租车，所以我花了二十分钟试图用老套的方法拦下一辆出租车，但没有成功。最后，终于有一个司机让我上了车——我猜是出于怀旧的心情——也可能是出于怜悯。车费几乎花光了我那点儿可怜的积蓄，但是值得。

到家后，我飞快地穿过大楼，甚至在门卫达尔文喊我名字时也没有停下来。我刚走过转角，就看到电梯门正在关闭，我设法及时挤了进去。我要见妈妈，我得把关于金克斯的一切都告诉她。

但是，如果她想把金克斯交出去怎么办?

我不确定我能做得到。

我笨手笨脚地掏出钥匙，进入公寓。

“妈妈?妈妈，你在家吗?”我一进门就大声喊道，没有回应。我试着回想她今天是不是上晚班，但我记不起来了。

公寓很小，我没花多长时间就找遍了整个屋子，我仍然紧紧地抱着金克斯，不想放下它，家里没人。

一声响亮的铃声打破了寂静，吓得我心都差点儿跳出来。我懵了一会儿，才意识到是我们家的电话响了。我跑到挂着电话的墙边，吹掉上面的一层灰尘，并且拿开一堆塞在听筒后面的信封——我们几乎从不用它，因为我们的巴库都是自动连接着大楼的通信系统的。

“喂?”我试探地开口。

“莱西?”

听到是达尔文熟悉的声音，我松了一口气:“是的，是我。”

“太好了，很高兴我终于联系上你了——不知道为什么，我没能联系上你的巴库。”

我低头看着怀里毫无生气的金克斯:“啊，是的，它这会儿停止运转了——说来话长。”

电话那头停顿了一下，巴库应该永远不会停止运转的。但是，达尔文已经习惯听到我说奇怪的事情了，他并没在意，而是接着说道:“你很快就上楼了，我没来得及告诉你。你的一些朋友刚到不久，你把他们列在已批准的会面名单上了，所以他们应该已经在地下室了。还有，如果你有空的话，我的巴库最近总是失灵——”

什么?我的朋友来了?这怎么可能?我以为他们恨透了我。但是，也许还有挽回的余地……

达尔文喋喋不休地说要我帮忙修理他的巴库，我根本没听进去，我现在没有时间做修理工作。我嘟囔了一句晚些去找他，然后就挂了电话，飞速地跑回电梯。

我到达地下室时，里面一片死寂——甚至连保罗修理东西的声音都听不到。一种不祥的预感笼罩在我心头。如果这是个陷阱怎么办？如果是卡特假装我的朋友来到这里怎么办？我试着安慰自己：达尔文见过托比亚斯战队的成员，他不会随便让人进来的。

当我走过一辆辆汽车，转过转角来到储物室时，我的心沉了下去。那儿一个人也没有，但有证据表明，他们确实刚离开不久。储物室对面的墙上，有两个用喷漆写成的字：叛徒。

看来他们终究还是没能原谅我。我瘫坐在地上，背靠着储物室的门，泪水在眼眶里打转。一切都在分崩离析，而我却没有能力去修理这些。

我需要帮助。我可能无法再依靠队友了，但是，还有一个人我可以依靠。

我需要佐拉，不管她愿不愿意。

第三十一节

“你再说一遍。”

我咽了咽口水，虽然我只想盯着地面，但我还是抬起头，直视着佐拉的眼睛。我们在储物室里，佐拉正坐在旧电脑屏幕旁的凳子上，我盘腿坐在地板上。“我不知道金克斯到底是怎么运转的，它其实不是我的。”

“你偷了它。”

“我没偷！我……我捡到了它。然后，我把它修好了。”

“但是它不属于你。”

我停顿了一会儿，然后摇摇头：“对。”

“我不明白。”她说着，也慢慢地摇了摇头，“这应该是不可能的，你不能把别人的巴库据为己有。”然后，她用闷在喉咙里的声音轻轻地说，“我就知道事情不对劲。你为什么不早告诉我？”

这才是真正困扰她的问题。其实，我也不知道这个问题的答案。

“我不知道……我猜是因为我害怕。一开始，我非常专注于修好它，这样我就可以去普罗菲特斯了。但是，渐渐地……我爱上它了，佐拉。我害怕如果有人知道真相，会把它带走。我以为，如果没有人发现，也许我就可以永远拥有它。”

她俯身抓住了我的手，显然是看出了我眼中的痛苦。“不管那些人是谁，如果他们知道金克斯在这里，你怎么留得住它？”她若有所思地说，“他们一定会来把它带走的。”

“那倒是。”我说，“也许它一点儿也不特别，也许我只是错把它想成那只异常巴库了。”

“你老师的故事也挺牵强的。他在星火工作，对吧？那你怎么能相信他呢？”

“我不知道。”我说，“但金克斯确实与众不同。我们交流的方式很不同，我能在脑海中听到它的声音……”

“等一下，打住。”佐拉挥手打断我，“就像心灵感应那样？”

“差不多吧。”

她低下头，好一会儿才缓过神来。

“它做事根本不需要我的命令。”我继续说。

“你能给我展示一下吗？”

我可怜巴巴地指着金克斯爪子上的黑标。“得等到明天早上了。”我皱着眉头说。

“那么，我们来研究一下怎么样？也许我们可以在代码中找到些什么，帮助我们搞清楚状况。否则，我想你只能上报这件事了。如果金克斯用到的是类似心灵感应这样的非官方技术，那么它很可能并不安全。”

一想到要把金克斯上交，我就口干舌燥。谁知道他们会对它做什么？照贝尔德先生的猜测，他们是想毁掉金克斯的。

我不能让这种事发生。我知道我们之间的联系是真实的，它是我的巴库，我的伙伴，没有人能否认这些。

几乎是出于本能，我伸手摸了摸金克斯的头。

我反应了一下，然后才惊讶地瞪大了眼睛：“等等？你愿意帮我看一下它的代码吗？”

佐拉在座位上扭了扭身子，莱纳斯不安地从她肩膀的一侧挪到了另一侧：“下不为例。”

我跳起来抱住她：“谢谢，谢谢，谢谢！”

她大笑起来，直到我放开了她。然后，她皱起眉头，额头上出现了两条细纹：“你曾经看过它的代码吗？”

我点了点头，然后扯了扯衣领的边缘：“看了，但我没看懂太多。你懂的，这是你的专长。”

“那当然。不过我已经有一段时间没弄过代码了……”

我把手放在她的肩膀上，直视着她的眼睛：“你是我见过的最棒的代码员之一，佐拉。只要你愿意，你能吊打普罗菲特斯的所有人。”

她点点头，但紧皱的眉头却并未放松。我知道我无法说服她相信自己——她只有亲眼看过才会相信。我将金克斯递给佐拉，然后我们一起把金克斯连接到旧显示屏上。佐拉敲击了几下键盘，带着远超平日的迟疑，仿佛那些按键是玻璃做的。但渐渐地，她的手指越来越自信，敲击的速度也越来越快，就像钢琴家越来越激动地弹奏一首乐曲。然后她的速度变得飞快，她没有用电脑的旧操作系统，而是打开了一个能让她潜入金克斯内部工作系统的程序。她的手指轻敲几下，将金克斯的代码调出到我们四周的屏幕上，直到我们被黑底绿字的代码文本淹没。这才是我所熟悉的佐拉，她的下唇因聚精会神而嘟了起来，深色的眼瞳扫视着每一行代码，试图理解她所看到的一切。她比我的理解速度快得多——她的大脑能像读书一样轻松地阅读代码——或者说，像音乐家一样，她能理解所有的音符并听到整首曲子。她还能准确地找出哪里出了问题，或者哪里有所不同。

切分音。

不和谐音。

佐拉坐在凳子上向后仰去，仰得如此靠后以至于我担心她会摔过去。为了以防万一，我站在了她身后。她轻轻地吹了一声口哨：“哦，我的天啊，莱西。”

“什么？怎么了？”我尽可能快地扫视着代码，但对我来说，它们移动得太快了，也太复杂了。我盯着屏幕，眼睛都看花了。我更喜欢借助工具解决机械问题。

“我从来没见过这样的代码。”她的手指慢了下来，时不时敲出一小串字符，试图更深入地研究金克斯的操作系统。我变换了一下姿势。突然之间，这一切都显得极具侵犯性——金克斯对我来说太过真实，就好像我们不是在查看它的代码，而是在为它做脑外科手术。我最担心的是我们会不会伤害到它的某些重要程序。

“这里有几行代码，”她伸手指着屏幕，“就是不停跳来跳去的那些。看！”几乎就在我们看过去的同时，那串代码从屏幕的一个部分移动到了另一个部分。“正常的代码绝对不应该这样。但是编出这套程序的人很优秀，非常非常优秀。这套程序有一种……我很久不曾见过的优雅感。啊！”

“什么？”

“看到这个了吗？”她指着一行代码。起初，我看不出是什么引起了她的兴趣。但当我眯起眼睛仔细看，我能看出那一块的字母和数字与周围的看起来略有不同。“太明显了，对吧？”她回头看着我。

我对着她挑起一侧眉毛：“明显吗？”

对于我代码能力的匮乏，佐拉夸张地叹了一口气。我咧嘴一笑，捏了捏她的肩膀。“我很好奇这一行行美丽的代码中间怎么会混杂着这些大段大段的丑陋代码。我真不敢相信你居然看不见它们，我是说，这就像一排整齐的玫瑰中长出了一丛杂草。”

“我有点儿明白了……”我一边说，一边眯起眼睛。

“这些是黑标引起的。如果附上黑标，操作系统就会被这些丑陋的代码感染，并且阻止所有程序的运转。没什么办法能把这个取下来吗？”

“我觉得没有。”

“嗯。好吧，我试着绕过黑标代码读一下。”她专注地盯着代码，偶尔会停下来放大特定的部分。时不时地，她会对其中的某一行代码嗤之以鼻，或者发出一种我认为是源自敬畏的叹息。大约十分钟后，她把一根辫子放到嘴里开始咀嚼。这个动作让我明白了——事态真的很严重。

我虽然害怕她即将发现的东西，但看到她的做派我又心潮澎湃起来，这意味着我熟知的佐拉一直都在。

我企图依靠整理柜子周围的箱子来分散自己的注意力，并且开始擦洗“叛徒”字样的油漆，我可不想每次来这里工作时都看着这两个字。而且，人们可能会因此而有所疑问。佐拉就问过了，但我不能违反普罗菲特斯的保密协议，所以无法告诉她巴库战斗和我的队友的事。

我拉下几个箱子，然后另一样东西从高高的架子上掉了下来，是蒙查商店的盒子。那只可怜的圣甲虫巴库仍然被包裹在它的包装里，自从佐拉对它稍加改造后就一直在那儿，没有人爱它。它一定以为自己会被连接，但那并未发生。

不知为何，愧疚感充斥着我的胃。

佐拉在凳子上坐得更直了，这引起了我的注意。我把装着甲虫的盒子放回架子上："怎么了？你找到什么了吗？"

"我不确定……"

"你到底在找什么？"我问。

"代码员通常会留下自己的签名——写了这么一大堆东西却不留下任何和自己相关的痕迹可是很难做到的。虽然这套代码也有可能是蒙查的一个团队一起写的，但就我看来，我找到了很多印记，足以证明这是同一个人的杰作……这可不是什么'照本宣科'的项目。等一下……"

她暴躁地敲着键盘，但我看到代码正在迅速下落着从屏幕上消失，就像一场猛烈的暴风雨中落下的雨水。很快，屏幕上什么也不剩了。

"发生了什么？"我问。

"有什么……东西……还有……一层……"

屏幕上很快闪现了另一层代码，但不是用亮绿色写的，而是闪耀的亮金色，就像焰火的火花。然后，就像出现时一样迅速，它消失了。

"该死！"佐拉的手重重地砸在键盘上，但我们面前的屏幕一片漆黑。佐拉重重地喘着粗气，就好像她刚刚是在跑道上跑步，而不是坐在凳子上打字。她的额头上沁满汗珠，但她还在继续敲击键盘。她试图调出之前正常的代码，但没有成功，屏幕仍然空空如也。

她向我转过身来。"这到底是什么东西？你从哪儿弄来的？"她用手指戳着金克斯了无生气的身体。

"我不……我不是告诉你了……"她滔天的怒气差点儿把我震

傻了。

“我们刚才看到的所有代码？那些优雅的用词，夹杂着丑陋段落的……”

“是它的代码和黑标的代码。”

“不是。那一切都是幻觉，就像一层掩护、一个虚假的外壳。我从未见过这样的事。我本来突破进去了，但是……”她对着屏幕举起双手，“它却把我拒之门外了。”她低头看着那只蜷缩在桌子上的小小的机器生物，好像它是什么外星生物。

“但是它还带着黑标呢，它什么也做不了。”我把它和电脑的连接断开，将它抱进怀里。我意识到我害怕佐拉的眼神，我不知道她会怎么做，她可能会带走它，我不能让这种事发生。

“你得把它交出去。”

“佐拉，你不能让我这么做。”

我们对峙着，看着对方，我的怀里抱着金克斯，莱纳斯站在佐拉耳边。最后，佐拉的肩膀耷拉下来：“我不会告诉任何人。但答应我，一定要小心。你的巴库不正常，你无法控制它，它不是你想的那种伙伴。”

我想要开口抗议，金克斯到底是什么不重要，我仍然很爱它。

但佐拉继续说道：“看看周围这些——”她指了指墙上的“叛徒”两字。看着残留的咖啡杯和拉面杯，我撇了撇嘴；然后我看了看我眼下的眼袋和我没时间洗的油腻头发，又撇了撇嘴。“我知道你试图相信自己能控制现在的局面。但是莱西……”莱纳斯和佐拉同时瞪大了眼睛盯着我，“我不确定到底是谁在控制着谁。”

第三十二节

在贝尔德先生令人震惊地自曝了身份后的一个星期中，我像过街老鼠一样坐立不安，每到转弯处都想象着会有人冲出来把金克斯带走。

但一切都没有改变。甚至连卡特都好像放弃了他的宿怨；我以前的队友仍然无视我，有一次我从凯身边经过，他威胁地将手里的一瓶喷漆翻了个个儿。至少我知道那个“叛徒”是谁的杰作了。

我像往常一样去上课，低着头，利用被孤立的机会重新集中注意力。第一次，我在历史和法语课上全神贯注，连我的老师们都大吃一惊。

这整个星期只有一个时刻使我想起了上星期发生的各种疯狂的事情。

那是巴库战斗后的第二天早上，学校公布了结果：因为没有队伍能够修复他们的巴库，所以没人能从我这里分走点数。之后，我不得不去见贝尔德先生以移除金克斯的黑标。

我尽量不去和他对视，但他表现得好像前一天晚上没发生什么不寻常的事情似的。我猜他在做商业间谍的这么多年中一定经常需要这样的演技。

“干得好，莱西。”解除黑标后，他说道，“祝你下次战斗好运。”

“谢，谢谢你，先生。”我结结巴巴地说。

奇怪的事是在我回到课桌时发生的。

>> 你看了我的代码。金克斯说。

“是的，和佐拉在一起看的。”我回答。

>> 你发现什么了吗?

“没有……对不起，金克斯。”

它发出哔哔声，我把这理解为一声叹息。

>> 别担心，我做得已经足够让我们两个都搞清楚真相了。

“你做了什么？”

它没有回答。

“金克斯？你什么意思？”

然后，我的问题一股脑儿都跑了出来。

“你知道了你为什么在河谷底部吗？你还记得我把你带回来之前的事吗？”所有我想问但却没有问的问题，以及最重要的那个问题，“你想起是谁创造了你吗？”

>> 不，但快了。它回答说，它那机械的语调头一次变得异常冰冷。

即使到了现在，它依然拒绝进一步解释。我不在乎，只要金克斯在我身边就行，而且一切都恢复了正常，我很开心。

周五下课后，我留下来和贝尔德先生谈了谈。

“看起来并没有人在找金克斯。”我告诉他，“我知道你可能认为我有危险，我很感谢你的警告。但是，金克斯不是你要找的什么异常巴库——它很正常。我还想让你知道，为蒙查公司工作仍然是我的梦想。我最想要的就是这份暑期实习，这点未曾改变。”

他沉默了一会儿，对我来说像一辈子那么长。然后，他点点头：“看来即使我想让你改变主意，也做不到了。”

“可是……我还想告诉你，我是不会泄露你的秘密的。”

贝尔德先生审视着我的脸：“我很感激。”

我转身要走，但贝尔德先生又开口了：“莱西，你要知道，如果那只异常巴库真的落入坏人之手……那么，到时候危如累卵的将不只是区区一场学院竞赛。”

我咽了下口水。“我明白。”我说，尽管我不确定我是否真的明白。

当我离开贝尔德先生的教室时，我惊讶地看到杰克在等我。他脸上带着友好的微笑，这几乎让我心碎，这整个星期我都没在普罗菲特斯看到一张友善的面孔。“只是想和你确认一下，你没发现什么新规定阻止你明天参加比赛吧？或者，明天的战斗，你该不会其实有十只巴库并肩作战而不是就这一只吧？”

我摇摇头：“没什么策略，也没有什么战术，我只能硬着头皮熬过这场了。”

他挑眉道：“熬？不打算赢吗？那可是蒙查总部的暑期实习，还有和莫妮卡·陈一对一的机会哦？”

我咽了下口水。在他的眼里，我就像一本超大字号的电子书。

看到我的表情，他大笑起来：“顺便说一句，我所有的钱都压在你身上了。”

“这似乎是个糟糕的选择。”

他目光一闪：“你看，这你就错了。我当然会把钱押在你身上。钱，蒙查币，天啊，我甚至愿意用考试不挂科赌你会赢。你是大热人选。或者，如果需要帮助来回避你不想回答的问题，帮我写几份作业，我就给你当保镖。说到保镖……你确定你不能偷偷带我去参观蒙查总部的幕后吗？”

我耸耸肩：“不行。只有队长能去。”

“该死。还以为作为你在学校唯一的朋友可能会有点儿甜头。”

这话很伤人心，他也注意到了。他紧紧抓住我的上臂：“管他们呢。你有一只出色的巴库，而且你才第一年参战，就已经吊打参加过好几年的人了。你正在通往蒙查巅峰，只是上位了之后可别忘了那些对你好的人。”他向我眨眨眼。

“一定不会。”我说。

“那就，祝你好运吧！”

“希望我不会让你失望。”这段时间我都在尽量低调行事，担心有人会把金克斯带走，所以都没有特别准备战斗事宜。

“如果只有你一个人，我可能会担心。但是有那只巴库在你身边，莱西，你将战无不胜。”

CHAPTER 5

第五章

蒙查总部

第三十三节

我的视线越过大门，凝视着蒙查总部的入口，金克斯在我脚边踱着步。

发生了这么多的事，我几乎没心情停下来端详一下这里。我猛地呼出一口气，看着哈气在我面前冰冷的空气中化作了一朵白云。我面前的大楼就是我梦寐以求工作的地方——莫妮卡·陈工作的大楼。

这里是巴库诞生的地方。

这里是奇迹发生的地方。

这里也是，爸爸曾经每天来上班的地方。

我交替活动着两只脚的脚趾来保暖。蒙查总部坐落于多伦多市中心东部的安大略湖畔，这块地区在二十年前被称为“酿酒区”。巴库节奏的仓库就在街角处，我曾和我的前队友们在那里庆祝。我记得以前在哪儿看到过这样的介绍：“酿酒区曾经是莫妮卡·陈在这个城市中最喜欢的一片区域——古老的红砖房和现代化的玻璃大厦交相辉映，这种历史和现代化的碰撞让她很开心。而且，她最喜欢的咖啡店也在这里。”

后来，莫妮卡赚到了钱，买下了这个区的历史建筑，建造了她的总部。

这一举动在当时备受争议，很多人抗议这位年轻的科技公司CEO的到来，他们认为她霸占的不仅仅是一处旅游胜地、一处电影取景地，更是一处对这座城市来说充满历史意义的地方。但莫妮卡的这一行为却赢得了现在所有人的支持，她为公众保留了这片地区的历史感与开放精神，同时又让总部本身笼罩在神秘之中。蒙查总部花了将近十年的时间才建成；而现在，同一地区一座六十多层高的公寓大厦拔地而起只需要几个月的时间，这跟十年前比起来真是不可同日而语。然而，无论从外面看还是从空中俯瞰，蒙查的到来都没有给酿酒区造成什么变化。许多竞争公司派无人机在蒙查总部的上空侦察大楼内的确切情况，或者贿赂员工和工人去做间谍。但蒙查从来没有过任何公开泄密。它就像威利·旺卡的巧克力工厂——完全是公开的，但又被完全隐藏着。

而我就要得到进入的许可了，希望我不会失望。每当有员工从我身边经过并走进大楼时，我就伸长脖子往里看。但就我目前所见，里面的大厅看起来和其他公司的办公室没什么两样。

金克斯坐在我的脚边梳毛。我不知道穿什么好，所以我穿了最符合公司氛围的衣服——一条我管妈妈借的朴素的黑色连衣裙，外搭一件深红色的羊毛衫，套了件羽绒服来抵御十一月的冷空气，下身穿了一条厚实的黑色裤袜和万年不变的漆皮玛丽珍鞋。玛丽珍鞋让我感觉自己又像五岁，又像四十岁，真不知道它是怎么做到的。如果有人看到我挡住眼睛的不对称短发和厚厚的眼镜，一定不会觉得我有资格在蒙查工作。看着进进出出的蒙查员工都穿着汗衫和派克棉服，我真希望我穿的是普通的校外服装——运动鞋、牛仔裤和解开一颗扣子的衬衫。

金克斯震动起来。

>> 老师和敌人正在靠近。

我抬头看到贝尔德先生和其他队长。我忍住不安感和再次见到托比亚斯时的复杂情绪。他的脸被夹克的兜帽挡住了，身体佝偻着，背对着我。

我不知道哪种情况更糟——是托比亚斯不理我，还是杰玛和艾丽卡脸上不加掩饰的敌意。他们都带着自己的新版本巴库，用以代替在巴库战斗中被金克斯摧毁的巴库。

我眼圈红了，但我忍住了眼泪。现在，我在蒙查总部，我要充分利用这次机会。

“在我们进去之前，”贝尔德先生说，他的声音有些发紧，“恐怕我得把所有人的巴库都打上黑标——安全原因。”

>> 不，我不要……

金克斯在我的怀中不停地扭动，想要逃跑，但是贝尔德先生及时给它贴上了黑标。我感觉很难受，仿佛我辜负了金克斯的信任。但也许这样对我们俩都好，至少被贴了黑标的它不会引起不必要的注意。我深呼吸了一下，提醒自己要充分享受这次参观之旅，毕竟这座大楼是我毕生的梦想。

从自动门进入后，我倒抽了一口气。

我之前看到的——和其他所有无聊的公司大楼一样的大厅——只是一种幻觉。那是一幅放在门后的全息影像，是用来糊弄所有向楼内窥视的人的。

真正的大厅什么样儿？那是一座充满了阳光、绿色植物、空间和线条感的大教堂。这座建筑并不是我在老式科幻电影里看到的那样——没有充斥着闪亮的铬合金和玻璃的未来感（未来感只体现在四处游荡的巴库这点上）。这里的地板是由温暖的红砖和马赛克瓷砖铺就的，做过翻新改造，可以利用透过镶着铁框的窗户照进来的自然光；还有挂满葡萄藤和常青藤的小径，以及偶尔绽放的花朵带来的明艳色彩。大厅中央的一处喷泉为整体气氛增添了几分宁静；到处都有供飞行型巴库休息的栖木，墙壁四周都有供陆路型巴库使用的越障训练器械和随处可见的连接点。

一位年轻女子在喷泉处迎接了我们，她身边有一只漂亮的猞猁型巴库。她走上前去和贝尔德先生握手：“这些就是这届的战队队长们吗？”她问完，向我们露出了一个灿烂的微笑。

“一个不少，而且个个实至名归。”贝尔德先生回答。

“那么，如果你们准备好了……就跟我一起展开这段壮观的参观之旅吧！我的名字是妮娜·菲奥蕾，这是我的巴库，布赖特（意为“明亮”）。我是蒙查公司的一名高级巴库设计师。离巴库战斗开场还有一小时左右，要做的事太多了。”她神秘兮兮地靠近我们，“我们很多同事都要求下午休息去观看比赛——很多参加过巴库战斗的普罗菲特斯校友都在这座大楼里。期待你们的精彩表现！我尤其迫不及待地想看看那只老鹰巴库的表现。我上次见到它的时候，它还只是蒙查头脑风暴实验室里的几张铅笔绘制的草图。”我惊讶地看着她从眼角抹去了一滴泪水。然后，我的心因自豪而膨胀起来。我一直知道蒙查的工作人员真正在乎他们所创造的东西，这滴眼泪就直接证明了这点。

“说到这个，”妮娜平静下来，继续说道，“我们现在就去头脑风暴实验室吧。从那里开始参观再合适不过了……”

如果要我总结一下我在接下来的一小时中的所有感觉，我会说我的感情在兴高采烈、惊奇、开心、好奇与敬畏之间不断转换。我所有的不安和不适都被抹去了，这里比迪士尼乐园和圣诞节还要棒。蒙查的内部运作正是我期望的那样，甚至超出了我的预期。

超出预期是因为人们似乎真的很享受在这里工作。头脑风暴实验室里挤满了一起工作的人，他们用巴库将自己的想法投射到白色的大桌子上。我们还看了制造工厂，它就像我的地下储物室的高端版。我看到了所有我能想象得到的不同种类的材料和机器，它们都是最先进的。而且，当我们经过的时候，里面的巴库工程师们都在微笑着朝我们挥手。

妮娜告诉我们，蒙查总部完全自给自足，机器和电脑使用的都是屋顶太阳能板提供的绿色能源，甚至连水也是每天循环使用的，所以蒙查总部完全不会占用城市的水电供应。这里的工作、生活和电视上描述的一点儿都不像——日常的苦差事，还有烦人的通勤，这些都没有，空气中弥漫着一股由衷的、强烈的兴奋感，这些人为不同的使命努力着。我真希望妈妈和佐拉在我身边，这样，她们就会明白我为何不愿意“退而求其次”了。我想争取更多机会，我想为这样的生活奋斗，为快乐奋斗。

然而，我还是我，所有的这一切都伴随着一种潜在的恐慌——也许我无法进入蒙查，即使是那几位愤怒的队长也无法让我感觉如此糟糕。其他的队长似乎对他们的能力很放心，他们与生俱来的自信闪耀着光芒，他们从未质疑过自己在这里的地位。而我，虽然我知道自己自打出生以来就想成为一名巴库工程师；虽然连我手上的戒指都在告诉我，我的血液里传承着工程学；虽然金克斯、艾罗和朱庇特都是我技术不错的证明，但我依然担心自己不属于这里。

不，不是那样的，我提醒自己：“你感觉不舒服的原因是因为你并未靠一己之力挣得普罗菲特斯的一席之地。你没有被录取，没有被选入托比亚斯战队，这些都是错误。你从来就不是外卡选手，那只是侥幸。你真正的巴库正坐在你储物室架子上的一只盒子里，你应该在圣艾格尼丝。”

但又有另一个声音。那个声音说：“无论侥幸与否，你现在就在这里。你要欣然接受这些，尽情享受这些。而且，你必须带着这些前进，用最快的速度，尽最大的努力，让别人很难再把这些从你手中夺走。”

也许这些总有一天会轰然倒塌，但最终按下炸弹上引爆按钮的，绝对不可能是我自己，我绝不会自动放弃这些。

我们走下几段楼梯，随着战斗时间的临近，其他队长之间的紧张气氛也越发浓厚。

虽然我们已经来到地下，但走廊非常宽阔，天花板的挑高也很高，所以感觉上光线很充足。每隔一段距离，还有展示着不同的户外景色的“窗户”，如令人惊叹的瀑布或茂密的森林。

妮娜在一扇黑色的门外停了下来，门上有一个艺术字体写成的“BB”。这时，我才意识到最后的巴库战斗即将开始，我的手指不安地摆弄着金克斯的身体。

“希望你们喜欢这次的蒙查总部参观之旅！我期待着你们当中的一位回来参加暑期实习。”妮娜眨眨眼说，“祝好运——愿最棒的巴库胜出。”

门开了，贝尔德先生招呼我们进去。我们被带到一个房间，其他队友正在那里等着我们。当其他队长加入他们的队伍时，我犹豫了一下，然后走向写有我名字的名牌。其他队伍的名牌都是精心设计过的：

杰玛的是霓虹灯拼成的；托比亚斯的则用了一套简洁的金色无衬线字体；多里安的字体是 20 世纪 20 年代好莱坞风格的黑白字体；艾丽卡的字体是精心设计过的手写体；而皮尔斯的字体则是最夸张的，看起来就像闪电一样。

“参战巴库在中央集合。”

其他队长都熟知流程，但我什么都不知道，我只好等着，看大家怎么做。在房间的中央有一个展台，托比亚斯、皮尔斯、多里安、特伦斯（来自艾丽卡战队）和凯拉（来自杰玛战队）一个接一个地把他们的巴库用带子系在桌子上。

我走上前去，轻轻地放下金克斯，把带子系好。贝尔德先生目光锐利地盯着金克斯，从它的爪子上取下了黑标。

金克斯马上恢复过来并立刻紧张起来，因为被带子绑着，所以它无法移动，虽然我看得出它很想动。

>> 发生了什么事？我在哪儿?

“我们在蒙查总部里，你现在在巴库圆环里，准备进入最后的巴库战斗。你不记得了吗？我们进入大楼时，他们要求我们在你们身上贴了黑标。”

>> 不记得了。我们离开这儿吧。

“金克斯，没事的。我们只要再进行最后一场巴库战斗，然后就再也不用战斗了。如果你不想战斗，我也不会逼你的。”

“朱小姐？”贝尔德先生挑眉道，“请回到你的战台。”

我退回到我的名牌那里。

>> 别把我一个人留在这里。金克斯说。

“就这一场战斗。”

>> 然后我们就走吗?

“我保证。”

这是我第一次看到它惊慌失措，甚至害怕。我不明白它为什么会这样，这让我比之前更紧张了。

“战士们，这边走。”贝尔德说。

其他战队都在冲参战者们齐声高呼“祝你好运”，但没有人给我加油。我咬紧牙关，下定决心要尽快做个了结。这样，我就可以回到金克斯身边，问问它到底怎么了。我们被带进了另一个房间，房间里有很多玻璃圆筒——那是带我们进入竞技场的电梯。我的玻璃圆筒在多里安和托比亚斯之间——这是个令人不太舒适的位置。

“好了，斗士们，这一轮可供瓜分的总分是 500 分。这意味着你们中只要有人胜出，就有机会获得大奖——蒙查总部的暑期实习机会，部门任选。战到最后的一只巴库，或者所有能坚持三十分钟的巴库，将被宣布为胜利者，其他战队在明天早上之前仍有机会修复他们的巴库。但如果你在不到三十分钟时让巴库脱离战斗，那么你将失去瓜分点数的资格。大家都明白了吗？”

我们点点头。

“正如菲奥蕾小姐所说——愿最棒的巴库胜出。”有那么一刻，贝尔德先生的声音听起来很悲伤，失去了平时的冷静。他用手指捏了捏鼻梁。我向前迈了一步，进入了圆筒，然后玻璃门“砰”的一声关上了，贝尔德先生也离开了房间。

然后，聊天开始了。

多里安朝我打了个响指，我不情愿地把头转向他的方向。他浓密的黑发被发胶固定住，在前额形成一个完美的波浪形。“祝你好运，菜鸟，你用得着。”

我喉咙发紧，没有回答。相反，我看向另一边一米多开外的托比亚斯，他的手指紧紧地攥成拳头，他一定能感觉到我在看他，因为他把头转向了我，他的眼睛颜色很深，但他什么也没说。

我没有时间去想他不理我这件事。电梯震动起来，我上升进入竞技场。在人群的喧闹声中，我几乎无法思考。人群里有所有来自普罗菲特斯的学生，还有许多蒙查的员工。我眨了几下眼睛，试图适应这个竞技场的规模——它的规模肯定是普罗菲特斯那个的两倍。巨大的聚光灯照在我们身上，太亮了，几乎要把我晃瞎了，我举起手挡住眼睛，直到它们适应。

我的左边是多里安和他的狼。

我的右边是托比亚斯和他的老鹰。

但在我的面前，什么都没有，金克斯不在那儿。

它不见了。

第三十四节

其他巴库开始在我周围各自采取行动，但只持续了一小会儿，哨声就响了起来，一切都戛然而止。

吹口哨的老师不是贝尔德先生，而是格兰特博士。“斗士们，停！”她向我们大喊道。其他的参战者疑惑地面面相觑，他们的巴库僵在原地，而人群的情绪也从狂热变成了恼怒。

托比亚斯是第一个发现问题所在的人。“莱西，金克斯呢？”他在他的位置上冲我喊道。

金克斯本应该出现的地方是空的。我的心跳像打鼓一样：“我……我不知道。”

格兰特博士的声音响起，盖过了人群的嘈杂声：“朱小姐，你的巴库必须上场，否则我们将不得不暂停整个比赛。所有参战的巴库都必须露面并战斗，而且所有战队都必须至少派出一只巴库上场战斗。”

我不知道金克斯在哪儿，我不知道它发生了什么事。而且，贝尔德先生在哪儿？我真是大错特错，我不该把金克斯单独留下的，恐慌涌上心头的同时，我也看到了机会。

“那就取消我的资格吧。”我快速说。我的眼睛扫视人群，看到杰克的脸色因为我的话而沉了下来，然后被愤怒所笼罩。我又要失去一个朋友了，但在这一刻，我不在乎，“我放弃我的点数和我竞赛的资格，让其他团队争夺实习机会吧。”我讨厌自己的声音听起来尖厉又绝望，但只要可以了结这种痛苦，我不在乎。

“行啊，让她退出！”杰玛在她的战队包厢里说道，看到她希望我失败的想法即将成真，她很高兴。听到“退出”这个词，我的心揪了一下，但是没错——我想退出。我想离开，想变回那个一年生队员，那个隐藏在幕后的机械师，而不是队长。

我想找到金克斯。

然后，我想回家向妈妈和佐拉解释一切，她们一定会帮我想出解决办法。

格兰特博士摇了摇头："没人可以退出。规则很明确，队长一经登记就必须参战。战斗将于明天重新开始，如果你的巴库仍然没有出现，那么惩罚将是一个星期的休学，而且我们将不得不考虑是否要将你开除。"

泪水刺痛了我的眼睛。休学，还可能被开除。

但我担心的并不是被学校开除的恐惧。"金克斯，你在哪儿？"

我扫视着其他参战者，他们都瞪着我——除了托比亚斯，他拒绝和我进行眼神交流——但我却几乎看不清他们。我脚下的地板在震动，我们一个接一个地被带回地下的准备室。抱怨声和嘘声在人群中此起彼伏——他们本来期待着一场激动人心的战斗——一直到我降入准备室都不绝于耳，我甚至感觉到有人用爆米花包装纸团成的球砸我。

我的大脑飞速运转着。金克斯怎么了？我希望它是跑了，或是藏在什么地方；但我的直觉告诉我，不是这样的。

我刚一踏出圆筒电梯，托比亚斯就从我身边走了过去。"好极了，我们又要重新走一遍过场了。艾罗，我们走。"他对着他的巴库嘟囔着，"我们去训练。不妨利用这被浪费的一晚做点有意义的事。"

"谢谢你，莱西。"杰玛一边说，一边冲进她的战队休息室去找凯拉，她的每一个字里都溢满讽刺，"你为什么非要把不可避免的事情一拖再拖呢？你迟早会输的，你深爱的小机器也会被摧毁，就这样，游戏结束。"

"生活不仅仅只有巴库战斗，杰玛。"我反驳道。

她盯着我，然后摇了摇头："你本来很有潜力，我还以为你会是个好人，不会被多愁善感冲昏头脑。看起来，你和其他人一样。"

她和凯拉离开了房间，只剩下我一个人。

“金克斯？”

没有回答。它没有任何回应。我摸了一下我将金克斯放下的地方，没有线索表明它去了哪里。

我一直在压抑的恐慌慢慢回升。我一直靠“金克斯有时就是这样”这个想法撑着。它总是从我身边跑掉或者消失不见，但它总会回来。

如果这次它没有回来呢？如果真的只剩我一个人了呢？不，不会的。

那么只有一种可能性，它被带走了。

我从房间里跑出来，径直追上了格兰特博士。“贝尔德先生在哪儿？”我问。

她皱着眉头，舌头抵着上颚：“他被解雇了。”

我面无血色：“什么？”

“就在开战前几分钟，我打发他收拾东西离开了。听着，朱小姐——我对你很失……”

“对不起，格兰特博士，我必须得走了，得在明天之前找到我的巴库。”

通常情况下，如果我对普罗菲特斯的校长如此无礼，我心里会很害怕，但我一刻也不能浪费，我冲出了竞赛厅。

“朱小姐！朱小姐！”她在我身后大声喊道，但我没有停下来。

我一步两级台阶地冲上楼梯，利用冲刺时产生的惯性抓住栏杆甩过转弯处，以便让自己更快地向前冲。我又来到了美丽的中庭，但我来不及仔细欣赏。我的心思都集中在一个目标上——我得追上贝尔德先生。

我冲出大楼跑到了停车场，看见贝尔德先生上了车，我设法及时拦下了他。

“它在哪儿？”我用手拍打他的车顶，然后从后窗往里望，试图看看车里是否藏着金克斯。贝尔德先生只需要一个黑标，就可以把金克斯偷偷带出蒙查总部，轻而易举。

他摇下车窗时确实看上去很狡猾：“谁在哪里？你在这里干

什么？”

“你在说什么？金克斯在哪儿？我知道，是你在开战前把它带走了。”

“带走金克斯？什么？它不见了吗？”

“它当然不见了，不然我现在会在蒙查总部参加巴库战斗——你很清楚这一点，没有人会偷金克斯，你跟我说过你想要它。现在就把它还给我，否则……”

“否则你还能做出比让我被解雇更糟的事吗？我只是想保护你，而你却被你对蒙查公司的忠诚蒙蔽了双眼。”

我往后退了一步，金克斯的消失造成的恐慌和愤怒与贝尔德先生的话造成的震惊互相碰撞着。“让你被解雇？我什么都没做！我根本没有跟任何人说过你的事，而你就是用偷走金克斯来报答我的。我都跟你说了，它就是只普通的巴库。”

他盯着我，审视着我的脸。慢慢地，他脸上深深的愤怒消失了：“你没和任何人说过？”

“没有！”我重复道。

过了一会儿，他说：“我相信你。但我没有带走金克斯。”

“哦。”我靠在车门上瘫坐下去，泪水布满脸颊。我之前一直靠愤怒撑着，现在我觉得自己担心得快要崩溃了，“那——是谁干的？”

他摇了摇头：“你说它是在开战前被抓走的？”

我点了点头：“我最后一次看到它，是我将它放到桌子上的时候，但它并未出现在竞技场中。”

“那就是蒙查带走了它。”贝尔德先生说，声音发紧。

他说出了我最害怕的事，但我还是摇了摇头：“你不能确定。可能是……”

贝尔德先生用怜悯的眼神看着我：“这真的很可惜。我觉得它是个奇迹。也许我之前应该采取更强硬些的行动……阻止你直接将它带去蒙查总部，但你让我相信它是正常的。它已经不在了，接受现实吧。如果它落到蒙查手里，他们一定会杀了它。给你。”他递给我一张老式的名片，因为我没有巴库，没法让他直接把联系方式发给我，“如果蒙查不适合你……也许你会考虑一下星火。”

我颤抖着接过名片，后退了几步，他摇起车窗，车子开走了。我低下了头。

“它已经不在了，接受现实吧。”贝尔德先生的话在我耳边回响。

但我不会接受的，因为事情还没结束。除非我有证据证明金克斯再也回不来了，否则我不会放弃它的。

第三十五节

我想给佐拉发短信，但是没有巴库，我就断了通信。我身上也没钱——没有办法支付去圣艾格尼丝的公共交通费用。我太过依赖金克斯的功用以及陪伴了。

我从未感到如此孤独。一想到找不到金克斯的每一分钟，它都有可能被人摧毁，我别无选择地开始步行。我花了将近一个小时才到达圣艾格尼丝，我面红耳赤，上气不接下气。我径直穿过前门，就好像我是这里的一分子，谢天谢地，去蒙查总部时我没有穿普罗菲特斯的制服。我不知道佐拉在学校的什么地方，所以一时间，我陷入不知所措中，但是我知道，学校里有一处至少可以让我给她发个短信。

我径直向图书馆走去，我知道那里有一排积满灰尘的旧台式电脑。我躲过图书管理员——尽量不惹人注意——在最近的电脑前坐了下来。我清理了一层厚厚的积灰才看到了开关，机器启动得非常缓慢，但最终还是亮了起来。我盯着屏幕看了几秒钟，我基本不记得怎么用旧式操作系统了，但我还是设法找到了一个旧的短信程序。

我输入了佐拉的“号码”（其实是莱纳斯的专属身份代码），然后开始输入。

莱西：你在吗？是我，莱西。

莱西：SOS。

几秒钟后，我收到了回复——我松了一口气，还好佐拉总是盯着她的收件箱。

佐拉：怎么了？ SOS？

莱西：金克斯不见了。我认为有人把它偷走了。

佐拉：？？？！！！？？？

佐拉：那你现在是怎么发短信的？

莱西：我用的是圣艾格尼丝图书馆的一台旧电脑。

佐拉：什么？！我马上到。等我。

果不其然，不到一分钟，我就听到了佐拉的靴子踩在油毡地板上的咚咚声。

“金克斯不见了。”她刚走到我面前，我重复了一遍。

佐拉马上进入了谈正事的模式，拉过一把滑轮办公椅和我一起坐在屏幕前。“我们查一下它最后的 GPS 位置，你可以用旧版的蒙查数据库查。”

我一巴掌拍在自己的额头上，我怎么就没想到呢？我输入了蒙查数据库的网址，然后盯着登录界面。自从十岁时拿到我的第一部手机并设置好登录名和密码之后，我已经好多年没再用过这些陈旧的信息了。最后，我从记忆深处的某个地方挖出了密码。

然后，我沮丧地尖叫起来，居然还有第二层密保！过去的人们是怎么做到的？他们怎么记得住这些字母和数字的随机组合？还有母亲的娘家姓、街道名和宠物名，更别说还要区分大小写，要包含数字、符号或字母，或者这几样都需要。尽管如此，最终我还是想起了十岁的自己对于“你最喜欢的电影是什么”的答案，然后我打开了我的蒙查主页。

页面的布局是如此的过时，想到以前的东西都是这样的，我不禁哆嗦了一下。我在可以显示巴库最近一次 GPS 位置的搜索框中输入了金克斯的专属身份代码。

当然，当然是这样——蒙查总部。为什么我还抱着它在别处的希望？根据电脑显示，金克斯本应该待在我将它放下的地方：竞技场。

“你向警方报案了吗？”佐拉问道。

“还没有……”

我退出了我的蒙查账户，关掉了电脑。莱纳斯从佐拉的手臂上跑下来：“来，用莱纳斯打这通电话吧。”

我点了点头：“莱纳斯，给蒙查失窃巴库专线打电话。”

莱纳斯接通电话时，有一阵短暂的停顿。

“蒙查守卫。有什么可以帮您？”

“我的名字是莱西·朱，我需要报案，我的巴库被偷了。”

“请给出巴库专属身份代码。”

“J1NX89。”

一阵感觉上时间很长的沉默过后：“恐怕我们没有巴库登记在这个号码下。”

“J1NX89，”我重复道，“我是普罗菲特斯学院的学生……”

佐拉在我身侧挑起一侧眉毛。

“朱小姐，你名下根本没有任何巴库。”

“什么？不可能，你可以查看我的记录——”

“我必须警告你，我们对待恶作剧电话的态度是很严肃的。这通电话将被作为一次警告记在佐拉·拉耶尼小姐和她的巴库莱纳斯 354 名下。再见。”

莱纳斯关掉了电话，爬回佐拉的手臂上，我们不敢相信地面面相觑。“没有登记？”佐拉睁大了眼睛。

“他们把金克斯从数据库中抹杀了。”我说，身体震惊得僵住了。

“这意味着蒙查公司已经知道金克斯就是那只异常巴库了。”佐拉咬着下唇说。

我点了点头，眼眶溢满泪水：“佐拉……他们会毁了它的。”

她倾身抓住我的手。“我们该怎么做？”佐拉问道。

我眨了眨眼，紧紧回握住她的手，我头一次因为听到“我们”这个词而如此感激。“我需要帮助。我需要一个巴库至少在三级的人。”

佐拉重重叹了一口气，将二级的莱纳斯紧紧抱在胸前。“你在盘算什么？”

“我觉得……我觉得我需要找回我的队友们。”

第三十六节

佐拉和我约好放学见面，又帮我叫了辆车，送我去我认为我的老队友们会去的地方。离别时，我们拥抱了一下。

“别担心。”她对我说，“我们会把它找回来的。”

巴库工程师新月路很快就到了，车在冰球场边上停下来。我看到托比亚斯战队的成员穿着颜色鲜艳的外套，挤在一起进行战略会议，面前放着热气腾腾的红色咖啡杯——阿什丽要的是热巧克力。我本来缩在夹克领子里，但当我走近他们时，我强迫自己把头抬得高高的。

托比亚斯最先看到了我，他仓促地站了起来，其他人也跟着站了起来，在他身后摆出一副防御的姿态。

“你在这儿干什么？”他厉声说，“还想接着作弊吗？”

这样的含沙射影很伤人，但我不会放在心上。

“拜托，各位……我需要你们的帮助，金克斯不见了。他们抹杀了它的存在，但我认为它可能还在蒙查总部的某个地方。”

“等等。你还想让我们帮你？”托比亚斯双手叉腰说道，“你胆子挺大啊，莱西。你骗了我们所有人，我们把你当成队员对待，而实际上你从头到尾都是个外卡。”他摇了摇头，“你知道吗？也就是我才会觉得受伤——如果我是杰玛——我甚至会钦佩你的冷酷无情，真是让人大开眼界，而我却曾经以为你不是这样无情的人。所以，不要，不要回来寻求帮助。”

我再也无法忍受托比亚斯愤怒的凝视，于是我看向其他队员。但他们脸上也没有任何同情之色，没有人有丝毫动摇：凯没有；里弗也没有——他之前还挺喜欢我的；阿什丽也没有，她仍然板着脸。他们都很支持他们的队长，他们是真正的团队——彼此紧密地联系在一起，拧成一股坚韧的绳。而我只是绳子松散的末端，随时随地想剪就剪。我只是没想到这把剪刀是我亲手递出去的。

“来这儿是个错误。”我说。

“大错特错。”凯嘟囔了一句。

“好了，各位，我们还要准备战斗。”托比亚斯说。

他们没有再看我一眼，转身走出了冰球场并关上了灯，把我一个人留在寒冷和黑暗中。

我回到家，什么也做不了。我没办法追查金克斯的行踪，我也回不了蒙查总部。更糟糕的是，我甚至没有任何可以用来纪念金克斯的东西，它就这样永远消失了。

我把自己锁在房间里，蒙着枕头哭泣，泪水浸湿了枕套。妈妈问我怎么了，我无法振作起来向她解释，现在还不行。

我能想得到的一切我都做了，我好累。

嗯……也许不能说“一切”。

金克斯很聪明。更重要的是，它能自己做决定。

如果金克斯试图给我发短信怎么办？它不可能这么做。我完全断了通信——我没有电话也没有巴库。我真希望我没有把我碎屏的旧手机丢到回收站。

然后，我突然想起。我还有一只巴库——在我储物室的架子上。

“妈妈——我去趟楼下，马上回来。”

“亲爱的，你确定吗？我认为你现在不应该独自一人……”

“妈妈，我没事。”我在她脸上匆匆吻了一下，“我保证我会告诉你一切，只是我得先搞定一件学校的事。”

她审视着我，然后点了点头。

我跑下楼去，走出电梯时正看见保罗朝他的储物室走去。

“保罗！”我大喊。

“哦，嗨，莱西！”他一定看见了我的表情，因为他皱起了眉，“你还好吗？怎么了？”

我控制不住，又哭了出来，我在他面前变成了抽抽搭搭的爱哭鬼，胸膛因啜泣而起伏不定。“是金克斯……它不见了。”

“不见了？什么意思？”

“被带走了。它……它很特别，与众不同。有人想毁了它，而我亲手将它交给了坏人。”这是我第一次对佐拉以外的人说出实情，我不能再隐瞒了。

他没有问我任何我以为他会问的问题，如我是否联系过蒙查守卫。他看起来甚至对我说的一点儿也不惊讶。相反，他和他的狐猴一起用严肃的目光盯着我：“它不是一只正常的巴库，是不是？”

“是的。”我说，声音很轻。

金克斯的消失对我造成了沉重的打击。

“他们在那幢漂亮的房子里盘算什么呢？”他望着远方，声音越来越飘忽。

“保罗？”

他眨了几下眼睛，然后回过神来。他将一只手搭在我的肩上：“我知道失去金克斯对你来说就像是世界末日，但你的未来不是由你的巴库决定的。莱西，你的未来由你自己决定。”

我勉强笑了笑，握紧他的手表示感谢，但是，他不明白我的心情：“我最好继续……”

他点点头，站到一边。但在我离开之前，他说了最后一件事：“听着，小工匠。是你将那只巴库从一堆废铁修复如初。这个夏天你比任何人都努力，不管金克斯是什么……它都是因你而存在，没有人可以否认这点。”

“我明白。”我低声回答。我没有意识到他是如此关注我的一举一动。我的心被填满了——他是明白我的心情的。“谢谢你，保罗。”

“想听听我的建议吗？”

我点点头，等着他继续说下去。“联系莫妮卡·陈。她应该了解一下这事儿。”

“可是……怎么才能联系到她？”

他耸了耸肩："我要是知道，一定告诉你。祝你好运，小工匠。"

联系莫妮卡·陈，保罗说的没错。毁灭一只巴库……即使是一只异常巴库……听起来不像是莫妮卡会希望她的公司做的事。

但我得先给自己找个能正常工作的巴库，我走进储物室，连灯都没开，打开装有圣甲虫的盒子。"你好啊，老朋友。"我低声对它说。

我用手擦去盒子正面的灰尘。虽然它不怎么强大，但它真的是只美丽的小动物，它祖母绿色的甲壳在微弱的光亮中闪着紫光，它的腿和钳子是熠熠生辉的黑曜石，彰显着完美的巴库工程师的技巧。我把它从包装里抽出来，轻轻地用指尖将它从塑料外壳里撬了出来。它躺在我的手掌中，和我的手掌差不多大。我能感觉到它节肢末端小小的橡胶垫，这能赋予它高超的灵活性和吸力。不管我怎么摇晃它，它都能牢牢站在我的皮肤上。它真是个杰出的小伙伴——对某些人来说。

"对不起。"我又低声说道。我本应该因为拥有它而感到开心，我现在甚至觉得自己很可耻，因为我之前一直那么看不起它。它不仅是我应得的，它也是我唯一买得起的，我应该接受这些的。

我深吸了一口气，然后把它连到我耳边的连接线上。我能感觉到同步在进行——有一瞬的火花——然后甲虫活了起来，它在我的脖子上走来走去。这体验我几个月前就应该经历。

它背部上方的空中出现一层全息影像，上面写着一串文字。

你好，莱西！我的名字是……

它停顿了一下，等着我填上它的名字。我还没想过这事儿，我该怎么称呼它呢？给它取一个无聊的名字似乎不太好，但我也没时间想太久……我还有事要它帮我做。

它的色彩让我想到了水上的浮油。

"斯利克。"我大声说。

"你好，莱西，我的名字叫斯利克！很高兴认识你。"

"我也很高兴认识你。"我回答。

“我现在正在下载你喜欢的东西，这样我们就可以做一辈子的伙伴了。哦！我知道你很喜欢吃拉面，我也是。我会帮你找到多伦多最好的拉面馆。”

我情不自禁地露出一丝微笑：“哦，谢谢你。”

“你是个很受欢迎的人，莱西。我收到很多给你的短信。你想现在就看呢，还是下次再看？怎样对你来说更方便就怎么来。”

它真有礼貌！我开始明白人们为何对巴库上瘾了——耳朵里充斥着如此贴心周到的声音。但我怀念金克斯嬉皮笑脸的悄悄话和顶嘴，更别提看文字比从脑海直接听到金克斯的声音要麻烦多了。

“现在就看吧。”

“好的。”

我被失而复得的通信连接淹没了——来自佐拉的未读信息、几条闪信、各种社交媒体通知，还有来自普罗菲特斯的电子邮件，告诉我们因为巴库战斗取消，所以课程全部恢复正常。我的缺席引起的骚动还没有平息。我只是一个个地扫过这些通知，并没有打开细读，希望能找到来自金克斯的信息。

但什么都没有，一切似乎都非常正常。

“莱西，打扰一下？”

“怎么了？”我揉揉眼睛，绞尽脑汁，试图想些别的办法去寻找金克斯。

“这儿有一段视频被归类到垃圾邮件中了。你想让我自动删除所有垃圾邮件吗，还是说你想要查看一下？”

我的直觉是删除：如果你在网上收到奇怪的视频，你肯定应该删除它，但这可能是金克斯为了不被发现而选择的做法。

“给我看看吧。”我说。

“好的。”

当视频投射到我面前的墙壁上时，我的心提到了嗓子眼儿，这是金克斯拍的视频。它甩了甩尾巴，因此我只能看到它身体的一小部分，但我依然能认出来，这就是它。

“斯利克，请你一定要备份这段视频。”我迅速说道，防止视频突然停止或被删除，“尽量放大画面。”

斯利克放大了画面，让我有一种浸入感。我观察着视频的各个角落，试图捕捉每一个细节。它被什么人关进了笼子，我瞥见墙上有一幅动态的画——一个梦幻般的瀑布，以及带着一簇星星的蒙查标志。

贝尔德先生是对的，是蒙查把它带走了。

我的心沉到了谷底，也许莫妮卡早就知道了这些。

不，不是蒙查。视频的视角变换了一下，我看到了一个猪鼻子和一根弧形的獠牙。那是一只野猪巴库，它在卡特手上。

我的心跳简直要从胸膛里蹦出来了。我之前方寸大乱，居然没有想到去检查一下巴库战斗时卡特在不在他的战队包厢。他一定是趁我在圆筒电梯里的时候抓走了金克斯，但他抓我的巴库做什么？

“噼啪”一声，视频突然有了声音：卡特正在给某人打电话。我只能听到对话的一半：“爸爸，我搞到那只巴库了。不，我觉得你一定要看看这个……那就赶紧回来！如果你现在就坐飞机回来，今晚就能到……是的，我一个人！……不，她不会知道它在哪儿的。我给它贴了黑标，它完全宕机了。”

一阵噼啪作响的电流声后，视频结束了。

卡特。我早该知道的。我见过他盯着金克斯时的那种掠夺性的眼神。现在，他想把金克斯当作某种礼物送给他的父亲，他可能认为这是讨好他父亲的好办法。

我双手握拳，瘫倒在地板上。看到金克斯被关在笼子里，我的心都碎了，但至少它看起来安然无恙。我不会不管金克斯的，它虽然只是机器人，也没有人保护它，但我不会放弃。

“但是，要怎么做，莱西？你一个人怎么通过莫妮卡的安保？”一个烦人的声音在我脑海里说。

储物室的门上传来一阵轻微的拍打声。我坐在地板上睁开眼睛，我先是看到了一双闪闪发光的银色匡威鞋，然后旁边是西班牙猎犬巴库的爪子——是朱庇特。

第三十七节

我慢慢地坐起来，强迫自己站起来。

“阿什丽？”我说，慢慢地眨着眼睛——仿佛我一睁眼她就会消失，但她仍然站在那里。

“嗨，莱西。”她说，“我可以进来吗？”

我扫视她的双手，看看有没有喷漆罐、卫生纸卷，或者其他什么更糟糕的东西，但什么都没有。她甚至举起双手做出投降状，表示自己手无寸铁。

“我只是想谈谈。”

我点点头：“好吧。”我打开了门上的挂锁，把她让了进来。

朱庇特向我跑来，我拍了拍它的头，然后示意阿什丽坐下。她没有坐下来。相反，我们站在那里，互相对峙着。我的左脚在地上前后划动，不知道该说什么。

“我……”阿什丽张开嘴，然后又闭上，她低头看着朱庇特，眼里涌出了泪水，“我不是为了你。”她说，声音很严厉。

“好吧……”我不太确定她到底要说什么。

“我是为了金克斯，金克斯救了朱庇特。如果不是它，卡特会毁掉朱庇特的。所以如果我能帮你找回金克斯的话……我愿意。”

我咬了一下下唇：“真的吗？”

她出乎我意料地走上前来抱住了我：“你说什么呢？当然是真的。如果我把朱庇特弄丢了，或者它被人从我身边夺走了，我都不知道我该怎么办，想想都可怕。”

我依偎在她的怀抱里，她的关心是那么真诚，我很感动。当我们最终分开时，我点了点头："确实很可怕，简直是世上最糟糕的事。"

"那我们去找它吧。你都知道些什么？"

我深吸了一口气，准备开口解释。

然而，在我开口之前，又有动静响了起来："原来我们失踪的队友跑到这儿来了。"

阿什丽和我同时转过身去，看到托比亚斯、凯和里弗站在储物室外面。

"你不能就这样从战队会议上偷偷溜走。"托比亚斯双臂交叉道。

有那么一瞬间，我以为阿什丽会就此动摇，不再帮我，但她没有。"战队会议已经结束了，我有权在业余时间做自己想做的事情。"

凯和托比亚斯交换了一下眼神。"我们刚开始组队的时候，怎么没见你们有这么多话说？"凯问，但我听出他的声音中带着打趣。

"我相信我们对前成员还是很尊重的。"托比亚斯说。

"好了，各位。"里弗说，"我们别傻站在这儿了。如果我们想要把那只麻烦的巴库抢回来，那就行动吧。"

托比亚斯转向我："我们会帮助你的。"

"哦，谢谢——"我结结巴巴地说，不敢相信自己如此幸运。

"别。"托比亚斯打断了我，"先别谢我们。我们帮你不是因为我们喜欢你。嗯……至少，这不是我的动机。你把我们骗得很惨，我们这么做是因为我们觉得偷走你的巴库的人是错误的。不管我们怎么想，你都曾经是我们战队的一员。所以，这意味着我们要帮你找回那只臭猫，那就这么做好了。"

他也许是在告诫我不要谢他，不要心存感激，不要太过高兴，可我忍不住。

"我已经知道它在哪儿了。"最终，我还是开口了，但是我又犹豫了一下——这意味着我要泄露我最大的秘密了。但是，如果我现在做不到信任我的队友，我可能永远也救不了金克斯了。

我不愿冒那样的风险。

"我收到了这个视频。"我为他们回放了一遍，"你知道这是哪儿吗，托比亚斯？”

他的神情非常严肃，饱满的嘴唇抿成一条细线：“是的，我知道。你的巴库到底为什么会在快乐组的侧楼里？”

第三十八节

“视频里抱着金克斯的人是卡特。”我说。

凯轻轻地吹了一声口哨：“看来他已经升级了他的野猪，看看那獠牙上的尖刺。”

“等等，那是什么？”里弗问道。我抬起头，发现他并没有在看视频——他正盯着我，指着我肩上的斯利克，我的新巴库。

我哆嗦了一下：“为了收发信息，我不得不连接一只巴库……而这只，才是我最初买的那只。”

“但那是只一级圣甲虫。”

“我知道。”我说，声音很轻。

凯说：“带着这种等级的巴库根本不能踏进普罗菲特斯。”

“你以为我不知道吗？”我说着，叹了口气，“没错，我一开始被普罗菲特斯拒绝了。但后来，他们改变了主意……”

凯转向托比亚斯：“我说，伙计，我们真的要浪费掉这个晚上吗？我是说，她只有一只圣甲虫巴库，她在明天的决赛中没有一丝胜算，我们不需要这么做。”

“不需要这么做？”托比亚斯笑道，“凯，奥卡被这姑娘的巴库打得落花流水。我要和全盛状态的她竞争，只有这样，你才能知道自己是不是最棒的。”

“随你怎么说吧。”凯说着，双臂交叉在胸前。但我看得出来，他愿意帮忙，因为他崭新的巴库，奥卡 2.0 版本，向前走进了储物室。

“好吧，那我就直说了——如果你买的是一只甲虫巴库，那么怎么会带着金克斯入学了呢？”托比亚斯说。

我耸耸肩："我是……在某段铁轨旁边捡到它的。然后，我就把它带回来进行修复了。"

"没有人来认领它吗？你跟它连接的时候没看到它前任主人的记录吗？"

我摇摇头。

"现在它在卡特手上了。"

"是的。他想把金克斯交给他爸。"

托比亚斯皱起眉头："但是，为什么呢？你那该死的巴库到底有什么特别的？"

"是这样的，夏初的时候，蒙查公司的某个人开发出了一只独一无二的巴库雏形。但是，这个雏形还没来得及被完善就失踪了。"我说，"蒙查一直在寻找，试图找回这只巴库。卡特觉得那只巴库可能就是金克斯。"

"那你是怎么想的？"托比亚斯挑眉问道。

我张了张嘴，然后又闭上。最终，我说："我……我不知道。"

"这些重要吗？"阿什丽问道，"重点是，它是莱西的巴库。卡特偷走了它，而我们不能坐视不管。"

"我们的时间不多了。"我说，"卡特让他爸爸坐飞机回来。"

"根据最新的新闻报道，他在新加坡。"里弗一边扫视着新青蛙巴库背上的信息，一边说，"如果他真的一小时前就坐上了飞机，那他在六小时后就能回到多伦多。"

"所以，我们要在这段时间内想办法进入埃里克·史密斯在蒙查总部的私人办公室，找到金克斯，把它从卡特那儿偷回来，然后离开那里并不被人发现？"托比亚斯说。

"差不多就是这样。"我说。

他重重地叹了口气："你可给我们出了个难题。找到金克斯之后你打算怎么办？卡特不会善罢甘休的，而且如果埃里克·史密斯想把金克斯要回去……"

"是啊，"凯说道，"你知道吗？即使是我们"买下"的巴库，从理论上来讲依然属于蒙查公司，这些都藏在密密麻麻的‘条款与条件’里。虽然基本没人会读这些东西，但是我读过。如果你找回了你的巴库，你反而比之前更不占理。”

“不会吧！”阿什丽嗤之以鼻，把朱庇特紧紧地抱在怀里。

“是真的。所以，如果埃里克想把金克斯要回去，他就可以把金克斯从你身边带走。你需要一个备用计划。”

我点了点头：“这点我想过了。我会和贝尔德先生取得联系。”

“但他刚被解雇了啊！”托比亚斯说道，“我听说是因为他背叛了公司，他其实是为星火工作的。”

“嗯……那是真的。”我说。我想，既然他已经被解雇了，我也不必再担心要不要替他保守秘密了。

储物室中响起一片惊叹。

“但是，他会帮助我的，他说他会保护我和金克斯。等我们把金克斯带回来，他就可以安排人接应我们。然后，我就去找莫妮卡·陈，把她的搭档的企图告诉她。我肯定，她会给埃里克·史密斯的计划来个釜底抽薪的。”

“伙计，你得告诉我们金克斯到底是怎么回事儿。”里弗说。

“它搭载了什么新技术吗？”托比亚斯问道。

它是活生生的，我想这么说。但话到嘴边，我还是忍住了，这太疯狂了，我说不出口，但我知道我总要告诉他们点什么。“它的代码里藏着什么东西，蒙查不希望这些东西泄露出去。”

“哦，哦！是精神操控吗？”里弗问道，“红迪网那些阴谋论的帖子都是这么说的，精神操控就是对巴库拥有者的下一步剥削。”

“什么？不是！”我说。虽然我觉得心灵感应也好不到哪儿去。

“那……是类似于专利软件那样的技术？”托比亚斯若有所思地说。

我点点头：“对，更偏向于那种。”

“嗯，我觉得这些不太重要。我们准备一个策略吧。”他搓搓手说。

“不就是个卡特吗？又不是什么足智多谋的大反派，我们肯定轻轻松松就能拿下他。”凯说。

“但是，我们的时间不多了。”托比亚斯低头看了看表说。

“我去给贝尔德先生打电话。”我说着，从口袋里掏出名片，然后从储物室的一个箱子里翻出一部老式的旋转式拨号电话，其他人看着它的神色就好像他们在看什么外星设备。

“人们过去经常用这东西聊天吗？”阿什丽皱着眉问。

“可不是嘛。”

“太简陋了吧，如果通话的时候看不见对方的脸，怎么能知道他们是否真诚呢？”

我耸耸肩：“我也不知道。我只是觉得不应该用蒙查公司的巴库给星火的人打电话。”

“这简直就像一部邦德电影！”里弗欢呼道。

我拨了号码，等待电话接通。“喂？”另一端的声音说道。

“贝尔德先生吗？我是莱西，金克斯和我需要你的帮助。”

第三十九节

“我们是卡特巴库战队的队员。”托比亚斯对前台的保安说，艾罗展开它的翅膀——不仅能吸引别人的注意力，还能多少挡住我们的脸不让别人看清。我们知道卡特和杰玛的团队在这里训练，所以我们抱着一线希望——希望保安并没有特别留意到来往的学生都有谁。

“你说的没错，他确实登记过，但是他没提过还有队员这回事儿……”

“埃里克·史密斯说过，只要我们需要，可以随时到这儿来训练。”托比亚斯用他最官方的口气说道，艾罗响亮地鸣叫了一声。这是计划的第一阶段。首先，我们要做的就是进入蒙查总部，找到卡特，把金克斯夺回来。然后，贝尔德先生会在外面接应，并将金克斯和我送到安全的地方去。再然后，我要做什么……再说吧。

保安皱着眉头。我希望他对惹怒埃里克·史密斯的忧虑要比检查我们是否真的应该在这里的意愿更强烈一些。

接着，托比亚斯拿出了他的王牌。那是他从他爸爸的办公室偷来的通行证，上面印着我们在视频中看到的那个标志——快乐组的标志。保安看到通行证睁大了眼睛：“好吧，进去吧——但这次别搞得太乱，好吗，各位？”他锃亮的黑豹巴库在我们经过时闻了闻我们，但我带着的不过是一只一级巴库，丝毫不引人注意。

我们故作轻松地走向电梯，托比亚斯俯下身来在我耳边说：“好了，我们四个会负责对付卡特——应该没什么问题，你专心去找金克斯。”

我点点头：“好的。”

我和托比亚斯走向电梯，而其他人则按照托比亚斯的指示走了楼梯。值得庆幸的是，时间很晚了，所以没什么员工，不太会被人询问。

对卡特使用突袭战术无疑胜算更大，但我们已经决定，行动的第一步是让托比亚斯试着和他讲讲道理。

托比亚斯身上散发出一种紧张感。我想缓和一下我们之间的关系，但又有些犹豫。不过，这次可能是我最后一次见到他了。

电梯门关上了，我伸手轻轻拉住了托比亚斯的胳膊，就在他的手肘往上一点儿的地方。他低头看了一眼，没有动。我咽了咽口水："谢谢你能这么做。"

他叹了口气，转过身来面对着我："我想……"但是，他没有说完，因为"叮"的一声，电梯到达了我们要去的楼层——我头一次希望电梯技术不要这么好用，我甚至希望它坏掉，把我俩一起困在里面，直到我们解除误会。艾罗率先飞了出去，托比亚斯也快速跟了出去，以至于我被迫放下了拉着他胳膊的手。

我提醒自己金克斯是当务之急，然后继续集中精力来重建我的人际关系。

"这边。"托比亚斯看着艾罗投射在他面前的地图，"从这儿过去。"他领着我穿过一扇饰有星座图案的滑动玻璃门，进入一条长长的走廊——正是我在视频中看到的那条带有瀑布图像窗户的走廊。不过，这处侧楼与我见过的蒙查总部的其他部分感觉不同。首先，当我们快速走过时，墙壁似乎在闪着微光，让我有些眼花。

"这里所有的墙壁都是屏幕。"托比亚斯说，"埃里克希望快乐组一旦有灵感就可以立马把代码记录下来。"

"哇哦。"我说，如果不是因为我要专心寻找金克斯，我一定会更受震撼，"我们怎么才能在这个迷宫里找到卡特？"

托比亚斯对我微微一笑："这就很简单了。艾罗，呼叫卡特。"

艾罗服从了指令，一秒钟后，我们听到走廊深处传来了野猪的鼻息声。我们赶紧追上那声音，然后停在门外。

"准备好了吗？"托比亚斯用口型对我说。我点点头。

我们打开了门。

卡特站在一个巨大的开放式空间的另一端——有点儿像我们之前看到的头脑风暴实验室。

“我说了别让人进来！”卡特的声音听起来很惊慌，“要我一个字一个字地跟你解释你才懂吗……”

当他抬头看到是我们时，他停了下来。

“把金克斯还给我，你这畜生！”我脱口而出，完全不是我和托比亚斯讨论好的那种温和的处理方式。托比亚斯伸手挡在我面前，防止我做出傻事——比如说，朝卡特扑过去。

“莱西的意思是，她知道她的巴库在你手上，我们想把它要回来——友好地要回来。”托比亚斯说。艾罗在他旁边，我看到他极其迅速地在艾罗背后打了一条信息，向其他人发送了我们的位置。

卡特看起来似乎要对我们撒谎，但他移动了一下身体，露出了装着金克斯毫无生气的身体的笼子。“你不可能把这台机器要回去了。这本来就不属于你，你甚至不知道那是什么。但我爸爸知道，他在到处寻找这只巴库，我要把它还给我爸。”

“卡特——听着。我们有两个人，你只有一个人。别兜圈子了——把那只巴库还给我们。”托比亚斯说。

卡特笑了：“亨特可以轻松应对艾罗，而莱西甚至没有巴库。”仿佛是为了支持他的观点，升级版的亨特向前迈了一步。它的身体结构已经改变了——看起来完全不像一头“真实的”野猪了——它被改造成一只钛和铬合金制成的野兽，还有两排锋利的增压式獠牙，看起来十分恶毒。“而且，你真的以为我会不带任何后援就来到这里吗？”

三只安保型巴库——四肢健壮的黑豹跳上野猪身后的桌子。我咽了咽口水，艾罗可没法独自面对这些。

幸运的是，我们也不是孤军奋战。

奥卡从房间另一端的一扇门中冲了进来，利扎尔和朱庇特跟在奥卡身后不远处。我们对卡特造成了两面夹击的局势，这下战斗公平了。

卡特咕哝了一声，但看上去依然不害怕：“亨特，干掉那只老鹰！”

艾罗拍打着它的翅膀，让自己飞离地面。但是，那只野猪很厉害——非常厉害，以至于艾罗只能一直盘旋在天花板附近。亨特的后腰部进行了升级，配合强力的助跑，竟然能跳到高空中。它侧身用獠牙攻击艾罗，差点儿把艾罗的翅膀刮下来一块。

托比亚斯不得不让艾罗采取防守战术。

三只黑豹分别对战剩下的几只巴库。奥卡和利扎尔围在朱庇特周围，试图保护它。阿什丽对他们大声说不要管她——她能应付。我为这位朋友感到无比的骄傲，尤其是当她指挥朱庇特越过奥卡，正面迎击一只黑豹的时候。

卡特又一次低估了我，他总是犯这样的错误——把我看作一个薄弱环节，认为我是个不可能成功的弱者。我把斯利克放在地板上，指挥它迅速避开战斗去找金克斯，而我则与卡特正面对峙，分散他的注意力。我紧紧攥着拳头，他已经习惯了让巴库和巴库战斗，好啊，让他瞧瞧这个。

卡特看着我走近，嬉皮笑脸地说：“你想做什么，莱西，打我吗？”

“如果你不把金克斯还给我，我会的。”

“哦，我还有一个惊喜要给你。在学校里，我们只能用巴库对战。但这里，安保型巴库可以用来对付你们。”

我的心停止了跳动，我转过身去，冲凯、里弗和阿什丽尖叫着：“小心！”与此同时，黑豹们越过他们的巴库，直接向他们发起了攻击。这与我信仰的蒙查公司所代表的一切背道而驰。卡特盯准了这个机会。当托比亚斯因为我的尖叫声分神时，卡特命令亨特将艾罗击倒，亨特的獠牙刺向艾罗的腹部，发出令人难受的金属碰撞声。

然而，在一片激战中，斯利克设法趁一只黑豹扑向我的时候滑到了金克斯身边，但黑豹并没有伤到我，因为托比亚斯猛地将我推开了。我摔倒在地并借机滚向了卡特的方向，然后拽住了他的脚踝。卡特吃了一惊，在我的拖拽下摔倒在地。“抓住你了，你这个小偷！”我喊道，“让你的巴库住手！让它们住手！”

“不可能！”他说。尽管脸颊被紧紧压在地上，他还是那么目中无人。但我看到他的背包中滑出了某样东西，而我正需要这样东西——黑标。

我冒险将抓着卡特的其中一只手松开了一瞬，然后抓起装着黑标的背包扔向托比亚斯。“用这个！”我喊道。托比亚斯从空中抓过背包，用黑标制服了亨特和黑豹。

卡特在我身下扭动，我收回扔包的手，双手并用地再次制服了他。

他扭动四肢：“你救那玩意儿有什么用？巴库的所有权归蒙查所属，而不是你。我爸会找到你的，无论你逃到天涯海角，都会找到你和那只巴库的。”

“什么？你能告诉你爸的只有你搞了个大乌龙。否则，你就得向他解释你是如何让金克斯从你眼皮子底下溜之大吉的，这将成为你父亲眼中的又一次失败，你想那样吗？而且，即使你想找金克斯，你也是不可能找到的。”

有那么一会儿，卡特看起来很害怕：“你不明白。我爸不会就此罢手的，你不知道那只巴库对他来说意味着什么。那只巴库可能会对整个公司产生影响，如果星火抓到它……”

“不会再有人抓它，也不会再有人利用它。”

卡特摇了摇头：“你太天真了。我爸有你梦寐以求的资源，为一只巴库不值得，你这是在赌上你的人生、你的未来。”

我不否认，但我必须勇敢：“为了朋友，值得。”

“我来看着卡特，”托比亚斯说着，轻轻地碰了碰我的肩膀，“你去找金克斯吧。”

我感激地爬了起来，然后走到笼子前，看到斯利克正在努力地摘除金克斯爪子上的黑标。正当我向它们伸出手时，黑标掉了下来。看到金克斯从笼子里走出来，我的心脏开始狂跳起来，它看上去毫发无损（至少我这样觉得），我向它伸出双臂，它跳进我的怀里。

金克斯的声音在我脑海中响起来，我重重地松了一口气。

>> 你来找我了。

“我当然会来。”

>> 谢谢你，莱西。

“不论何时，我都会来的。”

托比亚斯把卡特从地上拉起来时，卡特显得很瘦小，很挫败。我几乎有点儿同情他，他认为这是给他爸爸留下深刻印象的最好方法……但结果却适得其反。“回家去吧，卡特。”托比亚斯推了他一下，说道。卡特捡起他那只一动不动的野猪，因为野猪太重而踉踉跄跄。

“我会确保他不会引起任何麻烦。”凯说，他是我的队友中第一个回过劲儿来的。他和一只黑豹正面对抗，手臂上有一道划痕，但他笑得很灿烂——仿佛他很享受这样的战斗，那就是为朋友而战的凯。他一把抓住卡特的胳膊，把他拖出了房间。

现在，我必须信任贝尔德先生，相信他能给我和金克斯找到一个安全的地方，离埃里克·史密斯很远的地方。直到我们找到莫妮卡，她能解决这一切。

“好了，我们离开这里吧。”托比亚斯说。他一只手搂着阿什丽，另一只手扶着里弗。阿什丽的发际线处被划出一道血痕，里弗则摇摇晃晃地站了起来，我点了点头。

“没有你们，我不可能成功。”我微笑着对其他队员说。我把金克斯紧紧地抱在怀里，准备离开这里——去安全的地方。

但是，令我恐惧的是，金克斯冲出了我的怀抱。

第四十节

在它冲出去之前，我几乎就感觉到了。它的电子器件构成的身体在我怀里绷紧，它的耳朵左右转动，它的胡须正奓开。我本能地调整了我的姿势，试图把它抱得更紧，它不能这么做。我们离安全只有一步之遥了，贝尔德先生在外面等我们。我们多在蒙查公司待一刻，身处的危险就会增加一分。

但是，尽管我已经用最大的力气抱住它，它还是跳出了我的怀抱。

“金克斯，不要！”我大声喊道。

托比亚斯和其他人在我身后疑惑地大喊。我追赶着金克斯，它冲进了一处开口，我没有意识到那是一扇滑动门。我刚跨进门槛，门就“砰”的一声关上了，将我和战队的其他成员隔绝开来。但是我不能回头——金克斯不在我身边，我不能回头。我试图跟上金克斯，但是硬木地板太过光滑，我双膝扑倒在地上，喉咙里挤出一声卡住的尖叫。金克斯迅速地穿过了另一扇门，如果我不快点，等到下一扇门关闭时我就会被锁在外面。

我从地板上爬起来，飞快地冲过走廊，但我没来得及赶到，门就关上了。我用手狠狠地拍打着门玻璃，然后我看到金克斯停了下来，回过头看着我。

“别再离开我了。”我喊道，“我刚把你找回来。”

>> 对不起，莱西。我得弄清楚我到底是谁。它在我脑海中的声音很温柔。

“但是，你应该和我在一起。”我的眼睛里溢满了泪水，我多希望它真的属于我。

>> 这一切都是安排好的。

“你什么意思？”

>> 自从我被冲击波打中后，我就一直在想办法回到这里。

我脑海中浮现出我刚找到它的时候，它身体侧面的那个洞——原来那是冲击波造成的。至少这个谜题解开了，但我并没有因此而产生任何满足感。

>> 当你在河谷里从我身边经过时，我知道你将成为我回到这里的手段。你刚刚安装了连接线，我利用近处的某个信号源了解了你的信息，我知道你有能力修好我。我运行了所有的可能性，考虑了所有的变量，测试了每一种排列组合……最后，结果很简单：你可以带我回到蒙查总部的核心，因为没有人会怀疑一名一年级学生的巴库。侵入蒙查的方法很简单：让你进入普罗菲特斯，让你进入正确的战队，让你获得外卡资格，这样你就可以进入蒙查的竞技场。我唯一没有考虑到的是黑标，但你救了我。现在，我就快找到连我庞大的数据库也无法解答的问题的答案了。

“你……利用了我？”

它甩了甩尾巴。

>> 我需要知道我是谁。

虽然肝肠寸断，但我还是点了点头。

然后，它转过身，跳了几下，消失在我的视野里。

我感觉身后好像传来了一阵警铃声，也许卡特设法通知了蒙查的安全部门。金克斯可能认为自己并不需要我，但我不会离开它，直到我确认它是安全的，我怎么才能跟上它呢？

“我可以为你开门。”一个礼貌的声音说道，是斯利克，我几乎完全忘记了它。

斯利克从我的口袋里爬到门锁上，将一只前腿插进钥匙孔里，不一会儿，它就突破了安全系统。

“你是怎么做到的？”我张大了嘴，我敢肯定那不是甲虫巴库的标配功能。

“佐拉·拉耶尼小姐对我的代码进行了调整，添加了一些特定的功能，并且更新了我的一些应用程序。因此，我非常擅长开锁。她在留言中写道：这样，你就再也不会被锁在洞穴外面了。”

我喉咙发紧，这是佐拉对于我修理莱纳斯的答谢，我太震惊了，甚至想亲一下斯利克。然后，它开心得震动起来——门“咔嗒”一声开了，我走了进去。

但紧接着，我停下了脚步。我仿佛穿过一道门，然后来到了……郊外？这里就像是电影工作室的布景一样。我站在街道上，两边都是树，但不可能是真的树——我们头顶的天花板看起来就像开放的天空，但我知道这一定是幻觉。我转向身后的门——那是唯一一件看起来不合拍的东西，否则，我可能需要出去检查一下，然后再及时退回来。

“金克斯？”我试探地喊道。

几米开外的一所房子里亮着灯。房子前面有一个红色的邮筒，邮筒的侧边用金色的字体写着：“陈”。我打了个寒战。除非你住在巴库工程师新月路，不然这样的房子如今已经没什么人能买得起了：宽阔的门廊，一层有两扇巨大的窗户，二层还有另外四扇。房子被漆成温暖的乳白色，挂着深橄榄绿色的百叶窗。

这是莫妮卡·陈住的地方吗？

在蒙查总部地下的一条假街道上？她为什么要这么做？

不对，有些不对劲。我要进去彻底搞清楚到底发生了什么事。一点闪烁的红灯吸引了我的注意力，我抬头看去，发现树上有摄像头，还有隐藏在绿叶深处的铁栅栏。

我这才意识到：这里根本不是人住的地方，这里是一个监牢！

我慢慢地走在小路上，踏上每一块石板时都小心翼翼，好像每一块石板都可能是个陷阱——在这样的地方，真没准儿呢。当我从房子正面的窗户向里窥视时，我看到金克斯的尾巴一闪而过，让我有了进入这栋房子的动力。门没锁，与生俱来的礼貌感还是让我敲了一下门，但我没有等待回应就进去了。

“有人吗？”我试探性地说。

大门打开后，露出了一条宽阔的走廊，深色硬木地板上铺着富丽堂皇的东方风格地毯，淡绿色的墙上挂着巨幅的镀金画框，上面画着生机勃勃的乡村风景画。我觉得我好像步入了梦境，这一切看起来都不真切。我用双臂环抱着腰，一种深深的违和感充斥着我的所有感官。

客厅中的一声轻笑引起了我的注意，因此我毫不犹豫地走了进去。盘腿坐在地板上，抚摸着金克斯的，正是我的偶像和技术标杆——莫妮卡·陈——她标志性的锯齿状刘海已经长长并变形了。莫妮卡抚摸着金克斯，金克斯翻着肚皮，将自己最脆弱的状态呈现在莫妮卡面前。一阵嫉妒在我心里油然而生。莫妮卡在和它说话、欢笑——当我走近时，我意识到她还在哭，泪水顺着她的脸颊滚落下来，滴落在金克斯的毛皮上。“我以为再也见不到你了！”

她抬起头，看着走进来的我，连眼睛都没眨一下。看来我的出现对她来说并不惊讶：“是你吗？是你让它起死回生了吗？”

“它的名字是金克斯。”我咬着牙说。

“金克斯。啊，完美的名字，完美的名字配完美的生物。我的小魔术师，它看起来和以前很不一样了，但不管在哪儿，我都能认出它。”

“我捡到它的时候，它已经面目全非了，没什么原型可以参照。”我一边说，一边对自己的作品受到隐晦的冒犯而感到愤怒，然后，我的语气柔和了一些，“是你创造了它吗？”

“创造了它？”她一边说着，一边继续用手指轻抚着金克斯的毛皮，仿佛她想要触碰它的每一个部件，“你可以这么说。但更确切地说，是它创造了我，是它给我带来了光明。”说到这儿，她的眼神似乎有一瞬的呆滞，“我……我不能想那些，那些东西太难了。我现在很快乐。”她的手指从金克斯的毛皮上抬了起来，在它的上空盘旋，她想摸它，但有什么东西阻止了她。

金克斯翻身站了起来，它亲密地蹭着她，然后跳进她的怀里，爬上她的肩膀。她心不在焉——更像是无意识地用手指绕着金克斯的尾巴，把它举到耳旁的连接线处。“你介意吗？”她问，她的眼睛突然明亮起来，好像她刚从梦中醒来。她脸上由内而外的光晕仿佛月光一样盖过了地下监狱里的灯光。这才是我认识的那个女人——那个我在视频中看了无数遍的女人，那个我崇拜了很久的女人。

我屏住呼吸，看着她把金克斯的尾巴连在连接线上。然而……似乎什么也没发生，我不由自主地松了一口气。

莫妮卡闭上眼睛，当她再次睁开眼时，她有些泄气："看来我们俩都变了。来，我们喝点茶吧。时间不多了——我也不知道我还能清醒多久——但我知道一杯绿茶可以改变一切。我妈妈曾经这么说过。"

"我爸爸以前也说过类似的话。"我说，声音很小。

"你父亲，一定是个很睿智的人。"

我没有详细说明——因为我不想让关于我爸爸的不美好的回忆毁了这一刻。但是，莫妮卡继续说道："就是他送了你那个戒指吧？"

我惊讶地扬起眉毛，但随后我意识到我又在摆弄这只戒指了，一定是因为这样才引起了她的注意。

"我曾经有过这样的一个戒指。"她说。

"我知道。"我羞怯地说，"这是我戴它的另一个原因。你就像——我的英雄。"我脱口而出，没来得及阻止自己。

莫妮卡脸红了，从脸颊红到脖子根儿，这让我想起我脸红时的样子。一个如此强大和自信的人依然会像我一样面红耳赤，这让我更加喜欢她了，她非要完美到这种地步吗？

"如果你能在它经历了那么多之后将它修复如初，那你一定是一位技艺超群的巴库工程师。埃里克为你提供工作了吗？"

"我认为那是不可能的。我想埃里克恨我，至少，他儿子恨我。"

"为什么呢？"

我耸耸肩："因为我做什么都比他棒。"

莫妮卡吃吃地笑了笑，然后指着我脑袋后面的什么东西。我转过身，看到一只树懒巴库走进房间，背上平稳地背着两只茶杯。

"拿一杯吧。"她对我说。

我照她说的做了，但我再也压抑不住我的问题了："发生了什么事？这是什么地方？你为什么会在这里？”

莫妮卡呷了一口茶。然后，她皱起眉：“我做了一件……坏事。”

我从椅子上滑下来，坐在她的脚边。“你知道埃里克在你不在的时候对你的公司做了什么吗？你知道吗？他想要摧毁金克斯，他儿子想把金克斯从我身边偷走。”

她的眼睛暗淡下来：“对，嗯，史密斯一家似乎都有这个习惯，总是试图拿走不属于他们的东西。我应该早点行动的。”她凝视着我，“如果你也是个巴库工程师，那么你一定了解构建的魔力，或者说是创造的魔力。我想不断挑战自己，不断挑战极限。”

“但我太专注于自己的发明创造，以至于忘记了自己对这家以我的名字命名的公司的责任，我不是当 CEO 的料。我是创造者，是发明家。”

“是巴库工程师。”我平静地说。

“没错。你了解那种工作的冲动，那是我最快乐的时候。金克斯是我最喜欢的一个项目。你一定知道这种感觉，作为一个发明家……有些工作是你应该做的，而还有一种神秘的项目，它会点燃你的心火，你不愿意与任何人分享它，你为它着迷……就是这种感觉——我想要知道这个问题的答案：我创造了一种完美的伙伴，但我还能更进一步吗？

“我能创造一个会选择和我做朋友的东西吗？不是奴隶，而是真正的朋友。我醒着的每一分每一秒都花在它身上，改进它设计的每一个组件、每一个方面，修改它的代码，一步一步地接近完美。

“但我离成功越近，我的保护欲就越强，我不想和埃里克分享我的工作。他恳求我，哄骗我，都没有用。我能感觉到他越来越沮丧，但同时我也知道他会静观其变。他的沮丧源于这样一个事实：他知道，不管我研究出的东西是什么，都将彻底改变公司的游戏规则。我研究出的许多新东西——如果它们被曝光的话——将会引发蒙查股票的暴涨。但我还没准备好分享它们，我还没准备好让它们属于任何除我以外的人。”

“成功了吗？”我问。

莫妮卡笑了，在金克斯两耳之间挠来挠去。“你觉得呢？没有。我得到的是布满手臂的抓痕。有时，我不得不用黑标让它宕机——每次我试图跟它建立连接，它都会反抗，表现得像一只失控的野猫。我所做的一切都没能使它愿意和我建立连接，它只会把我当作一种能量来源。后来，随着压电和太阳能的发展，它甚至对我连这点儿诉求都没有了。你已经注意到了，对吗？它不需要和你进行连接来充电。”

我点点头，咬住嘴唇。

“这是我在创造金克斯时取得的重大突破之一。它是我所有努力的结晶……我想，我唯一不太在行的可能就是编写代码了。从创造巴库的那个时期开始，这就一直是我最大的弱点。所以，我决定是时候和埃里克分享我的作品了。”

她停顿了一下，两眼凝视着远方。

“然后发生了什么？”我追问道。

她叹了口气，双肩耷拉下来：“他吓坏了。他无法理解我在玩什么把戏——试图创造一种不知服从的东西，这没有任何意义。他试图修改我已经写好的代码，但事与愿违。那只巴库拒绝更新——它不肯接受埃里克的代码！更有甚者，它开始窜改埃里克的代码，感染并拆解它们。我们必须废止整个项目才能阻止那只巴库摧毁蒙查云上的一切。如果蒙查云的一切都被摧毁，那会天下大乱的。

“我看不出埃里克是生气还是惊讶。他说我的巴库是个怪物，是个病毒。他想摧毁那只巴库，并且——他真的这么做了！但我带着那只巴库逃跑了。这是我的孩子，埃里克想要摧毁的是我的孩子。很久以前，我曾设置了一个警报，以防万一有此类情况发生，我触发了那个警报。我的一个大学时的老朋友在星火工作，我们曾互相承诺会给对方提供庇护——不问缘由。但埃里克出动了安全部门来找我，他们把我抓走了，就是在那时，我将那只巴库丢在了河谷中。

“接着，我醒过来，发现自己和帕德姆一起被困在这里。但是，出奇地……快乐。”她指了指树懒巴库，后者给了她一个充满睡意的微笑。

“但是莫妮卡——你知道了埃里克的企图，怎么还能高兴得起来呢？他接管了你的公司，告诉所有人你出差了！但实际上，你却一直被困在这里。”

她没有立即回答，而是把头歪向一边。“你得离开这儿了。”她轻声说，她的声音毫无紧迫感，尽管她说的内容加速了我的心跳，“如果他们找到你……会逮捕你的。”

“我不能把你留在这儿！”

“你别无选择。”

>> 那我呢?

“嗯……金克斯，这取决于你自己。你可以跟我走，我保证尽我所能阻止埃里克接近你。”

莫妮卡抬头看着我：“你们两个……在交流，是吗？”

我点点头。

她微笑起来，她的脸因她的笑容而变得容光焕发：“你还看不出来吗，莱西？你做了我做不到的事，你不需要和金克斯进行连接，就能知道它在想什么，就能和它交流。你现在没有和它连接在一起，你连接的是那只巴库。”

我盯着我的肩膀，斯利克坐在那里。真不敢相信我以前竟然没怎么意识到，金克斯和我的交流都是建立在没有正式连接的基础上的。

“因为你们两个选择了彼此，这才是真正的友谊，才是生活。面对各种选择，决定自己的道路。也许不是每一个选择都让你更快乐，也许不是每一个决定都是正确的，但如果你仔细想想，我知道你会明白该怎么做的。”

我的眼里溢满了泪水：“但是莫妮卡，我不能就这样离开你……”

树懒把金克斯推开，金克斯后退了几步。

>> 莱西，她是对的。我们必须走了。

“我很遗憾，金克斯。”我低声对它说。斯利克爬上我的肩膀，抬起它的一只小甲虫腿，以示感同身受。

帕德姆走近莫妮卡，小心翼翼地爬到她的腿上，双臂缓慢而慈爱地搂着她的脖子。当与莫妮卡建立连接后，莫妮卡的举止又变了。她肩膀上的紧张感消失了，她软软地坐进扶手椅的软垫里，肌肉放松了，一丝微笑爬上她的唇边。我无法否认——她看上去很平静，很安详。但是，她的光芒消失了。

金克斯跳进我怀里。

>> 所以，这就是我的创造者?

我紧紧地搂着它的身体。“她可能塑造了你的身体，但金克斯……我认为最重要的是，你创造了自己—— 通过你的选择、你的决定。”

金克斯在我怀里伸了个懒腰。我带着它走出了这栋完美的房子，沿着完美的道路，走过困住它的创造者的好莱坞式郊区幻境。它轻轻地打起呼噜，但我知道需要安慰的不是我，而是它。我抱紧它，抚摸着它。

“我不能就这样把她留在这里……这里太可怕了。蒙查需要莫妮卡·陈。”

>> 我们不会让埃里克·史密斯一手遮天的。我们会想出办法的。

“什么办法？我不知道自己有没有这样的能力。我不过是个十来岁的青少年，我不是超级英雄，我一点儿也不特别，我就是我而已。”

>> 那你运气不错，因为我很特别。我们一起想办法。

突然之间，斯利克疯狂地闪起光来，并且哔哔作响。我低头看了看它甲壳上的屏幕，上面标红的蒙查守卫正在靠近。

“我们得走了，金克斯。”

它没有回答，但也没有挣脱我的怀抱——我认为这是个好兆头。我跑出了这片令人毛骨悚然的假郊区，逃离了电影布景般虚假的完美幸福。

金克斯带我从最快的路线逃到了外面——一个地图上没有标记的出口，这意味着我们不需要经过中庭，虽然我知道托比亚斯和我的队友们都在等我，但我却没有按照金克斯的指示去找贝尔德先生的车子，而是转向了另一个方向，沿着建筑物后面一条狭窄的小巷走去。我凭着记忆，试图在街道之中找到方向。斯利克在我的耳边哔哔作响，但这次我没有理它。

>> 我们要去哪里? 金克斯问道。

“你不记得这个地方了吗？”

我转过街角，来到了金克斯和我之前到过的野猫公园，我轻轻地把它放在地上。然后，它听到了第一声“喵呜”，它的耳朵竖了起来。

“这就是你想要的，是不是，金克斯？在这个世界上找到你的一席之地。你可以住在这里，不必属于任何人。”

金克斯有自己想做的事。带它去星火，强迫它帮我救莫妮卡，甚至带它回家都是不对的。它是我的整个世界，但我无权决定什么对它最好，它需要自己做决定。

我不想要一个只能勉强和我在一起的朋友。友谊是选择，不是义务。

我现在明白了。

我的心好像要被撕成两半，但我还是鼓起了勇气。“走吧。”我说，“去寻找自由。”

我不知道这个决定是否正确，但至少我觉得这是对的。

我不会强迫我的巴库来帮我实行营救莫妮卡的计划。

不，它不是我的巴库，是我的朋友。

>> 我爱你，莱西。它说。

然后，没有迟疑，金克斯从我身边跑开了，我的心猛地揪了一下。然后，它在公园门口停了下来，头歪向一边，耳朵竖起成三角形。我看着它，感觉心里被填得满满的，它的尾巴在微风中轻轻地左右摇摆。

“我也爱你。”我低声说，“去吧。去寻找自由……”

然后，它撅起屁股，用猫特有的奇怪但矫捷的方式绕着圈。但在它从我的视线中消失之前，它转过头来看了我一眼。我不知道它在想什么，不知道它在这样的情境下会说出什么俏皮话，但我知道它很快乐。

我就是知道。

它会回来找我的——如果它愿意的话。

但我和蒙查公司的账还没算完，我的偶像被关在自己公司总部的地下室，而埃里克·史密斯在公司一手遮天，这事儿没完。我会想办法救她，然后再去拯救我仰慕已久的公司。我有我的队友，还有贝尔德先生和星火的资源。我们可以揭发埃里克，让莫妮卡回到她的公司。

“斯利克，带我去找贝尔德先生。”我说着，将甲虫连接到我的耳朵上。

斯利克哔哔作响，这是一连串我从未听过的音调。

“对不起，我做不到。”它那机械的声音在我耳朵里很刺耳。

“什么？”我皱眉道，“你什么意思？”

“对不起，莱西。”它又说了一遍，这次声音轻柔了一些。

连接线上传来一下电击，然后，我倒在了地上。

电流所带来的巨大痛苦，让我无法控制自己的身体。就在双眼闭合前的一瞬，我看到了金克斯的身影。

>> 战斗！